# 御天纪
## 银色之城

摩羯V 著

新世界出版社
NEW WORLD PRESS

图书在版编目（CIP）数据

御天纪：银色之城 / 摩羯著 .—北京：新世界出版社，2014.11（2014.12 重印）

ISBN 978-7-5104-5076-1

Ⅰ．①御… Ⅱ．①摩… Ⅲ．①长篇小说－中国－当代 Ⅳ．①I247.5

中国版本图书馆CIP数据核字（2014）第233597号

御天纪：银色之城

作　　者：摩　羯
责任编辑：张保文　周　珊
责任印制：李一鸣　黄厚清
出版发行：新世界出版社
社　　址：北京市西城区百万庄大街24号（100037）
发行部：（010）6899 5968　　（010）6899 8705（传真）
总编室：（010）6899 5424　　（010）6832 6679（传真）
http://www.nwp.cn
http://www.newworld-press.com
版权部：+86 10 6899 6306
版权部电子信箱：frank@nwp.com.cn
印　刷：三河市骏杰印刷有限公司
经　销：新华书店
开　本：710×1000　　1/16
字　数：260千字　　印　张：15
版　次：2014年11月第1版　2014年12月第2次印刷
书　号：ISBN 978-7-5104-5076-1
定　价：29.80元

版权所有，侵权必究

凡购本社图书，如有缺页、倒页、脱页等印装错误，可随时退换。

客服电话：（010）6899 8638

第一章　**生死异度** / 001

第二章　**恶魔之子** / 004

第三章　**诡旅** / 009

第四章　**遁生** / 013

第五章　**险境藏身** / 016

第六章　破疑 / 021
第七章　刑天 / 025
第八章　回梦术 / 029
第九章　记忆封印 / 035
第十章　镜花水月之咒 / 040

第十一章　地狱之门 / 043
第十二章　铸剑 / 048
第十三章　不速客 / 052
第十四章　初试锋芒 / 056
第十五章　神寂 / 060

第十六章　电雨般相遇 / 065
第十七章　复仇之路 / 069
第十八章　大快朵颐 / 074
第十九章　南宫林主 / 078
第二十章　舞会重逢 / 083

第二十一章　寄生石 / 087
第二十二章　南宫密室 / 092
第二十三章　树界妖灵 / 096
第二十四章　冰释前嫌 / 101
第二十五章　奇花寻路 / 105

第二十六章　初现端倪 / 110
第二十七章　判若两人 / 115
第二十八章　晶化的心 / 120
第二十九章　雪野之战 / 125
第三十章　新的盟友 / 130

第三十一章　惜别 / 135
第三十二章　落跑新娘 / 141
第三十三章　海底玄关 / 147
第三十四章　魂灵珠 / 152
第三十五章　赎罪隐情 / 157

第三十六章　**惊天大计** / 161

第三十七章　**隐之死** / 165

第三十八章　**传送阵逆战** / 170

第三十九章　**仇人认亲** / 175

第四十章　**伤逝** / 181

第四十一章　**莎若的抉择** / 187

第四十二章　**浩劫** / 193

第四十三章　**分道扬镳** / 199

第四十四章　**石破** / 204

第四十五章　**天惊** / 208

第四十六章　**死前回放** / 212

第四十七章　**失陷的迷途** / 216

第四十八章　**失忆者** / 222

第四十九章　**冕世之冠** / 226

第五十章　**最后的信仰** / 229

# 第一章　生死异度

双目被替换成绽放幽紫色光芒的晶石后，再丑陋的凶犬也会变得耀眼。这些外来的入侵者此刻正在原本不属于它们的领土上肆无忌惮地横行，它们似乎正垂涎地盯着我。

此时此刻，我身边的一切都充满了残骸和血腥的味道，大脑一片空白，分不清周围那些暗红色的方块是否有着衡量人类价值的重量。然而，肩膀上灼烧的伤口却提醒着我，这些想法现在一点都不重要。鲜血在我的衬衫上如花般蔓延绽放，顺着胳膊一滴滴落在模糊地写着"禁止入内"的碎石上。

这里应该是安全的吧，即使不安全我也已经没有力气继续走下去了。我扶着墙悄无声息地走进残破的黑暗中。那些凶犬在碎石前嗅了嗅，并没有随我走入黑暗。

我似乎听到那些可恶的傀儡在光亮处徘徊的动静，可能这些晶石犬并不拥有平常狗的嗅觉，所以没有发现我，或者说它们觉得我马上就要死了，根本没必要费劲抓我。失血过多的身体已经无法支撑我再往前走，或许现在躲进这深不见底的破损银行保险库是最明智的选择。

恐怕我已经没有战力逃脱，更无法指望什么人能来救我，因为十五分钟前人类已经被宣判灭绝。

一切可能比你所想象的还要糟糕，也许在一般故事剧情中像我这样的男主角身受重伤还能得到救援和帮助，可我并不抱希望，现在我能做的就是把血止住。虽然说起来容易，但这并非像电影中那么简单。伤口已经完全撕裂，若不是衣服都被染得鲜红应该可以看到花白的锁骨。被那种晶石犬扑倒在地的感觉并不好，它们那坚韧的利爪能够轻而易举地穿透钢板，更别说我的肩膀了。

实际上，几天前我还过着和你们一样的生活。就像你们一样拿着书坐在公园的长椅上，在家中舒适的床上躺着，抑或是在商场喝着我最爱的汽水饮料为怎么赚钱而担忧。也许你会觉得那样的生活不及我现在的刺激，但是作为当事人我只能说，如果说要在失业和死亡中二选一，我选择失业，因为活下去才有希望。虽然这句话常在电影和书中出现，但这的确是真理。

　　我咬着外套的衣角，忍着剧痛用地上残破的灰布包扎着我的伤口，虽然我知道这种脏布会让伤口感染，但也总比现在失血过多昏死过去好。与其漂漂亮亮地死在这伸手不见五指的保险库中，还不如选择脏兮兮地活下去。每次贴近伤口都能感受到撕心裂肺的疼痛，我浑身发抖，衣角似乎全被冷汗打湿，就在这一瞬间，我终于体会到人类拥有着多么顽强的生命力。

　　折腾了半天，我再次把自己从地狱的悬崖边拉扯回来，无力地靠在保险库的钱堆上看着外面的光亮一点点暗淡下去。即将天黑的那一刻我真的觉得自己死定了，希望的光芒越来越昏暗，我的视线也变得模糊不清。

　　躺在钞票中离开这个世界是多么奢侈的死法啊，就让我这么静静地死去好了。我竟然开始遗憾没有人在一旁观看我的死亡，在死之前我也不知道该想些什么，怀念什么。没有父母，没有家人，我已经在这个社会中孤独地走了那么远。原来人在临死前真的会把一生的回忆播放一遍：

　　一间狭窄的小屋安置着三四件家具，门对面是一张残破的上铺，床下就是书桌，明确说是我的餐桌。电视挂在床铺对面的墙壁上。衣柜在门口的右手边，左手边是一个小架子，用来摆放一些纪念物件。

　　我睁着眼睛躺在床上，电视突然打开了，我一看手表，刚好是七点三十分，电视上正在播放希尔特公司在海上建巨大晶石建筑物的报道。电视上新闻发布会场地精致奢华，背后是高大宏伟的建筑，发言人西装革履，这个时代标准的高富帅大概就是这样了吧。

　　接受采访的是希尔特公司的新任董事，金发碧眼，看上去只有二十来岁，却穿着一套价值几百万的西服，众多报纸杂志记者拼命地伸出话筒，抢着提问。

　　一位记者道："向光晔先生，从今天起您就继承了您父亲向陨豪的公司，接下来您想对深受您父亲恩泽的广大民众说些什么？"

　　向光晔轻轻拍了拍肩膀上的灰尘，胸前双手交叉，胸有成竹地说："我会继承父亲的意愿，将晶石能源技术的研发提升到更高的层次，不管要付出多少，我都会尽我所能地造福人类。"他似乎意在强调他的家族对人类的贡献不仅仅是进步，而是进化。

其他记者又接二连三地问了一些缺乏建设性的问题，我转头看着天花板心中有着几分嫉妒，心里不爽地念叨："顶着光环出生的家伙，真是幸运！"

我挠了挠又该修剪的头发，从床上跃起跳到地毯上，站起后脱下睡衣，镜子中折射出还算健硕的臂膀。我用手摸了摸下腰上被内裤半遮半掩的奇怪胎记，触感很特别，有点像是用手去抚摸烧完后的灰纱一般。

连月光都被吞噬的深夜，天空中乌云盘旋，一副死气沉沉的样子，宁静熄灭了楼房所有的灯光，在那个时代，人类的能源已经被耗费到这种程度，似乎打开街灯都是一种奢侈。不过，或许是为了祭奠我的降临，闪电点亮了整个城市。一个男婴随着一道闪电出现在教堂门前的旧钢琴上。接着一记雷声炸开在天际，男婴那棕色的瞳孔中没有透露一点畏惧，更没有一丝哭腔。

第二日清晨，温暖柔和的阳光从天边浮起，当光芒触及男婴的一瞬间，男婴号啕大哭起来。此时阳光正透过绘有天使图案的玻璃洒进教堂，穿着白袍的老神父站在光束中央向神明祷告，门外的婴啼声吸引了他的注意力，他却没有停下祷告。过了不久，教堂里的修女们听到哭声都赶过来，在男婴身边围成了一圈。

一位上了年纪，衣服满是补丁的修女用力咬着下唇，皱着眉头说道："这孩子好可怜，刚出世就被遗弃了。"

旁边一位年轻的修女交叉着双手，一副审视的神情，嫌弃道："可怜什么，我们才可怜。又是哪对不负责任的父母，要扔也应扔到孤儿院去，这可是修道院，都快养不活自己了，这倒好，又多了张嘴，真是麻烦！"

"你怎么这么铁石心肠？"

"铁石心肠总比没饭吃强。"

此时从人群缝隙中钻出几个孤儿，踮着脚趴在男婴旁，下巴枕着胳膊，好奇地看着。其中一个大些的孤儿说："他哭得好凶，应该是饿了吧。"

年轻的修女拎起带头孤儿的耳朵，狠狠地将他拽到一旁，说："饿什么，就知道吃，给我干活去。"

做完了祷告，老神父不慌不忙地拿起《圣经》，端着圣杯向旧钢琴走去。看到神父过来，大家纷纷恭敬地让路。老神父把左手轻放在男婴的额头上，喃喃地念着经文，接着用右手拿起一片薄薄的面饼，沾了沾圣杯中的葡萄酒，送进婴孩的嘴中道："乖孩子，吃吧。"在教义中面饼和葡萄酒分别代表着耶稣的身体和血液，这是弥撒的一个重要环节。

奇怪的是，男婴根本没有咀嚼，反而把面饼吐了出来。老神父拾起吐出的面饼放在一旁的白色小餐布上，然后拿起圣杯用手指头沾了一点葡萄酒点在男婴的嘴唇上。

男婴仿佛受到了什么刺激，开始用力左右摇晃起来，把身上的包裹巾都抖开了。没等老神父反应过来，一柱热尿已经射出，溅到圣杯里、钢琴上，还弄脏了神父的白袍。

老神父被吓坏了，慌乱中把圣杯中的酒全洒到了男婴身上，两旁的修女赶紧上前把老神父搀扶到一旁。老神父擦着圣杯上的尿液大惊失色，感叹道："圣杯啊，这简直就是亵渎神灵。"

"神父，你先坐下，别着急。"

修女把老神父扶到椅子上，然后帮他擦干了身上的尿液。男婴猛地翻身坐在了琴板上，老神父拍着脑袋猛地站了起来，喊道："《圣经》！"

男婴的哭声戛然而止，转而被咯咯的笑声所替代。他握紧小小的拳头，撕扯着手中的《圣经》。顷刻间，《圣经》就如雪花一样漫天飞舞，众人全都目瞪口呆，仿佛石化一般，老神父用力摁着胸口，登时昏了过去。

## 第二章　恶魔之子

那天的受洗风波过后，老神父给男孩取名为"贝恩"。与其他孤儿不一样，贝恩从不做任何弥撒，甚至排斥任何关于圣灵的物件，他因此经常挨训，被罚关禁闭。其他人暗地里送给他一个绰号："恶魔之子"。

沿着教堂后面一条狭窄的走廊走到尽头，就能看到禁闭室，贝恩是这里的常客。禁闭室四面高墙，只有一扇小小的彩窗，彩窗前有耶稣受难的十字架摆设。每当阳光顺着彩窗倾洒进来，神圣感油然而生，仿佛正在洗礼小屋里的一切。

贝恩每次被关进禁闭室，都会蹲坐在窗户正下方的阴影里，不会让如此圣洁的光芒照到自己，更不会让它抵达自己内心的角落。贝恩短短的头发上清晰的刻痕是在抵抗修剪头发的时候留下的，浓浓的眉毛下一双深棕色的眼睛紧盯着门下的缝隙，好像随时准备攻击任何不速之客。

一般的孩子犯错被罚关禁闭的时间不会超过一天，但是贝恩经常被关上几天。甚至有一次因为他爬到圣台前的十字架上把耶稣的脸画成大花猫，被罚在禁闭室待了整整一个星期。

贝恩在大人们的心目中就像一个小恶魔，玩到哪儿，毁到哪儿。

在其他寄养在这里的孤儿眼里，贝恩也是个异类，常常被排斥和欺负。虽然贝恩年龄不大，身体也远不如其他孤儿壮硕，但骨子里非常强势。一旦被惹怒，他身体中涌动的戾气让大人都会头皮发麻。每次打架的时候他都会竭尽全力，即使头破血流，也要跟对方斗个鱼死网破。

虽然被百般折磨，贝恩却没有一点变得驯良的迹象。他们为此伤透了脑筋，想尽办法嘲笑、激怒他，让他在禁闭室待上更长时间。对此，贝恩只用眼中的寒光和唇边的冷笑回敬他们的"良苦用心"。所幸老神父宅心仁厚，每次贝恩被欺负的时候，他总会想尽办法维护他。贝恩的心因此没有被仇恨和暴烈所吞噬，每次打架的时候只有老神父的怒喝才能让他停手。

就像身处幽暗的种子也会努力冲破土壤一样，贝恩在教堂畸形的土壤中长到了十一岁。那一年正值世界形势巨变，随着地球能源的枯竭，各个国家都面临着严重的能源危机，企业纷纷倒闭，数以亿计的人失去了赖以谋生的工作。在混乱之中，各国之间为了争夺有限的资源纷纷开战，不久全世界的资源几乎消耗殆尽。

为了终止战争，避免人类因残杀而自取灭亡，国际联合组织发布了一项合并条例，世界从此没有国界之分，人类被迫进入了一个无国界的时代。在这个时代，作为国家机器的主管部门再也无法控制局面，宗教却像世纪前一样抚慰着为生存而恐慌的人心，成为许多人的精神寄托。

正当此时，一家名为希尔特的能源开发公司研发出一种能源晶石解除了能源危机，这对于无神论者无疑是凿凿的铁证。他们相信，只有晶石代表的科学才能拯救人类。

由于宗教信仰者和无神论者在立场上水火不容,世界版图再次被人为地划分为东、西两半,西边是神界,而东边则是无神界。

也正是那一年,老神父在一次晨起的祷告中猝然倒地,双手合十,安详地闭上了眼睛,完成了他在人间的使命。那天贝恩正在教堂门前捕鸟,听到轰的一声就赶紧跑进教堂。贝恩感到胸前被猛地一撞,随之瘫倒在老神父旁边。失去了老神父的庇护,迎接贝恩的将是无边的黑暗。

两年后,仇视他的修女们再也无法忍受贝恩白吃白喝又顽劣的个性,教唆几个孤儿激怒贝恩,让他大打出手,接着又捏造了一堆莫须有的罪名,将他举报为无神论者,教会最终决定将他赶出神界,遣往无神界。

连接神界和无神界的唯一通道是一条很长的海上铁轨,这正是世界上最伟大的能源开发公司希尔特公司赞助建造的。因为能源晶石几乎满足了世界上所有能源供应,希尔特公司声名大噪,被世人捧为人类的希望。

被遣往无神界那天,贝恩除了身上残破的T恤和手中的车票之外一无所有。那个年轻的修女奉教会之命将他押送到车站。

到了车站,修女只一脚就把贝恩踹下了轿车,恨恨地嘲笑道:

"滚吧,再也不用见到你,简直太开心了!"

贝恩迅速从地上爬起来,顺手捡起地上的酒瓶扔向轿车。修女慌乱地关上车门,连忙让司机将车开走。轿车一溜烟不见了踪影,只有酒瓶碎屑伴着灰尘四处飘零。

贝恩擦了擦脸上的灰尘,抬头看着车站上巨大的希尔特标志,一脸迷茫。

希尔特公司建造的火车站保留了中世纪的建筑风格,黑色火车头冒出白色的浓烟,鲜红色的车厢外面镶着豪华的金边和精美的浮雕图案,贝恩忍不住轻声赞叹,怪不得这条铁轨被大家称为"金色的轨迹"。

贝恩上车后发现整个车厢零零落落只坐着三四个人,看来经历了如此巨大的改革和宗教的洗礼后,大多数人还是愿意相信神明的庇护。只有很少一部分头脑清醒的人,才会把拥有的一切都看成自己努力的结果。贝恩找到一个靠窗的位置坐下,扶着窗沿,看着外面海滩的景色。

贝恩刚刚坐定,一个戴着圆片墨镜、身穿西服的成年男人走进车厢中。他站了一会儿,仔细打量了一下车厢,然后就拎起行李走到贝恩的座位旁。

"介意我坐这个位子吗？"

成年男子把墨镜向鼻尖下压，没有一丁点儿恶意，瞳色翠绿，深不可测，一如在平静湖泊中难以寻觅一尾游鱼的踪迹。贝恩刚才还因为修女的那一脚窝了一肚子火，现在可好，又出现这么一个奇怪大叔。他回头抛给奇怪大叔一个嫌弃的眼神，转过头，什么都没有说。

"谢谢了。"

成年男子一定早就从贝恩眼中读出了厌烦，但仍然厚着脸皮坐在贝恩身旁。贝恩往里挪了挪身子，他连今后自己生活的轮廓都不知道，哪里还有多余的心思去管这个无关紧要的人。

一声鸣笛高亢嘹亮，蒸汽从烟囱里团团冒出，如同冬日里的白色哈气。贝恩依然侧靠着窗沿，望着窗外逐渐清晰的海岸线，仿佛那边的世界正以一种神奇的方式缓慢走入他的人生。

"广阔的天空和迷人的景色，反而容易让人失去方向感。"坐在一旁的大叔扶了扶眼镜框，看了一眼窗外，叹息道。

贝恩眉头一蹙，趴在窗沿上思考着，下巴枕着双手。过了一会儿，一个穿着粉色制服的金发碧眼的女乘务员推着装满水和食物的餐车走进车厢。

"来点什么吃的或是喝的吗？"女乘务员面带微笑地侧头看着两人。

"我要一杯咖啡，不要糖。"大叔从上衣兜里掏出钱包。

"多少钱？"

"不用钱的，本次旅途，车上的食物和饮品都是由希尔特公司提供。"女乘务员笑着拿起咖啡壶。

"不要钱？那太好了！"奇怪大叔笑嘻嘻地端着乘务员递给他的咖啡，之后又忙着把好几袋市面上很贵的零食揽在怀里。

"那这位小朋友需要什么吗？"女乘务员又微笑地对贝恩眨了眨眼。

贝恩转过身摇了摇头，继续趴在窗沿上。

"有什么需要的话，车厢前有一个红色的按钮，按一下就会有乘务员过来了。"女乘务员推着餐车往里面的车厢走去。奇怪大叔一边喝着咖啡一边一袋一袋地品尝着零食。

"大叔，你不相信神吗？"贝恩出其不意地问了句。

奇怪大叔环顾左右，用手指着自己，"是跟我说话吗？"

"这里还有第二个大叔吗？"贝恩不耐烦地撑着下巴。

奇怪大叔没有拿稳杯子，咖啡浇了一裤子。他被烫得跳了起来，手舞足蹈的样子煞是可笑。

"当我没问。"贝恩从口袋里拿出一条白色手帕递给奇怪大叔，奇怪大叔接过手帕擦了擦裤子。

"谢谢，你是基督教徒？"

"不是。"

"那为什么手帕上绣着十字架？"

"这个不是我的，是我从一个浑蛋那偷来的，要是我的就不会给你擦裤子了。"

原来在修女把贝恩踢下车的一瞬间，贝恩从修女的衣兜里顺手掏出了她心爱的手帕。贝恩一脸得意地笑了起来，奇怪大叔握着脏兮兮的手帕的手停住了，愣在一边。

"那你还要不要？"

贝恩从奇怪大叔手中把手帕拿过来，扔进了脚边的垃圾桶里。

"真的不要了啊？不过也是，男孩子用这样的手帕会被嘲笑的吧。"奇怪大叔一副看穿贝恩心思的样子。

贝恩毫不在意地靠在座位上，奇怪大叔看着贝恩不理不睬的样子，只好一本正经地回答刚刚贝恩的问题：

"我叫卡诺，是一个神学研究者。我崇拜神明，也相信其存在。"

"那你为什么要去无神国度？"贝恩沉默了一会儿才回应了一句。

"因为我想去探索被遗留在无神国度的废墟和遗迹，我想不久后它们就会被无神论者破坏殆尽了。我只是不想让传承了那么多个世纪的文化因为人类的自私而消失。"

卡诺在说这番话的时候仿佛脱离了刚刚那个奇怪大叔的姿态，眼镜下双瞳坚定，投射出十足的热力。

"大叔还真是热血啊！"

还没等贝恩说完，卡诺又因为拆零食包装时用力过大，把零食撒得到处都是。

贝恩耸了耸肩，推开车窗，吹着海风。海风透着一股干净舒适的味道，仿佛能把前世的一切痛楚洗涤干净。这时一颗水珠随着海风滴落在贝恩的脸颊，贝恩感到脸上一丝温暖的触感，一种亲切的悲伤油然而生。

贝恩用手轻轻拂去脸颊的水痕，闭上眼睛感受着手中的一抹清凉。过了一会儿，贝恩把头探出车窗，却只看到一望无际的海洋。他坐立不安，转身站了起来。卡诺好奇地看着这个举止怪异的男孩，说道：

"要小便吗？厕所在后面的车厢。"

贝恩没有理会卡诺，跨过卡诺身前，往前面的车厢走去。

"厕所在后面。"卡诺耸了耸肩，继续吃着零食。

## 第三章　诡旅

因为车厢晃荡，贝恩只好扶着座位靠椅慢慢向前走。走过了三四节车厢，才看到一扇挂着"禁止入内"牌子的铁门。贝恩好奇心大发，伸手拧动沉重的门把，用尽全力把铁门推开。

眼前的景象让他大吃一惊，一颗巨大的紫色晶石屹立在驾驶舱的中央，和他在教科书里见过的蒸汽火车不同，这辆火车的能源完全是由这块晶石提供的。紫色晶石绽放出炫目的光彩，贝恩揉揉眼睛，不禁想要伸手触摸一下。就在贝恩的手即将触碰到晶石的那一刻，一个女乘务员突然抓住了他的手。

"小朋友，不要乱碰哦，这里是驾驶舱，请回到你的车厢。"女乘务员依然微笑地看着贝恩，而手却狠狠地捏着贝恩的手腕，一下就把贝恩拽了出来，然后又在铁门上套了一个大锁。

贝恩满眼失望，只好揉了揉被捏红的手腕，返回自己的车厢。就在走回车厢的路上，贝恩突然像是被什么神秘的东西指引般，停在了一节车厢的最后一个座位前。

那是贝恩和她的第一次见面。

鲜红色的发丝随着海风轻轻飘动，划过她那蔚蓝色的瞳孔。贝恩呆呆地望着她，从来没有人给他留下如此深刻的第一印象，那种感觉就好像她的悲伤透过空气，让他的心脏随之颤动。

"对不起。"

红发女孩抬头看到贝恩愣愣地站在那儿，弱弱地道歉，侧着头不敢注视他的眼睛。贝恩一脸彷徨，他早已习惯教堂弱肉强食的环境，从来没有人会为他感到愧疚，也从来没有人对他说过这三个字。

可这并不是贝恩讶异的全部，她让从来不信神的贝恩产生了一种命定的感觉。也许有那么一种人的出现，让你仿佛觉得至今拥有的一切，甚至连生命都是为了走入那个人的人生而准备的。这感觉让贝恩心烦意乱，甚至恐慌。

"为什么跟我说对不起？"贝恩习惯性地用生气的口吻回应这可怜的女孩。

"我……"红发女孩刚想开口说话，但一看到贝恩的眼神，又把剩下的几个字吞了回去。

"好了，真够费劲的。"贝恩有些不耐烦，走到自己的车厢门口处瞟了一眼，卡诺正调侃着乘务员小姐，两人的笑声吸引了好几个乘客的侧目。贝恩默默地叹口气，转身回到红发女孩的座位边说道："我在这待会儿，你不介意吧？"

"是的。"红发女孩委屈地轻声说。

"是的？你介意？那我还是走吧。"贝恩一脸不快。

"不，我的……我的……意思是我不介意你……坐这儿。"红发女孩忙小声叫住贝恩，满脸通红。

"唉，说清楚嘛！"贝恩叹了口气，一屁股坐在她的对面。

自从贝恩坐下之后，红发女孩大气都不敢喘，更不敢翻书拿东西。两人都看着窗外的风景。

"你也是莱霆镇的人吗？"红发女孩的拘谨让贝恩非常不自在，只好搭话来缓解一下紧张的气氛。

"你在……跟我说话吗？"红发女孩被吓了一跳，用食指指着自己。

"这里还有第二个人吗？当然是跟你说话啦！"贝恩烦躁地双手插兜，眼睛一立。

"不……不是，我是……桑……德镇的。"红发女孩被贝恩的眼神一吓，话都说得断断续续的。

"难怪没见过你，我有那么可怕吗？"

"没……没有，只不过这是我第一次跟陌生人说话。"

"你叫什么？"

"莎……莎若。"

"莎若？好吧，你也不相信神？"贝恩左脚踩在椅子上，左手肘架在膝盖上，扶着脑袋看着她。

"不……我相信神，先生。"莎若激动地把手帕攥紧。

"我叫贝恩，别叫我先生了，听着真别扭。"贝恩抿抿嘴。

"好的。"

"那你去无神国度做什么？"

"我……不……知道。"莎若委屈地看着贝恩的后脑勺，吞吞吐吐地回答道。贝恩看着莎若失落的表情，她蔚蓝色的瞳孔仿佛又将被悲伤吞没似的。

"'不知道'是什么意思？你难道坐错车了？喂，这可不是闹着玩的。"贝恩的话把莎若的坚强彻底击毁。莎若紧紧捏着手帕一角，浑身颤抖着，即使咬着嘴唇闭紧双眼也没能阻挡泪水的决堤。

一看到莎若这副模样，贝恩手足无措，转身跑开了。在他最无助最需要安慰的时候从来没有人安慰他，老神父给他的更多的是父亲般的严厉，他根本就不懂怎么去安慰别人。脆弱和悲伤在他的生命中仿佛是禁忌的情感，只会激起他的愤怒。

在贝恩跑回自己的车厢后，莎若还没有止住哭泣。正在这时，一个白色身影悄然而至，他从口袋里抽出一条干净的手帕递给莎若，莎若接过手帕后擦了擦湿润的眼眶，抽噎道："贝恩，对不起，刚才我太失礼了。"莎若把面前的人当成了贝恩。

她揉了揉眼睛，抬起头看到一位身着白色西服，金发碧眼的男孩优雅地笑着，那种笑仿佛让莎若感到心被融化了一般。男孩身边的随从急急忙忙地催促着："向少爷，你怎么能跑到这个车厢里来？如果感染了什么那就不好了。"

"你难道没有看到这位可怜的小姐正在伤心吗？"向光晔高傲地瞟了随从一眼，犹如一道寒光将他逼退。

"对不起，我还以为你是……"莎若一时不知该说些什么，无措地看着向光晔。

"没关系，被你这么美丽的女孩误会是我的荣幸。"向光晔俯下身给莎若擦了擦眼角的泪痕。

这时贝恩已经回到自己的车厢，他没等卡诺让开，一脚踩在桌板上跳进自己的座位，双手交叉地蹲靠在椅子上，一副怒气冲冲的神情。卡诺用袖子擦了擦桌板上的鞋印，莫名其妙地看着这个生气的男孩。

"你干吗去了？刚刚我又拿了点吃的，你饿不饿？挑一个喜欢吃的吧，就当大叔请客了。"卡诺从包里掏出几袋零食。还没等卡诺在桌上放稳，贝恩突然一个激灵，把零食全部揽入怀中，一个箭步冲了出去。

贝恩抱着吃的往莎若的车厢急匆匆跑去，卡诺看着贝恩和自己被抢走的零食，又从包里拿出一包干果，自我安慰道："幸亏我还藏了一袋。"

当贝恩回到莎若的车厢时，莎若已经不见了。贝恩只好放下食物，挨个车厢寻找。来回寻觅了整整一圈之后又回到了原处，看着车窗外深蓝和浅蓝的交汇线，贝恩感觉到一丝失落。

由于劳累，贝恩很快在座位上睡了过去。不知道过了多久，一阵伴随着齿轮旋转和钢铁碰撞的巨响从车头方向传来，贝恩揉着眼睛，眯眼看向窗外。天色灰蒙，铁轨末端的海崖上耸立着一座巨大的建筑，这栋银色的建筑是无神界的车站。

在车站的高塔上，印有希尔特家族徽章的旗帜高高飘扬，贝恩突然发现高塔的银色屋檐顶端镶嵌着许多大小不一的紫色晶石，和自己在车厢中看到的一模一样。

当火车顺着轨道驶入车站，车厢内所有的车窗同时关闭，每个座位上方的暗格中都喷出了一股浓烟。贝恩感到不妙，拔腿往外跑，还没踏出两步就倒在了过道上。此时，戴着面罩的女乘务员推着担架般的推车走入车厢。

"真是伤脑筋呢，小朋友，进站时请在座位上耐心等候。"女乘务员蹲在贝恩身前埋怨道。

"这到底是哪里？你们想干……"贝恩还没说完，就昏了过去。

女乘务员系上白色橡皮手套伸向昏迷中的贝恩。

"欢迎来到无神界。"

## 第四章　遁生

在昏迷中，贝恩看到灼烧的花瓣漫天飞舞。随着花瓣的散落，黑暗中有一扇铁门若隐若现，贝恩伸出双手向前摸索着，就在指尖触碰到铁门的一瞬间，铁门忽地燃烧起来，火焰像一条巨蛇般向两侧蔓延，照亮了无边的黑暗。

贝恩突觉腰间一阵剧痛，眼前的景象随之消失。双眼被强光刺痛，他赶紧眯上眼睛观察周围的一切。

四周都是被银色金属包裹的墙壁，大概不到两米高的金属天花板上密密麻麻排列着许多发光的小孔，强光正是从那里发出来的。抬起手腕，贝恩发现手上戴着一个写着奇怪编码的塑胶手圈，他连摘掉的力气都没有了。天花板上的光点开始喷出蓝色的液体，贝恩根本无处闪躲，只好闭上双眼保持不动。

这些蓝色液体并没有贝恩想象的恐怖，它们迅速渗入衣物和鞋子，将布料瞬间分解融化，皮肤却没有一丝的灼痛。随后又是温水冲洗，热风烘干，最后蓝色液体随着水从房间地面的管道流走，留下了淡淡的清香。贝恩一丝不挂地站在房间的中央，忙着用手遮羞。就在这时，正后方的金属墙壁如同百叶窗一般打开，叠好的红色连体制服和鞋子已经整齐地摆放在出口的架子上。

贝恩迅速换上衣服走出房间，等眼睛适应了外面的光线，才发现身边有大概一百余人，穿着跟自己一样的衣服随着通道向前方的银色大钟楼走去。贝恩本来想要找个人打听一下，却发现那些人个个面色如纸，只好收起敏感的好奇心，汇入前进的人群。

当人群来到钟楼前，大家纷纷停下了脚步，贝恩急于知道发生了什么，敏捷地蹿到人群最前方的演讲台下四处张望。演讲台后一座巨大金属人像拔地而起，下方的石碑上镌刻着"希尔特创始人向陨豪"几个烫金大字。

没过多久，一个长腿细脚的男人走到讲台中央，用奉承的口吻演说着希尔特公司的章程：

"欢迎各位来到无神界，自从希尔特公司把世界从能源耗尽的绝望中拯救出来，建设了'银都'这个城市，这片土地终于开始以新的方式，以希尔特的方式接纳人类。

"如果你想在无神界生存，那就让我们开始相信希尔特吧。希尔特公司会成为你最强的护盾，在这里你会感受到家的温暖。

"经过洗礼后，你们的一切身外之物都不复存在了。抛掉那些背叛我们的过去，让我们以希尔特的方式重生吧。接下来会给大家分发表格，今晚会为大家分配工作，发放证件，每个人都会得到希尔特公司赞助的生活经费和舒适住房。希尔特将引领着你们走向新的世界，希尔特会为人类创造更美好的世界！"

那个男人说完最后一句话的时候，头高高地扬起，双臂打开，一副陶醉的神情，再配上滑稽的腔调，简直称得上无与伦比。在贝恩看来，这些溢美之词不过是催人软弱的精神麻药，以前在教堂的时候，年轻修女总会在台上一把鼻涕一把泪地表演自己的虚伪。原本不苟言笑的贝恩竟然放声大笑，笑声一出，连他自己都被吓到了。

长腿细脚的男人狠狠地瞪了他一眼，折好演讲稿趾高气扬地走下台，给旁边的警卫使了一下眼色，两个身强力壮的警卫慢慢向贝恩的方向走去。

与此同时，几个穿着白色工作服的男子开始向每个人发放表格。这时，贝恩忽然在靠近嘉宾席的人群中发现了一个鲜红发色的背影。是她吗？那个让他几乎把火车翻了一遍的腼腆女孩？

那女孩接过表格，侧过身向工作人员感激地道谢，贝恩定睛一看，果真是莎若！也不知道她当时跑去哪里了，真想好好问问她，看看她的窘样。

这样想着，贝恩就往嘉宾席跑去。刚才的两个警卫刚想伸手抓住他，被他突然的举动吓了一跳，还以为他想袭击嘉宾席，连忙追了过去，嘉宾席的警卫也排成一字拦住了贝恩的去路。

情急之下，警卫不得不使用电击枪来稳定局面。贝恩还没来得及喊出莎若的名字，突然感到身体一阵酥麻，眼前一黑倒了过去。

此时莎若正在对向光晔诉说自己的辛酸往事，向光晔一时听得入迷，没有注意到现场的异常，只模糊地看到几个警卫押着一个垂头丧气的人，看不清面孔。

向光晔的随从是个机灵人，感觉事情不妙又害怕惊动少主人，连忙奔到警卫那边催促着：

"你们干什么这么吵？少主人在那边视察呢。要是打扰到少主人，你们几个吃不了兜着走！"

"您大人不计小人过，这小鬼跟发疯似的冲过来，我怕出什么事。您别生气，我们立马把这小鬼就地解决。"身宽体胖的警卫长低声下气道。

随从低头打量着被电昏过去的贝恩道：

"这种人绝对不能留在银都。"

"是，是，我们会处理的。您放心。"

"警醒着点，如果惊动了少主人就没这么简单了。"

向光晔的随从扭头走了之后，警卫长转过身恨恨地跺了跺脚，然后命令警卫：

"把这小鬼抬到城外废墟处理掉就好了，注意别让人发觉。"

正当此时，演讲台前是一片欣喜若狂的气氛，人们忙着填写表格，憧憬自己的美好生活，根本没有注意到这幕不和谐的小插曲。

两名警卫把昏迷中的贝恩抬起，绕过演讲台的后面。警卫长点了根烟，若有所思地低头跟在后面，三人开车向城外走去。

过了好一阵子，贝恩缓缓睁开了眼睛，警卫长见他醒来，一拳结结实实地打在贝恩的侧脸上，他感到一股咸腥的滋味涌了上来，一口鲜血喷出，在一旁绿草的映衬下显得触目惊心。

还没等贝恩反应过来，两个警卫又牢牢地按住他的肩膀让他跪在地上。警卫长一脚踢在贝恩的下巴上，贝恩毫无还手之力，一个小孩再怎么顽劣，怎么可能敌得过三个成年男子呢？

一顿拳打脚踢之后，贝恩遍体鳞伤，警卫长气喘吁吁地又点了根烟，冷冷地说道：

"小鬼，还挺经打的。"

"长官，一刀宰了得了，何必这么费劲呢？"

"一刀宰了太便宜他了。"

谁能料到，就在离他们不远处的一棵参天大树后面，一对凌厉的巨大金瞳正密切注视着这里发生的一切。

警卫长这时从腰间抽出锋利的匕首，抓住贝恩的头发将他拎了起来。贝恩早已不省人事，任凭警卫长摆布。

就在警卫长手中的利器刚要穿透贝恩颈部的一瞬间，轰然一声巨响，警卫长身后一个巨大的物体如陨石般坠落。两个警卫满眼惶恐，吓得跪倒在地上，随即连滚带爬地逃窜。警卫长双手紧握匕首转过身去，就在他转身的一刹那，他的瞳孔竟然颤抖不停，手中的匕首随之滑落。

两名警卫拼命地往车的方向跑去，刚启动车子，就听到身后传来一声惨叫。刚刚驶出一公里山路，一个铅球一样的物体砸烂了挡风玻璃，坐在副驾驶座上的警卫还没来得及呼喊，就看到车顶被爪子一样的硬物戳穿。开车的警卫在慌乱之中把油门当成了刹车，一个大甩尾飞出山路，在斜坡下的大树上摔得粉碎。

车厢内供给能源的紫色晶石完好无损，而车里的两人当场毙命。

## 第五章　险境藏身

贝恩醒来时发现自己躺在一张松软的草床上，依稀中看到灰墙上开着的木制门窗，颇有些古代庙宇的风格，这种陌生感既让他恐惧，又让他兴奋。他刚要下床弄清楚自己身在何处，身上剧痛伴着奇痒一波波来袭，他只好乖乖躺着。

隐约中他只记得发亮的背影、鲜红的血泊和一头毛绒巨爪的怪物，好像还有一颗闪闪发亮的紫色晶石。贝恩早已分不清这些到底是记忆碎片还是自己的梦境，昏昏然又睡了过去。

贝恩再次恢复意识时，身体已经没有异样的感觉，只听见远处一阵嗒嗒的声音越来越近，好似是电影中穿木屐奔跑的场景再现。接着一阵风过，额头上有清凉柔软的东西划过，呼吸间能嗅到药材的清香。

贝恩忽地坐了起来，一个看起来十二三岁，脑袋光溜溜的小孩手里拿着毛巾，一脸无辜地望着他，浓浓的棕色眉毛下一对明亮的黄色瞳孔直逼贝恩的眼睛，透出一股单纯的气息。

"是你救了我吗？"贝恩第一眼看到这个小孩就有一股难以言说的亲近感。

小孩挠挠后脑勺迟疑了一下，点了点头。

看到这个人畜无害的小家伙，贝恩松了口气，然后抬起胳膊扭动肩膀，拆开手腕上的绷带，伤口竟然痊愈了，连一道疤痕也没留下。

"我躺了多久了？身上的伤居然都已经好了，这些药是你弄来的吗？"

小孩点了点头，贝恩拆开肩膀上的药包。

"那你能告诉我这是哪里吗？"

小孩摇了摇头。

"你听得懂我说什么吗？"

小孩点了点头。

"你把我带回来的时候，有没有看到什么奇怪的东西？"

小孩摇了摇头。

"奇怪，当时我明明看到了的。这里是你家？"

小孩点了点头，贝恩不禁有些急躁。

"你除了摇头点头，不会别的了吗？"

小孩摇了摇头，贝恩开始有些恼火了。

"你会说话吗？"

小孩点了点头，贝恩瞬间火冒三丈。

"你会说话就说话啊，点头摇头做什么？"

"明叔说不要随便跟陌生人说话的。"

小孩呆呆地瞪大眼睛看着贝恩，贝恩叹了口气，拍了拍额头，瞬间石化。

"怎么了？"

"那你还把陌生人往家里带？"

"嗯？好像也对，当时我也考虑了好一会儿，才决定带你回来。"

贝恩长舒一口气，倒在床上。

"你就应该把我留在那儿，让我被怪物吃掉。"

"吃掉？"小孩摇了摇头，细声慢语道，"你应该不好吃的。"

贝恩气不打一处来，自己刚从生死垂危的状况中挺过来，看来又要被这个莫名其妙的小孩活活气死。

"你怎么知道我不好吃？"

还没等贝恩反应过来，小孩一口咬在贝恩的手臂上。贝恩疼得从床上跳了起来，看着手臂上刀刻般的牙印，大吼道：

"你干什么！"

"你不是说你好吃吗？那我就尝尝嘛。的确不是特别好吃。"

贝恩怒目而视，彻底放弃了与这个家伙的沟通，扭头盘坐在床上。小孩感觉自己每说一句话，贝恩都会生气，索性站在一旁，小心地观察着贝恩的一举一动。

没过多久，沉默被贝恩咕咕叫个不停的肚子打破了。贝恩心想这家伙本来也没什么恶意，毕竟人家救了自己，自己没有道谢，反而对他发脾气，这样好像说不过去。

"我饿了。"贝恩想要化解尴尬。

"你等着，我去给你拿吃的。"

小孩踩着踢踢踏踏的木屐往屋外跑去，不一会儿，踢踢踏踏的声音再次响起。小孩端着一碗热气腾腾的肉出现在贝恩面前。贝恩在火车上就没有好好吃东西，早已饿到了极点，狼吞虎咽地扫荡一空。他摸着滚圆的肚子打了个饱嗝，一边的小孩双手扶头靠在墙边，默默流着口水。

"好吃吗？"

"你一个小孩上哪弄来的肉，这么好吃？"

"这是昨天晚上山猫妈妈送来的几只小山猫，最近山猫肉都吃腻了。还是更喜欢吃野豺肉，比较有嚼劲。"

"完全听不懂你在说什么。"

"其实早就跟老豺说好了，把它外甥送给我，可是这家伙都拖好几天了，明天得亲自去了。"

贝恩完全迷糊了，他只知道自己死里逃生还饱餐了一顿，大快朵颐之后竟然有些失落，他不知道自己未来要去往何方。那所谓造福人类的宣言，实际上草菅人命的伪善让他失望透顶，心中燃起了愤怒和仇恨的火苗。

正在两人各自思考之际，屋外传来阵阵重物凿地的声响。一位白发齐眉的老者出现在门口，手上挂着雕满眼睛图案的铜制拐杖，白色绷带遮住了双眼，他埋怨道：

"野儿我跟你说过多少次，血一定要洗干净，血肉不驱冤魂不散，你的阳寿会因此衰减的！"

即使蒙住双目也遮不住老者身上的恶煞之气，贝恩还是第一次知道，人的气场可以如此咄咄逼人，忍不住往后退了两步。小孩似乎明白了什么，跑到贝恩身前东遮西掩。

"我知道了，明叔你怎么到我这来了？"

还没等小孩把话说完，老者隔着绷带就感受到贝恩的存在，大声道："跟你说过多少次，不能带人回来！"

"就这一次嘛。"

"质野，你这小子就知道惹是生非。"

"我知道错了。"小孩委屈地摸摸头。

"原来这小子叫质野。"贝恩心中这样说道，旋即大喊，"你不要怪他了，我这就走。"

贝恩推开质野，就往门口走去，可一只脚刚刚迈出门槛，另一只脚还没有抬起，就感到下半身一股无形的压力，脚仿佛有千斤重，怎么都动弹不得。

身后老者单手横握铜拐，口中喃喃自语，似乎施了咒法。

"这里岂是你说来就来，说走就走的地方？何况你这毛头小子，怕是还没走出这阴山鬼林就命丧荒野了。既然野儿救你回来，那我就破例让你在这住下了。"

质野终于松了口气，暗暗自喜，贝恩腿部突然解除了压力，一个踉跄栽倒地上，满脸都是不服的神情。

"我才不要你假好心，我是生是死，跟你有什么关系！"

"你的生死跟我无关，以后质野会教你在这里的规矩。这也算是给质野找个帮手，不干活可不给吃的，我可没兴趣养个跛驴。"

老者说着便跨过门槛走了出去，完全不理会贝恩的反应。

贝恩听完老者这番话反而平静了下来。虽然这两个人非常怪异，但是比起教堂那些人面兽心的家伙要真诚得多。这两个人是否就是传说中的世外高人呢？贝恩仿佛如堕云雾，心想这些奇遇应该可以写成一部很好看的小说吧！

"太好了。"质野满脸欣喜地盯着贝恩，贝恩被盯得有些不好意思，不禁别过头去。

"拜托不要这样看着我好吗？"

"该叫什么名字好呢？"质野轻轻敲了敲贝恩的脑袋。

"我不是宠物好吗！我有名字的好吗！我叫贝恩。"

质野若有所思地挠了挠后脑勺，试探道：

"饼？"

"是贝恩，呆瓜木鱼头！"

从此，贝恩就在这片山林里展开了新的人生。

每日清晨，窗外透出微微淡蓝色亮光的时候，他就能感觉到外出猎归的质野钻进被窝的动静。质野的作息和常人恰恰相反，他深更半夜的时候会吃饱喝足出门猎食，清晨才回来继续睡觉。质野没有心事，一睡起来鼾声如雷，成为贝恩早起的闹铃。贝恩一听见鼾声就会起来劈柴烧水，等质野睡醒就和他一起做饭洗衣服，偶尔还会去山中玩耍。

明叔告诉贝恩，这片荒山和世界大变之前没什么两样。古人把这里定为风水极阴的禁忌之地，建城毁家，建国亡民。山中瘴气弥漫，遍地是枯枝朽木，一直被世人称为不朽之山、荒芜之地。更有人夸张地把这里称为"地狱之门的入口"，从来不相信神明的希尔特公司都不敢开发这里，所以这里也是希尔特公司势力渗透最弱的地方。每次出去玩耍，要不是质野熟悉道路，贝恩恐怕早就在人间蒸发了。

这里的日子让贝恩感到前所未有的平静，他想，或许命运自有它的安排吧。可是平淡的日子过久了，贝恩刚刚安定的心又开始躁动起来，他发现明叔这个奇怪的老者每日都神神秘秘地在道观的后堂烧钢打铁，不禁想要探明两人的来历。

可是明叔一副仙风道骨的样子，好像什么都瞒不了他，看来只能从质野这呆纯的家伙入手了，贝恩暗自揣度着，寻找一切可以探明真相的机会。

一次深夜质野外出寻猎，贝恩终于抵不住好奇心的驱使，偷偷地跟了上去。

## 第六章　破疑

那日贝恩趴在床上假装入睡，头歪向质野的方向，观察着质野的一举一动。质野看着贝恩几乎霸占了整张床，连忙说道：

"贝恩，你太狡猾了，抢这么大地方。"

"不要打扰我睡觉，呆瓜木鱼头。"

"我才不是呆瓜木鱼头呢！"

贝恩害怕自己睡着就不能一探真相，蹙起了眉头。认识质野将近一个月，都没见他剃过头，怎么没有长一根头发呢？他每天晚上是怎样打猎的呢？

深夜，万籁俱寂。质野摇摇晃晃地走出门去，身体好像不受自己支配似的。贝恩揉去眼中的困意悄悄跟上，脚步轻得如同踩在棉花上一样。

走了几里路，质野突然在枯木前蹲下，几只野豺垂涎着将他团团围住。清冷的月光照在赤手空拳的质野身上，金色瞳孔没有一丝恐惧。就在贝恩捡起石块想上前帮忙时，质野两手合成喇叭状对领头的大野豺低语片刻，豺群迅速散去。

贝恩暗自惊奇，就在揉眼睛的瞬间，质野踪影全无。贝恩跑了过去，地上只有被撕碎的布衣，四周是深不见底的丛林。忽地，前方传来一声吠叫，贝恩顾不上胸口憋闷，往前方瘴气更重的地方奔去。

荒地上，一边是双爪勾地的巨兽，一边是足有两米多高，吐着信子的巨蟒。

低吼声瞬间消失，巨蟒忽然以电光石火般的速度扑向巨兽，试图将巨兽牢牢缚住。这巨兽也不是等闲之辈，瞬间就将硕大的利爪切入了巨蟒的身体，将巨蟒狠狠抛到地上。巨蟒扭动几下就不再动弹，鲜血染红了大地。

眼前的场面让贝恩有些张皇失措，但此时他确信这巨兽正是当日救他的那只。它为什么有着和质野如此相似的金色瞳孔呢？

正在贝恩琢磨时，巨兽拔腿朝他的方向飞奔而来，速度之快让他根本来不及闪躲。就在巨兽的利爪离贝恩只有两步之遥的刹那，它突然缩回利爪，用柔软的爪垫搂住贝恩，伸出巨大的舌头把贝恩舔得浑身口水。

"质野？是你吗？"

巨兽喘息着把贝恩轻轻放下，像狼一样蹲坐在后肢上，前肢撑地，对月嚎叫。皎洁的月光下巨兽的毛发开始脱落，身体也如缩水般越来越小，从一团黑色毛发中跳出一个光屁股的小孩，得意洋洋地站在贝恩身前，正是质野。

贝恩擦了擦身上的口水，端视着质野。

"真的是你啊？"

质野嬉皮笑脸地挠了挠后脑勺。

"贝恩，你怎么会到这里来呢？"

"你还问我，刚刚到底是怎么回事儿？你怎么会变成那样，然后又变回这样？"

质野没听明白，又挠了挠后脑勺。

"变成哪样啊？"

贝恩一个脑瓜嘣儿狠狠地敲在质野的脑门上。

"都被我抓到了就不要装了，你个呆瓜木鱼头！"

质野委屈地抱头鼠窜，贝恩追了上去。

"你不要问我啦，我也不知道。"

还没等贝恩追上质野，质野就被树枝绊倒，摔进草堆里。贝恩叹了口气，停住脚步，说道：

"唉，我问错人了。"

贝恩转身往道观的方向走去，质野从草丛中探出脑袋委屈道：

"贝恩，你要去哪？不要把我一个人留在这里啊。"

贝恩走近道观后堂的入口，拱门上的瓦砾早已支离破碎，蛛网密布，青铜门厚重斑驳，他用尽全力推开一个小小缝隙侧身钻了进去。通往后堂的一条红墙窄道，两边堆满了各式各样的刀枪剑戟。件件兵刃寒光闪闪，如秋霜般锋利。

贝恩不禁心惊地吐吐舌头，顺着一阵重锤打铁的声音踏上台阶。声音越来越近，打铁人的轮廓也越来越清晰，明叔正抡着铁锤捶打着火红的物件，听到脚步声却没有一丝懈怠。

"明……"

还没等贝恩说完话，质野已经穿好衣服从阶梯跑了上来。

"贝恩，不要过去。"

"啊？"

质野拉着贝恩要走，明叔突然放下了铁锤大喝一声："站住。"

质野立马挡在贝恩身前，"明叔，是我的错，别怪贝恩。"

"谁说要责怪你们了，贝恩，你过来。"

质野对着贝恩摇了摇头，但贝恩还是往铁匠炉走去。明叔看贝恩安然无恙地走近熔炉，微微点头。

"你果然不寻常。"

"什么我不寻常，你们才是吧。为什么质野会午夜变身，你又到底是做什么的？打造这么多兵刃到底想做什么？"

"哦？你见到质野的幻身了？"

"明叔，我嗅到豸宝宝们有危险就跑去救它们了，贝恩当时也在。"

质野往铁匠炉走来，熔炉突然升起熊熊烈焰，把质野逼得踉踉跄跄。

"质野你没事吧？"贝恩浑身颤抖着问道。

"天罡烈焰能炼神兵鬼器，世间万物甚至寒铁金刚都能被熔化。此火只有天瞳重子能够接近，上千年来无一例外。刚才你靠近熔炉时，炉火没有任何异常，这说明你绝非寻常之辈。"

明叔从一旁武器架中抽取一柄巨大铁斧往熔炉旁一投，铁斧瞬间被熔成透红铁水。贝恩见识到火焰的威力后，百思不解。

"这怎么可能？"

明叔走到贝恩身前摘下蒙住眼睛的绷带，一只拥有两个瞳孔的眼睛暴露在贝恩面前。贝恩被吓得倒在地上，明叔闭上眼睛系回绷带。

"我就是重瞳子，而质野之所以能与动物沟通，会变身幻化，是因为他的母亲是狼族。而你也绝非凡夫俗子，质野兽化之后，除了野兽之外六亲不认，但他居然能在你面前保持理智，这也许就是命。"

"可我只是个普通人……"

"如果你只是个普通人，质野遇到你的那天就把你吃了，如果你只是个普通人，也不可能站在熔炉旁跟我说话，早就化成灰了。"

"这不可能，我不相信。"

"孩子，古话说得好：既来之，则安之。你跟我们注定有缘，你想走我不会阻止你，但是我和质野对你没有任何恶意。"

贝恩虽然心中还有许多疑问，但一想到和质野朝夕相处的情谊，低下头深深叹了一口气。

"我错怪你们了，可你们早该和我说清楚！"

明叔摸了摸贝恩的脑袋。

"好孩子，在我们这里不用解释什么。不管做错了什么，我和质野都会原谅你的，也希望你能够谅解质野的苦衷。在这孤山野林中，他好不容易找到一个能够相处的朋友。质野当初也是怕你没法接受，才没有告诉你。"

贝恩面朝着质野，张着嘴想要说些什么，却一个字也没憋出来，这时质野一头扑倒在贝恩身上号啕大哭道：

"贝恩，你不要走啊。好不容易有个朋友，你走了我又是一个人了。"

"我没有说要走啊！"

质野确定贝恩不走之后，马上停止了哭泣，在贝恩的肩膀上用力擤了下鼻涕。

"不要把鼻涕弄我身上啊，笨蛋！"

明叔一脸严肃地举起一把做工精致的铁锤递给贝恩：

"这个世上我只见过两个人不惧天罡火，一个是我师父，另一个就是你。既然天罡火影响不到你，那我就把锻造的技艺教给你，这样也算有个传人。"

"快拿吧，明叔可从来没有认可过任何人哦。"质野在一旁手舞足蹈地催促着。

贝恩抹了抹手心的汗水，双手接过明叔递给他的铁锤。看到贝恩坚毅果敢的模样，明叔露出了欣慰的笑容。

从那之后，除了每天收拾质野捕来的猎物和清洗衣物之外，贝恩还会在午饭后跟明叔学习锻造的技艺。这种山间野林的生活貌似苦闷无趣，但相对于教堂里被人歧视的生活，不知有多快活！

## 第七章　刑天

　　春去冬来，时光飞逝，转眼之间贝恩已经在山中住了一年有余。这荒山夏炎冬寒，未到冬至山林早已白雪皑皑。早在寒冬来袭之前，质野就已经储存好充足的食物和冬衣，到了冬天也就不必经常出去打猎，每日睡到午时饭点才会起床。

　　贝恩在明叔的调教下，锻造技艺越发精湛，但他的锻造手法与明叔截然不同。明叔性情沉稳，一锤一凿都精巧独到，喜欢慢火出细活；贝恩性情急躁，以熊熊烈火配合着电光石火般粗暴的手法，成品却不失精细。不到一年贝恩就已经掌握锻造技艺的精髓，明叔甚感欣慰。

　　那天已是黄昏，随着日落西山，瘴气包裹了整个道观。后堂伸手不见五指，唯独熔炉的火烧得红亮。

　　在炉火映照下，贝恩的臂膀闪闪发亮，他娴熟地从水池中抽出刚刚完成淬火的兵刃，这已经是他打磨的第一百件兵刃了。明叔用两根手指轻轻擦过刀刃，笑着点点头，转身在熔炉后墙尘土堆积的书架上摸索着，费了很大劲才从墙缝中抽出一本灰蓝色古书走向贝恩。

　　"贝恩，时机已经成熟，接下来你按照这本古书的记载，打造一把无坚不摧的利刃！"

　　贝恩接过典籍翻了翻。

　　"刑天？这种东西真的可以打造出来吗？看起来那么邪恶！"

　　"这件兵刃的确不一般，是魔邪之物。但我们绝不会利用它做伤天害理的勾当。"

　　"那到底是为了做什么？"

　　"你跟我来。"

　　明叔领着贝恩往后堂的侧厅走去，侧厅到处挂着蝙蝠的翅膀和蛇莽的皮革，中央两张长方形石桌好似手术台，其中一张石桌上有什么东西被麻布毯遮盖着。明叔拉开麻布毯，一颗闪着微弱紫色光芒的晶石出现在贝恩眼前，和贝恩在火车上以及银都看到的一模一样。

"这不是希尔特公司研发出来的能量晶石吗？"

贝恩刚要伸手触摸，明叔一拐杖敲在贝恩的手上道：

"不要碰它，你看着。"

明叔从一旁笼子里抱出一只猫扔向晶石，当猫触碰到晶石的时候还活蹦乱跳，转瞬之间，它身上的毛就开始脱落，接着虚弱地倒下，四肢僵直。贝恩走过去戳了戳石头般坚硬的尸体，突然发现晶石亮了一会儿，随即暗淡下去。

"这到底是怎么回事？"

"我也不清楚，所以想弄个明白，可是这东西……"

明叔说着抄起一把六尺钢刀劈向晶石，疾风迅雷之间钢刀已经扭曲变形，而晶石却未损分毫。

"这东西这么硬？"

"所以我需要打造一把无坚不摧的'刑天'之刃来劈开晶石，看看希尔特葫芦里卖的什么药！"

"可是，那些鬼神一样的兵刃真的能打造出来吗？"

"我就亲眼见证了一次，是可以的。"

"你成功了？"

"不，我尝试过用其他材料代替，但很多次都失败了。"

"你不是说至今你只见过你师父和我不惧天罡火吗？"

"是，除了你和我还有我的师父，任何人都无法接近天罡火。"

"那会是谁铸造成功的呢？"

"是质野的母亲。"

"质野的母亲？怎么回事？"

明叔长叹了口气，从衣兜中掏出一个小盒子。

"我想你不亲眼见证这件事情的来龙去脉，是不会安心的。来，把手放到上面你就明白了。"

贝恩挠挠肩膀，然后把手放到明叔手中的木盒上，闭上双眼。明叔左手与贝恩合握木盒，右手双指并拢按住右眼，口中念念有词。渐渐的，贝恩耳边的喃喃声越来越小，周围如死一般寂静。他猛地睁开双眼，却发现自己已经置身山林之中。

"明叔？质野？"

贝恩眺望四周，却只看到一个身穿黄黑道袍的小道童从自己身前的草丛中跃出，一脸稚气未脱的认真模样。前方树丛轻晃一下，道童迅速从背后抽出一支箭，用幼小的手臂拉弓往树丛中射去。

"今天的晚饭你往哪跑！"

道童把弓套在背上钻进树丛，却出于惯性顺着树丛背后的陡峭山坡滑了下去。贝恩连忙冲上前去拉住道童，但手就像幻影般穿透道童的身体，握成了一个拳头。

贝恩急得直冒冷汗，此时另一个相似打扮的蒙眼道童追了过来。

"质秋师兄，质秋师兄你在哪呢？奇怪，刚刚还听到声音的。"

蒙眼道童四处呼喊也没有任何回应，前方树丛后的山坡一片漆黑，根本无迹可寻。

贝恩看着自己的拳头，满眼诧异地愣在那里，这时明叔的声音传入贝恩的脑中。

"贝恩，听我说，这是回梦之术。你眼前的一切都是回忆的影像，不要尝试与任何人沟通，也不要接触任何人。"

"这是质野母亲的回忆？明叔？明叔？你去哪了？"

贝恩还没来得及问清楚，明叔的声音就消失了。除了贝恩以外，四周的森林和头顶的星空都如水墨烟雨般散开，然后重新组合。

贝恩眼前出现了昏迷的小质秋，一旁草丛中探出一双金色瞳孔，一只白色的幼狼凌空跃起，白色毛发如同蒲公英一般散落开来，落地时已经蜕变成一个小女孩。

小女孩从质秋的衣角撕下一块布，蹲下来为他包扎划破的手臂。等到质秋从昏迷中醒来，睁开眼睛看到一个一丝不挂的小女孩，脸顿时红了起来，慌忙转过身去。

"你是谁啊？你干吗不穿衣服？"

小女孩没有一丝害羞，倒是质秋羞涩地脱下道袍递给小女孩。

"快披上吧，要不着凉了。"

"好难看哦，我不要。"

"这可是我第一次送人东西，一定要好好珍惜哦。"

小女孩噘着嘴低头套上道袍，时不时地瞟一眼质秋。

"我迷路了。"

"这荒山野岭的你怎么会到这来，刚刚是你帮我包扎的？"

小女孩点了点头。

"那好吧，我带你回去。师父一定有办法送你回家的！"

质秋看了看周围，突然喊道：

"糟了，都不知道昏迷了多久，这是哪里啊？也不知道师父他们还在不在附近，这可怎么办呢？"

质秋站起身，向一旁蹲着的小女孩伸出包着白布的手，小女孩感到质秋身后仿佛散发出温柔的光芒。二人牵着小手沿着漆黑的山道前行，四周寂寥得连虫鸣声都没有，质秋为了壮胆便问起了问题：

"你叫什么？"

"炼茕儿。"

"我叫质秋。"

"茕儿，你怎么会迷路了呢？"

"我也不知道，我只记得，跟妈妈一起找吃的，看到一朵好可爱的花，采完之后，妈妈就不见了。"

"我也是跟师父和师弟出来打猎走丢了，嘿嘿。"

两人很快熟悉起来，质秋突然感到茕儿身上有一种特别的气息，她虽然比质秋矮半头，但看起来一点儿都不柔弱。那种坚韧的气息从金色明亮的双瞳中透出，即使是余光也足以让人感到安心。

"我们休息会儿吧。"

质秋气喘吁吁地跪在小溪旁，两手捧水洗了把脸。茕儿只是远远地看着质秋，似乎害怕水中的什么东西。质秋左看右看，也没有发现周围有异常情况。

"你怎么了？你怕水吗？"

茕儿摇了摇头，转身背对着质秋，质秋又仔细巡视了一圈。

"走吧，过了小溪很快就到了。"

"你捡一些小石头。"

"小石头？要小石头干吗？"

荧儿不说话。质秋耸了下肩膀，蹲下捡起一些小石子。

"然后呢？"

"你把石子一颗颗扔进小溪中，不要让波纹停止。"

"为什么？"

"你先扔，扔完我告诉你。"

"好吧。"

质秋照着荧儿说的，把石子一颗一颗扔进溪水中。溪流中的月亮倒影被波纹震散，形成一摊银白色的亮珠。荧儿趁着月光被打散的时机，踩着小溪中的石块敏捷地跳到了对岸。质秋扔光了石子，却发现对岸的荧儿正往树丛中走去。

"喂，你去哪？"

"我妈妈来了，我该回家了。"

"啊？那你还没告诉我为什么要扔小石头呢？"

"真的想知道吗？"

"你答应过扔完就告诉我的！"

"那好吧，明晚日落之后我们小溪旁见。不准带别人来，只许你自己来哦！"

"为什么啊？"

还没等质秋问完，荧儿就已经消失在溪流那头的树丛里。

# 第八章　回梦术

到了第二天太阳西下之后，质秋提着竹编的小灯笼来到溪边。他把书摊开放在地上，借着灯笼的光认真温习着功课，荧儿这时从树丛中偷偷地绕到质秋身后。

"还以为你不来了呢！"

"这不是来了嘛。"

"现在可以告诉我为什么要我扔小石子了吧。"

"等会儿嘛,月亮还没出来呢。"

"跟月亮有什么关系?"

"你一会儿就知道了,你刚刚在干吗呢?"

"我在温习今天师父教我的茅山法术呢。"

"听起来好蠢哦!"

"才没有,可厉害了。再过几天我就会穿墙遁地了。"

"那有什么好的?"

"不是很厉害嘛,自从被师父捡回来,只是学一些无聊的道法经书,难得师父这次肯教我实用点的!"

"我妈妈说,叫我离你们这些茅山道士远点儿,说你们这些法术道术都是用来欺负人的!"

"才没有,我们是用来降妖伏魔,驱鬼捉妖的!"

"鬼还不是人的魂魄?妖怪修行跟你们无关,干吗去抓人家、打人家?"

"我不知道啊,反正妖邪之物都是离经叛道,就得教训它们。"

"你们真的很不讲理!"

"你干吗老帮着妖魔鬼怪说话?我们是朋友,你应该向着我才对啊!"

"我说的都是错的,你师父都是对的,还有什么好说的。"

"你生气干什么嘛?"

荧儿噘着嘴扭过头去,倔强的质秋拉了拉荧儿的衣袖,却也不肯承认自己不对。

两个人就这样耗了好一阵,直到云团散去,溪流上映出月亮的侧脸时,荧儿才开口道:

"你不是想知道为什么叫你扔小石子嘛,你看着。"

荧儿说完跳进溪中,溪水溅起,泛起层层月光。荧儿的身体慢慢生出绒毛,转眼间,一只抖动着身上水珠的白色幼狼出现在质秋面前,吓得质秋把身旁的灯笼打翻在地。

"哇!你是,你是⋯⋯"

"妖怪?"

"哇！"

"哇什么哇！"

茕儿走到质秋身前。

"你真的是妖怪啊？"

"你才是妖怪呢。"

"你不是妖怪为什么会变成这样呢？"

"我是狼族。"茕儿瞪了瞪质秋，说道，"我们狼族只要跳进有月亮倒影的水中，就可以由人变成狼，但只要照到一点月光，我们又会恢复人形。"

"那还不是妖怪？"

"才不是呢，我们只是会变化成狼的人罢了，并没有练什么妖法。"

"是这样吗？"

"嗯，就是这样。"

质秋从兜中掏出一道符咒煞有介事地贴在茕儿的头上，茕儿丝毫没有反应，抖动脖颈，把符咒甩到一旁。

"都说了我不是妖怪，不要把奇怪的黄纸贴在我头上。"

质秋抖着小手，抚摸了一下茕儿的绒毛。

"好软哦。"

"不要摸我，我是妖怪。"

质秋抱住茕儿，用脸蹭着柔弱的毛发，茕儿一脸无奈地用爪子把质秋推开。

"不要蹭我，我是妖怪。"

"别那么小气嘛，就一下下。"

"不要。"

"就一小下下。"

"才不要。"

质秋挑了挑眉毛，眨着闪亮的棕色大眼侧头盯着茕儿，茕儿无奈地转过身去。

"就一下下哦。"

"嗯。"

从那之后，他们每日都约在小溪旁见面。茕儿给质秋变着样带各种好吃的，质秋向她炫耀自己刚学会的道术，两小无猜地度过了整整三个月。

直到有一天，他们跟往常一样在溪边戏耍，突然山下传来连绵不绝的炮火声，一时乌鸦漫天飞舞，此时一只灰色巨狼突然跃到苪儿身前，质秋吓得躲到一旁的石头后面。

"苪儿，跟我走。山下的战火马上就蔓延到附近了。"

"妈，我不想走。"

"傻孩子，现在不走，一会儿就走不掉了。"

"质秋，我要走了。"

"苪儿，你要去哪？"

"等我回来，质秋。"

巨狼迅速叼起苪儿往林中跑去，苪儿早已泪满眼眶，泪珠散落在小溪中，荡起层层涟漪。质秋恍惚地往巨狼离去的方向追去，鞋子被层层涟漪打湿。

"苪儿！"

正在这时，一个老道士骑着马载着蒙眼道童来到质秋身前。

"师兄，你怎么在这里？"蒙眼道童问道。

"上马！"

老道士一手把质秋拉上马鞍，搂住两个孩子飞快地朝巨狼离开的反方向奔去。

"师父，到底怎么了？"

"天下大乱，人们因为资源匮乏开战了。"

"那我们怎么办？"

"现在只好去别处避避了。"

贝恩在质野母亲的回忆中，终于见识到所谓的人间地狱：到处都是萧条的景象，苟延残喘的城市里鸡飞狗跳，战场上更是尸横遍野。

转眼十多年过去了，苪儿跟母亲东躲西藏，日子过得很辛苦。每到夜晚，苪儿就会爬上高高的山崖，在清冷的月光下回忆和质秋相处的每一个瞬间。

一次外出觅食归来，苪儿发现身患重病的母亲不见了。过了几日，苪儿在一个山洞中发现了母亲的遗骨。上天已经把质秋从她的世界抢走，为什么还要让她失去相依为命的母亲？当天晚上，苪儿对着月光整整嗥叫了一个晚上。

收拾起悲伤，孤苦伶仃的苪儿开始寻找新的栖身之地，这时的苪儿已经是只成年的白狼，在这世道沦丧的战乱年代，化作狼身都比人形更安全。就在茕儿万念俱灰地躲进一座荒山时，一个熟悉的身影再次点燃了她对生活的希望。

那一日，茕儿正在枯涸的河道中游走，突然一个穿着黑黄道袍的男子背着长弓向她奔来。这身影看上去怎么这么熟悉？还没等茕儿叫出声，男子迎面一箭就射向茕儿。

幸亏茕儿眼疾手快轻轻跃起，身后一名蒙眼少年也骑马跟了上来。茕儿更加确定，前面身手敏捷的男子正是自己朝思暮想的那个人。就在瞻前顾后的瞬间，茕儿被风驰电掣的飞箭刺倒在地。倒在血泊中的茕儿没有挣扎，满眼都是喜悦。

质秋跃下马鞍用陌生的眼神看着茕儿，随后蒙眼少年也下了马。

"师兄，这是只狼吧？"

"来这山中已经好几年，这么大的狼还是第一次见，而且还是白色的。"

质秋拎住白狼的脖子，把茕儿整个拖了起来。奇怪的是，茕儿的瞳色和外貌并没有太大的改变，可质秋仍然是满眼的疏离感。

"师兄，它死了吗？"

"放心吧，刚刚我避开了要害。要是死了就伤脑筋了，带回去肯定都僵硬了。"

"今天还继续吗？"

质秋把白狼递给蒙眼少年，转身跃上马背。

"我再继续碰碰运气，你先回去吧。别让它死在这里。"

蒙眼少年抱着白狼回到道观，把它绑在厨房的一根柱子上，周围的刀具还残留着黏稠的深红血液，一边铁笼里还有当天早上抓来的山鸡野兔。蒙眼少年从一旁水池中拎起抹布清理着杂乱的石桌，准备好好处理一下这只白狼。

贝恩对这个环境再熟悉不过了，想到茕儿接下来的处境就浑身发麻。他尝试劝阻明叔，还想帮茕儿解开绳索，但这一切在幻境中都是徒劳无功。

茕儿被血腥味熏醒，微微睁开双眼。蒙眼少年清理完石桌后，拿起屠宰刀对准茕儿的脖子准备放血。就在茕儿觉得万事休矣的时候，蒙眼少年停住了手。

"得先准备个桶子，要不然血流得满屋子都是。"

蒙眼少年自言自语着走到木桶旁，拎起满是脏水的木桶往厨房外走去。

第八章 回梦术

就在他推开门的一瞬，屋外月光透过阴云慢慢投射在地面上。茑儿突然心生希望，努力地把尾巴向有月光的地方伸去。只要触碰到一点月光，她就会变回人形，就不会和其他动物一样成为他们的晚餐了。

可是无论茑儿怎样努力，尾巴离月光投影的边缘总是差那么一点点。屋外脚步声已经近了，看来没法逃过这一劫了。蒙眼少年有些吃力地提着一桶干净的水走了回来，即将关门的那刻，也许是上苍为了补偿她这十几年来吃过的苦、遭过的难，月光完全冲破阴云，洒落满屋，茑儿转瞬间恢复了人形。

蒙眼少年不敢相信眼前被绑在石柱上的居然是一个肩膀中箭的妙龄少女，赶紧扔下木桶帮她解开绳索。看到这里，贝恩长长地舒了口气。

"你是狼女？天哪，差点把你吃了！"

蒙眼少年抱起嘴唇发白，昏迷过去的茑儿往里屋奔去。在为茑儿拔箭疗伤时，她还在喃喃地叫着质秋的名字。

"你认识质秋师兄？天哪，师兄也真是的，害我差点儿把你做成晚餐。"

蒙眼少年把师父传下来的救命丹药喂给她，没过多久茑儿的气色渐渐恢复，浓密睫毛下露出金色的瞳孔，模模糊糊中，她看到蒙眼少年正在给自己诊脉。

"你醒了？先不要动，刚给你取出箭。幸亏今早师兄偷懒，没有在新做出的箭上添上符咒，要不然就算是华佗再世也无力回天了。"

"质秋呢？质秋在哪？"

"师兄刚回来，正在厨房做饭。"

茑儿挣扎着坐起身来，全身酸痛无力，一个跟头又栽倒在床上。蒙眼少年在一旁小心扶着安慰道：

"你别动，虽然箭避过了要害，但还是伤到了筋骨，你失血过多，需要调理几天才能下床。"

"我现在就想见质秋，求求你了。"

"姑娘，你到底是谁？怎么会认识质秋师兄？"

## 第九章　记忆封印

夜已深，窗前烛光摇曳，两人相对，影子若隐若现地在墙上闪烁，小小的房间里塞满了茚儿的回忆。茚儿把前因后果向蒙眼少年细细道来时，蒙眼少年仿佛也亲身经历了一番生离死别。

不知出于同情还是爱慕，蒙眼少年不由自主地握住了茚儿的手。茚儿惊慌失措，赶紧把手从他的手中抽出。即使隔着蒙眼布，贝恩还是看出了蒙眼少年眼底深深的失落。

"你不能见师兄的。"

"为什么？"

"就算见了也没有用，他不会记得你的。"

"不可能，质秋不会不记得我。"

茚儿忍着剧痛想往屋外走，蒙眼少年一把扶住她虚弱的身体，道：

"师父已经把你们那段回忆从质秋师兄的脑中抹去了。"

蒙眼少年缓缓吐出的话语，如同尖刀一样直戳茚儿的内心，几乎将她彻底击垮。

质秋这时从屋外走了进来，一眼见到茚儿金色瞳孔中涌出的热泪。即使一种痛彻心扉的悲伤感直击自己的心脏，他脸上显露的也只是麻痹的陌生感。

"姑娘，对不起，你的事情师弟都跟我说了。今天误伤你，真是抱歉。"

"你叫我什么？"

茚儿咬着嘴唇，紧紧闭上双眼，但这也没能阻挡瀑布般的泪水滑落。她不敢相信好不容易燃起的希望火焰又再次熄灭，这么多年的思念好像都要在今晚化成泪水流尽，仿佛这样就可以与悲伤告别。茚儿痛苦的样子让质秋有些手足无措，蒙眼少年把茚儿扶到床上盖好被子。

"师兄，荧儿姑娘得好好休息。你先去给师父上香，我随后就来。"

"好的，那你好好照顾她吧！"

质秋果绝地转身就走，荧儿听到质秋离开的脚步声抽噎得更加厉害。蒙眼少年从兜中掏出一条手帕给荧儿擦了擦脸颊两侧涌动的泪水，眉头紧皱地看着这个可怜的女孩。

"战乱时师父带着我俩移居他所，费了很大劲儿才找到这里。师兄他每日魂不守舍，食不下咽长达一年之久。而这地方阴气极重，师父怕他就此耗尽心力，染上重病，才把师兄来这之前的记忆封印起来。"

听到蒙眼少年的话，荧儿才渐渐止住哭声。

"那有办法解除封印吗？"

"恐怕不行，听师父说，这种封印无法在不破坏魂魄的基础上解开。不过他老人家提到如果有一种更强的咒印，也许能够消除曾经的封印。"

"那你能不能给他施布一种更强的咒印？质秋曾经说过，论铸造之法、施布咒印，你远胜于他。"

"但我的咒印远远不如师父，我怕我道行不足，消除不了师父的'锁忆锢魂咒'，反而伤到师兄的魂魄。"

"既然这样那我就自己想办法，一定要让质秋再记起我！"

"荧儿姑娘，你绝对不能强行让质秋记起你，否则他的记忆冲击咒印，可能会导致生命危险。"

贝恩身处的环境突然再度如水墨烟雨般消散重组，在明月当空的悬崖边，质秋正闭着眼睛打坐。荧儿身体早已复原，躲在山石后远远望着质秋。

荧儿的出现总是唤起质秋破碎的回忆，正在调息心法时回忆碎片突然切入，质秋感到一阵气血上涌，随即吐出一口鲜血。荧儿连忙从山石后跑了出来，质秋察觉到有人，急忙抹掉嘴角血迹，故作镇定地打坐。

"是谁？"

"你没事吧？"

"我没事，只是刚刚调息不佳，一点小伤并不碍事。"

荧儿不无担忧地看着质秋，心里明白那是回忆作祟，但没想到强行抵触封印真的会伤到质秋。

"是你啊，姑娘。"

"能不这么叫我吗？叫我茕儿就好。"

"茕儿？抱歉，我只是觉得刚认识直呼姓名好像有些失礼。"

茕儿听到质秋如此客气，心中有些委屈。

"茕茕孑立，真是悲伤。不知为何，总觉得茕儿姑娘有些像一个人。"

"谁？"

"我不知道，只是午夜梦回之时出现的一个小女孩的身影。可能是前世姻缘，今生还未释怀吧。"

茕儿感到一丝欣慰，又不敢太过刺激质秋，喃喃自语起来：

"傻瓜，那只是你的回忆碎片，并非什么前世今生。"

"茕儿姑娘你说什么？"

"没什么。"

"我们回去吧，不早了，师弟应该准备好饭菜了。"

跟在质秋身后的茕儿想起，当初他们牵着手在山中寻路，现在却如此生疏，一阵心酸。

回到道观，茕儿偷偷溜到后堂的书房翻箱倒柜，把所有的咒印典籍都拿出来翻阅，却找不到一点可行之法。她绝望地侧身倚靠着书架，这时她瞥到书柜后面的墙缝中有一抹好似古书封面的灰蓝色。她兴奋地将之抽出来，果然是本让她重燃希望之火的典籍。她紧紧抱在怀里刚想出门，蒙眼少年已经站在了门口。

"不可以，绝对不能打造这本书中的物件！"

"这里面记载的这个戒指，只要给心爱的人戴上，印记就会附着在他的灵魂上。即便是生死轮回，都能永远在一起。这么强大的咒印一定能把质秋的记忆唤醒的。"

"我说了不可以就是不可以！"

蒙眼少年一把将书从茕儿的手中夺了过来，茕儿不忍让希望再次溜走，面露凶光，趁蒙眼少年惊诧之际，从他手中抢回了书。

"我知道质秋很想我，但是他不知道，我就在他身边。我回来了，这次我哪里都不去，所以我一定要唤醒他，谁都不能阻止我！"

"用'镜花水月'的后果是什么你知道吗？"

"我知道，可是这是现在唯一的办法。我不能忍受我在质秋身边，而质秋却不认识我。"

"即使只剩下两年的寿命,你也要解除他的咒印?难道他就比你的生命还重要?"

茕儿拿着书往外跑去,还没等踏出门槛,蒙眼少年就用定身咒把茕儿定在了门口。

"你就面对现实吧,'镜花水月'的铸造材料是红色乌头草的花瓣和地狱之门的碎片,想拿到这两样东西比登天还难。即使你能拿到,这个世界上除了我和师父没有人能控制天罡火,就算是质秋也无法铸造出'镜花水月'!"

"无论有多难我都要试试。"

茕儿的金瞳闪动着不容置疑的坚韧,转眼间她就摆脱定身咒跑开了。蒙眼少年追出来,只看到茕儿扑通跳进附近的小溪,转眼间视线里只有茕儿的雪白身影,渐渐融入暗夜的树林,消失不见。

圆月当空,四下寂寥。茕儿划破自己的手掌,用鲜血布下六芒星阵印,因为狼族的鲜血是进入地狱通道的钥匙。

即便是拥有超能力的狼族,不到万不得已的地步,也是不会随便进入地狱的。母亲曾经告诉过茕儿,她的父亲为了平息族群之间的恶战,被迫求助于地狱之魔,被地狱之魔夺去了魂魄。然而茕儿心意已决,鲜血在地面上汩汩地流淌着。

茕儿忍痛画完阵印之后,一团圆形的黑红闪电在六芒星的中央闪现,生成一扇由枯藤缠绕的黑门,这就是通往地狱的传送门。

一阵阴冷的尖叫和煞气让茕儿浑身发抖,但她还是硬着头皮踏进了传送门。

传送门正对着由木板铺成的铁锁桥,两根粗粗的黑铁索摇摇晃晃,四周是一望无际的血海,茕儿一踏上桥,木板就吱呀作响,她咬紧牙关走到桥另一端的巨大铁门前时,铁门忽地被火焰所包围。

贝恩发现那个铁门居然跟自己刚到无神界时看到的一模一样。就在茕儿靠近铁门的瞬间,一只巨大的三头怪兽赛伯拉斯从茕儿身后的血海中爬了出来,三重奏般的吼叫声嘶哑凌厉,连地狱之门的护栏都被震得发抖。

"谁这么大的胆子,趁我洗澡的时候,竟敢偷闯地狱之门!"

"赛伯拉斯大人,您误会了,我并非想要闯入地狱……"

还没有等茕儿说完,赛伯拉斯扬起巨大的爪子用力一挥,茕儿急忙闪躲,铁索桥上的木板已经出现一个爪印形状的大洞。

"小白狼,我们也算半个同类,现在回头的话,我就饶你一命。"

"赛伯拉斯大人，我来是想求您一件事情。"

"哦？什么事情？"

"我想要一小块地狱之门的碎片，一小块就好。"

赛伯拉斯瞬间大发雷霆，又是一声三重嘶吼，把茕儿震到了十米开外。

"你要地狱之门的碎片有何用！作为地狱之门的看守，怎么会答应你这么无理的请求！"

"求求你了，我真的很需要！"

还没等茕儿爬起来，巨大的赛伯拉斯已经跃到茕儿身前，像蝎子一样把尾巴上的倒刺刺入茕儿的身体，慢慢地把毒涎注射进去。茕儿很快昏了过去，不省人事。

赛伯拉斯转身朝地狱之门走去，不屑地回头一望，一株黑色植物从茕儿的伤口处抽根发芽，花苞如爆炸般裂开，红色的花朵妖娆欲滴。赛伯拉斯震惊地望着茕儿伤口处的变化，默默地用利爪把铁门护栏的一个角切了下来，叼到茕儿身旁。

"给你，你要的地狱之门的碎片。"

茕儿身体一震，渐渐苏醒过来，眼神迷离地望着这只巨大的地狱三头怪兽。

"为什么？"

"你看你的伤口。"

"这是乌头草？为什么会长在我的身上？"

"说起来那是很久以前的事了，我曾把毒涎吐在地面上，毒涎被地球生命的力量所影响，变成了乌头草。毒涎既然选择了你，就一定有它的深意。老让我扮凶相也累了，今天做个老好人好了！"

"赛伯拉斯大人，谢谢你。"

"要真的谢我，记得下次来的时候带蜂蜜来就好，走吧，传送通道就快关闭了。"

"嗯！"

茕儿把伤口上的乌头草和地狱之门的碎片小心翼翼地含在嘴里，欢快地往传送门跑去。

转瞬间贝恩回到道观，却看到蒙眼少年和茕儿站在门槛两侧，蒙眼少年一脸凝重。

## 第十章　镜花水月之咒

"我不会帮你打造'镜花水月'，你死心吧！"蒙眼少年说着走进屋子，把遍体鳞伤的茕儿拒之门外。

纵有明月当空，黑暗仍是夜晚的主宰，它吞噬了一切，也碾碎了茕儿心中刚刚发芽的希望。茕儿手捧着乌头草和黑色碎片，唇边仍然有斑斑黑血。她无力地靠在门框上，身体一直向下滑落，蜷缩着抱成一团。

脚步声越来越近，茕儿赶紧擦干脸上的泪痕，走进了内堂。

堂外传来质秋和蒙眼少年的说话声：

"明师弟，茕儿姑娘还没有回来吗？我怎么总觉得她似曾相识，但一想头就疼呢？"

"可能是你这两天练心法产生的幻象，别太在意，师父以前说过的。"

茕儿咬牙听着他们的谈话，心里一阵刀绞。既然没有人可以依靠，为什么不依靠自己呢？

熔炉台上，天罡烈焰在燃烧，试图让任何一个无法降伏它的人为自己献祭。茕儿一踏上熔炉台，天罡火瞬间燃起，她的衣角散发出烧焦的味道。茕儿金色的瞳孔渐渐呈现出幽幽的蓝色，那是天罡烈焰的颜色。

茕儿不顾手臂上的钻心疼痛，把地狱碎片放到锻造台上，拿起一旁的铁锤就开始敲打。别说是天罡火，就是一般的火焰，也没有人能在灼烧之下紧紧握住铁锤。

顶着天罡火铸造戒指简直就是自杀，茕儿的手早已被烤焦，甚至能听到骨头噼噼啪啪的爆裂声。茕儿仍然紧握铁锤，刚刚把地狱碎片熔化成环形，就晕了过去。

倒地的一刹那，火红的铁环落到乌头草的花茎中，一条蓝色的水光翩然升起，将茕儿的身体缠绕着凌空托起，同时火红的乌头草花瓣迅速合拢，紧紧裹在中央的铁环仿佛要把花苞撑破。慢慢的，花苞中央吐出一个巨大的水泡，包裹着茕儿安全落地。

水泡轻触地面，茕儿身上的烧伤都不药而愈，肌肤没有留下一丝痕迹。花苞转眼消失，茕儿紧握手中的"镜花水月"，闭着的眼睛和嘴角微微弯成悬月的形状。

清晨的一抹阳光洒在茕儿的秀发上，蒙眼少年伸了个懒腰，张着大嘴走进了后堂，刚踏入后堂就感觉有些不对劲儿，直到看到倒在台阶下的茕儿，才隐隐约约地明白了真相，立刻冲上去把她扶起。

"茕儿，你怎么这么傻！"

茕儿从昏睡中惊醒，手里仍然紧紧捏着戒指，呼吸渐趋和缓，她知道昨晚的事并不是做梦，而是真真切切的事实。

"我做到了，你看！"

"怎么可能？难道你真的顶着天罡火去打造'镜花水月'？你不要命了？"

"我这不是没事吗？我终于可以回到质秋身边了。"

蒙眼少年刚到嘴边的话又咽了下去，暗中捏着拳头。茕儿的目光一如平静的水面，坚定坦荡，仿佛把蒙眼少年当成了空气。

就在这时，质秋从后堂的门槛踏入两人的尴尬之中。茕儿见质秋来了，赶紧撑着软弱无力的身躯站了起来。

"质秋！"

"茕儿姑娘，你怎么在这儿？"

"质秋，我拜托你一件事情好吗？"

"说吧，我能做到的定当极力去做！"

茕儿握着戒指走向质秋，旁边的蒙眼少年在背后轻轻勾住了茕儿的左手手腕，余光混杂着留恋、无奈和心疼，似有万般话语没有说出口。茕儿知道蒙眼少年的顾虑，但还是轻轻推开他的手，毅然决然地把戒指递给质秋。

"戴上它吧，这可是我第一次送人东西，一定要好好珍惜哦！"

质秋恍惚中觉得自己听过这句话，迷迷糊糊地接过"镜花水月"，不解地看着茕儿想要发问。可一看到眼前姑娘期盼的眼神，只好漫不经心地将戒指套入指尖。

就在戒指完全套牢手指的那刻，缠绕在戒指上的乌头草闪出红色耀眼的光芒，蓝色的水光如同飘带一般从戒指中飘出，质秋随着水光轻身浮起，被封印的记忆碎片不断从他的脑中涌出，将他团团围住。他紧闭双眼，一会儿皱眉一会儿微笑，蒙眼少年和荧儿一动不动地注视着质秋的变化，蒙眼少年眼中更多的是担忧，而荧儿则激动地泪满眼眶。

一颗泪珠从质秋侧脸划过，那些让他痛过、笑过、哭过的记忆，就如记忆困兽所织的网一般绵密，再度深深地禁锢了他。他紧锁眉头，嘴角洋溢的却是幸福的微笑。他好久没有这样真心地笑了，就如一个孩子终于找到自己心爱的玩具一般。

蒙眼少年观察着质秋脸上的变化，他知道记忆封印一旦解除对于荧儿来说意味着什么，也知道他或许只能眼睁睁地看着命运夺走自己最心爱的人，自始至终演一场没有观众的独角戏。

就在质秋落地睁开眼睛的一瞬，荧儿侧身倒地，质秋猛然惊醒，把荧儿紧紧地搂入怀中。

"荧儿，你怎么了？"

模糊中，荧儿仿佛看到质秋小时候的模样，她气息微弱，却仍然竭尽全力地喃喃自语：

"你是我的质秋吗？"

质秋戴着"镜花水月"的手与荧儿十指相扣，欣喜地用哭腔回应着：

"是的，我是你的质秋，一直都是你的质秋！"

这样的真情流露，没有一丝夸张和矫饰，就连在一旁观看的贝恩都泪水涟涟。质野的父亲和母亲渐渐在贝恩眼前淡去，当时的蒙眼少年也就是现在的明叔，眼中的失落就和此刻一模一样，仿佛他的人生就在那一天被定格，从那以后的日子只不过是行尸走肉般地重复。

贝恩的呼吸声略显沉重，他突然明白了明叔的深情和无奈，或许命运就是这样无情吧，成全了一些人，却让另一些人独自品尝苦涩。贝恩关切地看了看这个白发苍苍的老人。

"后来怎么样了？"

"跟书中记载的一样，使用了'镜花水月'的人只剩下两年的寿命。但质秋师兄并不知道实情，两人度过了一生中最幸福的一年时光。直到质野出世，质秋师兄才发现'镜花水月'的秘密。"

"怎么发现的？"

"狼族如与人类结合，并以人形孕育后代，必以牺牲自己为代价。茕儿自知已经无法亲手把孩子养大，所以坚持用人形为人妻母。

"直到质野出世的那天，茕儿才把'镜花水月'的真相告诉师兄，让师兄能够舍去和她在一起所剩无几的时光，保全他们的孩子。

"这件事情质野知道吗？"

"他并不知道，后来师兄察觉到质野之所以不长头发是因为'镜花水月'的诅咒，使用'镜花水月'的人生儿育女会附着的诅咒。"

"那是什么样的诅咒？"

"你这一生一世，你喜欢的人不会喜欢你，更不会有任何人爱上你，一生孤苦，永远都不会懂得被爱的感觉。所谓镜花水月，这就是让一个人爱你的代价。"

"这太残忍了，要下一代去偿还这种幸福，难道没有破解的办法？"

"自从师兄得知'镜花水月'的事情，就把失去茕儿的责任都揽到自己身上。师兄下定决心要找到破解质野诅咒的方法，就把质野托付给我，嘱咐我千万不要告诉质野真相，怕他知道母亲的死因后会责怪自己。他这一去就是十六年，到现在一点消息都没有。"

明叔一边说着一边用苍老的手颤抖着拉开手中的木盒，一枚黑色藤蔓缠绕的金属戒指赫然在目，光泽如新，与贝恩在回梦中看到的并没有多大差别，仿佛时刻提醒人们为情所需要付出的代价。

# 第十一章　地狱之门

正值冬季，荒山中雪花漫天飞舞，白色纯洁了枯木死灰的一切，让视野都变得开阔起来。苍茫中一缕炊烟袅袅升入云端，与天色合一，好似掌握了上天入地的本领。

冬日里人总是有旺盛的精力欣赏风景，贝恩在道观中间的空地上搭起了火架，烧旺火后用巨大的铁桶盛满干净的积雪，在火架上烧出热气腾腾的水，再把水舀进木桶里，而后调好水温，赤裸着身体泡在木桶里享受着清晨的宁静。听着水流与身体的碰撞声，贝恩伸展四肢，好不快活。

"狡猾的贝恩，居然用我昨天找回来的战利品还不叫我一起！"

质野揉着惺忪的睡眼，连鞋都没有穿好，急匆匆地从屋里跑出来。贝恩得意洋洋地靠在铁桶边，满不在乎地答道：

"谁叫你早上起不来？昨天你不是拿回来两个嘛，我只是借用一个罢了。"

"我可是费了好大的力气才从破卡车里拖出来的，不行，我也要泡！"

贝恩还没来得及拒绝，质野三下五除二脱掉衣服，跳进冒着蒸汽的木桶中。水花溅起，贝恩满脸都是水珠，桶下微弱的火苗差点就被浇灭。

"不要跳进来啊！喂！"

"泡澡什么的最舒服了！"

其实铁桶并不小，但是对于如同吃了发酵粉一样的两个十六岁少年来说，还是略微挤了一些。质野倒是不在意，因为他已经成功占据了大半个木桶，贝恩被挤得叫苦连连。质野一会儿在水中闭气，一会儿又把水泼到贝恩身上，似乎没有任何烦恼。贝恩望着质野天真无邪的样子，心里一紧，却仍然不停地敲着他的光头，耳边回荡着昨天明叔对他说的话：

"你一定要想办法和质野去地狱之门取一块碎片回来，只有铸造出'刑天'，才可能破开晶石。时间紧迫，我有一种非常不好的预感，我不能让任何伤害威胁到质野！"

贝恩灵机一动，裹上毛巾迈出木桶，就要往屋里走去。不出贝恩所料，质野还以为自己惹得贝恩不开心，担忧地拉住贝恩的裹巾，竟然撒起娇来。

"贝恩，你去哪啊？"

"别拉我，洗完了换衣服去啊！"

"这才多大一会儿你就换衣服了，多泡一会儿嘛！"

"我才不会告诉你我一会儿要去找什么好玩的东西呢！"

贝恩说完就从质野手里扯回毛巾往屋里走去，质野呆呆地望着贝恩的身影，想了半天才反应过来，从木桶中一跃而起。

"什么？你去找好玩的居然不带我……我要去……等我……"

质野往贝恩离开的方向跑去，明叔从后堂出来看到质野的背影，轻笑着摇了摇头，随即收敛笑意，取而代之的是深深的忧虑。

山中瘴气依然浓郁，质野凭着野兽的嗅觉，很快跟上了贝恩的脚步，但等到距贝恩只有五米时才看清楚他的侧脸。两人在瘴气弥漫的山中摸索前进，贝恩在脑中不断回放着质野母亲召唤传送门的情形。

这时，前方传来一阵少女的尖叫。质野听到声音，马上冲了过去。等到贝恩反应过来，质野已经杳无踪迹。

"呆瓜，你别冲动！等等我啊！"

贝恩气喘吁吁地往尖叫声传来的地方赶去，一个头上扎着两个小揪揪，身宽体胖，穿得五彩缤纷的女孩被一只毛毛虫吓得上蹿下跳。质野目瞪口呆地看着这个女孩，好似看着天外生物。贝恩走上前去，拉着质野就往回走。女孩一看两人要走慌了神，更是哭得呼天抢地。

"救命啊，快把它拿开！救救我啊！别走啊！"女孩哭喊道。

"走吧！"贝恩摇摇头。

"啊？为什么？不救她了吗？"质野不解地问道。

"又不是美女，算了吧。"

"什么是美女啊？"

"你没见过女孩吗？"

"在山上这么久，我见过的人只有你、明叔还有……"

女孩望着毛毛虫惊恐地跑来跑去，而贝恩和质野却在一旁聊得不亦乐乎。

"这样啊，那我告诉你。这个女人嘛，分三种。一种是美女，一种是丑女，还有一种，就是这种。"

"这种又是什么啊？"

"奇行种。"

女孩吓得颤抖地趴在树上，质野走过去俯身轻轻一弹，就把毛毛虫弹出好几十米。女孩转身抱住质野，质野被勒得气都喘不过来。

"谢谢你，小光头！你真是个好人呢！"

"没关系，奇行种。"

质野还一脸微笑，不知道自己说错了话。小女孩只一拳，他在毫无防备的情况下轰然栽倒在地。

"为什么打我？"质野一脸委屈。

"我都说了不要救她，你还是要救，活该了吧？"

还没等贝恩把质野扶起来，女孩就闪现在贝恩身前，把质野踩在脚下，眼冒桃心。

"喔，棕色的瞳孔，白净的皮肤，高高的鼻梁，尖尖的眉毛。男神，我终于找到你了。"

"啊？"贝恩满脑子问号。

"好重，压死我了！"质野在女孩脚下不停喘息。

"男神，真不好意思。今天我都没好好打扮自己呢，让你看到这么邋遢的我，真是失礼。不可以，这是不可以的。你就当没看到我，我走了。我们下次约会见哦。拜拜！"

女孩说完就跑掉了，贝恩的眉头早就皱成一字眉。这时树林里钻出一个身穿黑色礼服的老管家，微微低头，走到贝恩身前盘问，质野慢腾腾地爬起来，扭了扭脖子。

"两位，见到我们家大小姐没有？"

贝恩给老管家指了相反的方向。

"往那边去了。"

"谢谢你啊，小伙子。"

老管家走了后，质野一脸疑惑。

"她不是往那边去了吗？"

"我故意的。"

"为什么？"

"哦，也没什么。就让那个奇行种在山里迷路好了。"

贝恩拉着质野继续往山崖的方向前进，质野不是被树枝绊着，就是被树藤勒住，心神不宁地在思考着什么。

"呆瓜，你想什么呢？"

"女孩都是那样的吗？"

贝恩还琢磨着怎么让质野打开传送符文，质野却开始因为见到的第一个女人发愁。

"怎么会？正常的女孩子都是温柔可爱，很含蓄的，反正不是那样的。"

"妈妈会不会跟她一样呢？"

"怎么可能，你妈妈又温柔，又漂亮，又……"

"你怎么知道的？"

"我梦见过啊！"

"哦。"

贝恩大大地舒了口气，还好质野是个好骗的家伙，要是穿帮就麻烦了。二人走到质野母亲当年开启传送门的悬崖边，贝恩停下脚步，按照记忆中莤儿所画的结界，用石头刻了一遍阵印。

"质野，你现在幻身。"

"为什么？"

"不要问那么多，快变！"

"哦。"

质野双肘交叉挡在脸前，短小的衣服迅速被幻身后的身体撕破，站在崖边咆哮。

"行了行了，别叫唤了。下次你幻身的时候，能先把衣服脱了吗？把手给我！"

质野把巨大的毛绒爪子伸向贝恩，贝恩从腰间掏出自制的精钢匕首。

"爪子翻过来。"

质野翻转爪子，露出粉色的爪垫，贝恩毫不犹豫地在爪子上划了道口子。质野痛得嗷嗷叫，血缓缓地流出来。

"有那么疼吗？现在用你的血把这个阵再描一遍。"

质野虽不情愿，但还是按照贝恩的要求，用血把阵印填满。六芒星的中间倏地出现一道黑红色闪电，传送门若隐若现。

"果然能行，嘿嘿。你在这等我，我先进去看看。"

质野看着贝恩的背影，在传送门前焦急地绕了几圈后，还是忍不住跟了进去。

## 第十二章 铸剑

质野只感觉身体一阵失重,眼前已经是漫天飞舞的火焰花瓣。看到贝恩在黑色的铁索桥上踽踽独行,他连忙跑过去。贝恩刚想责怪质野不听劝告,视线所及之处已被一团巨大的阴影笼罩,随后三重奏的嚎叫声将他震倒在地。

"小鬼,地狱之门是你们该来的地方吗?"

地狱三头兽赛伯拉斯气势汹汹地用尾巴把桥梁上的一根铁链拍得粉碎。贝恩站在摇摇欲坠的桥面上转身一脚踹在三头兽的大脚趾上。

"大嗓门,你能稍微小点声吗?"

赛伯拉斯毫无痛感,抬起巨爪就挥向贝恩,质野以电光石火般的速度搂住贝恩闪到一旁。

"可恶的小鬼,就不能懂点礼貌吗?"

"你跳到我身后瞎吼就是礼貌吗?你个大嗓门!"

"我倒是要让你看看我嗓门有多大!"

赛伯拉斯一爪平扫桥上两人,质野带着贝恩灵巧地跃到空中,没想到赛伯拉斯虽然体形巨大,但动作一点都不迟钝,一口就把质野和贝恩含在嘴里。正在赛伯拉斯想把两人狠狠咽下去的时候,质野伸出利爪,扼住赛伯拉斯的上颚,把赛伯拉斯的嘴强行撑开。

贝恩纵身一跃,落在赛伯拉斯左边的那个头上,迅速抽出匕首,向它的脑袋正中心刺去。就在匕首将要刺穿头骨的时候,赛伯拉斯用力扭头,贝恩仅仅削掉了它的几根毛发,紧紧抓住它的耳朵才没有被甩出去。

质野仍然在硬撑,赛伯拉斯嘴里不断漫溢的唾液烧灼着他的脚底,那是毒液!质野连忙跳到赛伯拉斯右边的头上。

赛伯拉斯的动作突然慢了下来,恶煞之气也渐渐散去,中间那颗头上的两个巨大的红色瞳孔慢慢转动着，一边看着贝恩，一边看着质野。

"好久没有这么有趣的事情发生了。"

"哈？"

贝恩被这头刚刚还凶神恶煞般的巨兽弄得满头雾水，一脸茫然地望着它，赛伯拉斯轻轻把两侧的头垂在地面上，让两人跳了下去。

"看守地狱之门太无聊了，没想到还会有你们这样的人出现！"

"难道你刚刚只是在开玩笑吗？"

"也不是开玩笑，不过能从我口中逃出来的人可不一般，我倒想看看你们两个小鬼到底来这里做什么。免得杀了你们之后，还不知道你们来干吗，我这地狱的守卫岂不是很无趣吗？"

"我们是来取地狱之门的碎片的。"

"又是来拿地狱之门的碎片？你们这样的人再多来几次，地狱之门都被分光了，我也不用当这里的守卫了！"

"不至于吧，就要一块，要不这样吧，下次我来的时候给你带些蜂蜜。"

赛伯拉斯一听到蜂蜜，立马流着口水朝地狱之门走去，一个利落的挥爪把地狱之门上的护栏整整断下一根，推送到贝恩身前。

"拿去吧，回来的时候记得你承诺的事情。"

质野原本以为这会是场殊死搏斗，结果竟以这样戏剧化的方式收尾。贝恩心想，这头怪兽有三个脑袋都想不明白，我这一走，怎么可能回到这个鬼地方，更别提给它带什么蜂蜜了。

贝恩知道此地不宜久留，更害怕这怪兽出尔反尔，赶紧拉着质野匆匆离去。

道观后堂依旧是一片杂乱的景象，各种武器凌乱不堪地堆积着。明叔无心收拾，只是拿着"镜花水月"的木盒坐在熔炉旁的阶梯上发愣。贝恩急匆匆地走进屋来，打乱了他的悲伤。

"回来了，怎么样？拿到没有？"

"质野在后面拿着呢，那地狱魔犬简直就是个脑残，还指望着我回去拿蜂蜜跟它交换。当年不也让质野的母亲拿蜂蜜回去吗？真是异想天开！"

"茕儿当年的确带着蜂蜜回去过一次。"

"真的假的？"

"据说地狱魔犬能预见未来，我想你今后还得走一趟地狱之门。"

"这么神?"

质野搂着地狱之门的碎片走进后堂小门的瞬间,明叔警觉地把木盒藏回胸口的兜囊中。

"贝恩,你走那么快,也不来帮我一下。这是什么宝贝,怎么这么沉?"

"谁叫你要变回人形?"

"衣服又撑坏了,我得换一件啊,让明叔知道的话会挨骂的。"

"笨蛋,你看我身后站着谁呢!"

质野手里的碎片咣当落地,明叔的眼睛瞪得硕大,质野眼泛泪光,害怕和委屈的表情交错,让人忍不住发笑。

"野儿,不要胡闹了,把碎片捡起来!"

明叔一脸正色,质野连忙捡起碎片放在阶梯上,转身就跑。明叔暗暗施了一个定身咒,从背后的兜囊里取出一条宽松的棕色兽皮裙,慢慢蹲下身来给质野系上。

"以后变身前再忘了脱衣服,这个起码不会被撑破。这么大孩子了,得知道遮羞。"

质野脸上微微泛红,泪珠一直在眼眶打转。明叔低垂的眼中满是失落,他还在为十多年前的事情自责。

"去吧,先去玩你的。我和贝恩还有事要做。"

"知道了。贝恩,你造完宝贝记得给我看啊,不许一个人偷偷藏着。"

"没问题。"

质野一走,贝恩就把地狱之门的碎片拿到熔炉前,明叔脱下外衣取出铁锤,拎着一桶满满的鲜血向贝恩走来。

"这次让我来!练此魔邪利刃只有一次机会,一旦失败,锻造的人会有生命危险。"

被火焰烧灼的物体总是温暖而短暂,就如同贝恩在山中的时光一般。

平静祥和的生活似乎并不适合他,上天准备再次剥夺他的自由,用他从未担负过的重任锤炼他,把他再度推上命运的罗盘。

"没有什么比燃烧更加令人热血沸腾的了!"

在天罡烈焰的光芒中,明叔完全是另外一个人,肌肉结实,眼中的魄力如烈火般闪烁。贝恩守着木桶待在一旁,等待着泼洒鲜血的最佳时机。

"还没好吗？"

"书中记载，地狱之门的碎片成赤色立即血祭。"

话还没说完，碎片就渗出一丝鲜红，如血脉一般在碎片表面流窜，在明叔的敲打中，这一抹鲜红渐渐遍布整块碎片。

"就是现在！"

明叔一声令下，贝恩把鲜血一股脑倒在了锻造台上，鲜血遇到碎片便如蒸汽一般消散，碎片没有任何反应。

"咦，怎么没反应？"

"典籍中描写的鲜血祭奠不会有错，难道是兽血不行？"

明叔拿起典籍喃喃自语，贝恩等不及了，一个纵身站到锻造台上。

"贝恩，你要干吗？"

"兽血不行，那就让我试试！我们都走到这一步了，怎么能退缩呢？"

"你先下来……"

还没等明叔说完，贝恩已经抽出腰间匕首划破手心，血洒在碎片上如波纹般扩散开来，由鲜红变成了闪着白光的亮点，亮点中出现一根黑色锁链，旋转着将贝恩围住，随即燃起熊熊的天罡火。

"贝恩，快出来！"

明叔想要上前把贝恩拉下来，没想到锁链仿佛通了人性四下舞动，把明叔狠狠地弹飞到阶梯上。贝恩见明叔倒地，心急如焚，忙着挣脱锁链扶起明叔。在挣扎中，天罡烈焰直接将熔炉的顶端烧透，整个锻造台被蔓延的火势覆盖。

突然间，锁链钻进贝恩的身体，鲜血沿着手掌上的伤痕浸润全身，贝恩却感觉不到一丝疼痛。锻造台上的地狱之门碎片猛然凌空悬起，在贝恩血液的浇铸下，碎片在空中组成了一把斧子的形状，斧刃越发锋利，斧柄一端与铁链相连，顶端出现了一颗带有鲜红血丝的宝石。

就在此刻，乌云如同一个巨大的旋涡盘绕在道观的上空，天色霎时变得昏暗。

一声震耳巨响后，质野冲进后堂，只见整个锻造台都被天罡火点燃，明叔奄奄一息地倒在台阶上，贝恩浑身鲜血站在熊熊烈火中，双目如狂。

眼看火焰就要蔓延到台阶上的明叔身上，质野急忙冲上台阶，把奄奄一息的明叔扶了起来。

"明叔，你怎么了？贝恩，你快出来啊！"

"我没事，你保护好明叔。"

"你不要死啊。"

"你才会死呢，我没事的。"

贝恩拉着锁链往回一扯，浮在空中的黑铁利斧随即回落到贝恩手中。贝恩欣喜地发现，看起来有千斤重的巨斧竟然比一根羽毛还要轻，铁链也随着铁斧慢慢缩回掌心中。贝恩身后的火焰也慢慢缩回熔炉中，一切恢复原状。

贝恩从锻造台跃下，将巨斧随手一挥。巨斧轻触过的地面竟然开裂，形成一条足有半米深的痕迹。

## 第十三章　不速客

质野把明叔轻放在后堂侧厅的石桌边，贝恩握着"刑天"看着明叔，低头沉思。

"刚刚到底发生了什么？"质野问道。

"他被这把斧头伤到了，都怪我太冲动了！"

明叔缓缓睁开眼睛，盯着贝恩手中的巨斧迟疑了好久，才如释重负地舒了口气。

"明叔，你醒了？吓死我了。"

"野儿，我没事，你扶我起来。"

明叔在质野的搀扶下坐起身，靠在一旁的石桌边，贝恩赶紧端来满满的一碗水递给明叔。

"看来'刑天'已经认定你是它的主人了。"

"明叔，我……"

"不用怪自己，我没事的。我反而应该感谢你，如果刚刚用我的血，恐怕早就被烧成灰烬了。"

"烧成灰烬？那为什么我没事？"

"以刚刚'刑天'对我的反应，我就知道自己并非适合的人选。至于你为什么没事，大概是因为你和'刑天'意气相投吧！你的脾气那么火暴，简直和它如出一辙……"

明叔努力地自圆其说，敷衍中有些欲言又止的感觉。

"想不到我这脾气还有这种好处。"

"现在你可以试试'刑天'是否能劈开能源晶石。"

"什么是能源晶石？"质野越听越糊涂。

"就是你那天带回来的紫色晶石。"

"就是我顺便带你回来的那天？"

"顺便？"

贝恩斜眼瞟了质野一下，手自然而然地放在了质野头上。质野感到一阵火辣辣的疼痛，抱头蹲在地上。

"可恶的贝恩，打我这么狠！"

贝恩对质野的抱怨充耳不闻，紧握手中利斧走到石桌前，撩开麻布毯，紫色晶石泛着微光。

"质野，你闪开！"

质野被他的表情吓到了，灰溜溜地跑到明叔身后，只把头探出来，偷瞄着贝恩的一举一动。

贝恩单手举起"刑天"，顺势向晶石劈去。就在"刑天"利刃触及晶石的一瞬间，一道紫色气流延伸到地面，横扫一切障碍物。一声清脆的开裂声响起，第二道强度更大的紫色气流把贝恩弹飞到墙上。

"贝恩！"

质野连忙接住即将倒地的贝恩，"刑天"好似血管一样缩回了贝恩的身体。贝恩双眼迷离，手上只剩下一块血红色的宝石。

"这到底是怎么了？斧子呢？"

明叔用力扶着石桌慢慢起身，走到贝恩面前，紧紧地握着贝恩的手腕。

"'刑天'已经融入你的血液中，只要把血注入这块血石，你就能够再次召唤出'刑天'。但是你现在的身体还不能够完全控制这种力量，切记不能过度使用，否则会有生命危险。"

"这晶石真厉害，那么大的冲击波！"

"你已经做到了。"

明叔用手指向桌上的晶石，晶石表面已经出现一道细小的裂痕，贝恩略显失落。

"才劈开这么个小口子，我还以为刚刚那一下能把它劈成两半呢！"

"够不错的了，当时我划了一爪子，晶石什么事儿都没有，可我的指甲全断了，好几天才长回来。你可不知道长指甲的感觉多难受！"

"我也不想知道！"

贝恩又是一个脑瓜嘣儿，狠狠地敲着质野，把他敲得蹲在地上。两人正在嬉闹之际，明叔一个踉跄没有站稳，退了几步才在阶梯上坐稳。

"明叔，你没事儿吧？"

"我没事，调理一会儿就好。你们先出去吧！"

"明叔，我帮你捶捶背。"

"野儿，你也跟贝恩出去。"

"哦。"

贝恩一手拎着质野的耳朵，大步流星地朝屋外走去。明叔欣慰地看着两人的背影，转身凝视那块从细缝中散发出微光的晶石，嘴角微微上扬。

黑暗中的银色金属长廊，在两排细小紫色晶石的微光的引导下，一双金色高跟鞋在长廊的金属地面上发出滴答滴答的响声。伴随着扬起的白色裙摆、飘扬的金发，一道紫色的圣光如明灯般吞噬了长廊的黑暗。

长廊高吊在银都两座高耸入云的大厦的楼顶之间，圣光不是别的，正是来自两座大厦周围悬浮的巨大晶石群。金发美女继续向前走着，长廊的尽头处，由紫色晶石打造的巨大王座上坐着一位威严的老者。当金发美女走到王座前的红毯上单膝跪下时，晶石王座突然发出夺目的紫色光芒，王座上的人隐藏在光芒中难以辨别。

"父亲大人，感应者探测到晶石被破坏后的能量泄漏。"

"瑟贝丝，是时候让桑娜去修改一下我们伟业的小插曲了。"

"是的，父亲大人。"

"看来我们的老朋友终于登场了。"

此时已是初春时节，柳枝开始抽芽，地面上的青草已经开始抬头，贝恩躺在树下的草地上漫不经心地抛着血石，质野呆滞地抬头望着树上挂着的巨大蜂窝，简直与平时三分钟都闲不住的样子判若两人。

"你要干吗？"

"弄蜂蜜。"

"你该不会……"

"对啊，你不是答应了那头怪兽要带蜂蜜回去的吗？我见你这么久了也没动静，就帮你个忙。答应过人家的事情要做到的，要不然就不会有女孩子喜欢了。"

"就算你送回去，也不会有女孩子看到啊，没有什么区别的！"

"不行，说不定会有女孩子突然看到呢。"

"这山里哪来的女孩子？上次遇到的那个请不要算到女孩子堆里。更何况你要去的是地狱之门那样的地方，遇到女孩的概率太小了。"

"那不行，要是那头怪兽出去瞎说怎么办？"

"我随便你啦，爱干吗干去，我继续睡觉了！"贝恩扭头闭上眼睛，才过了不到十分钟，悄悄睁眼一看，质野还在盯着那个蜂窝发呆，不禁火从中来道："都好一会儿了，你到底要不要捅，要的话快一点好不好？"

"我还在考虑嘛。"

"考虑你个大西瓜啊！"

还没等质野反应过来，贝恩捡起一块石头抛了出去，蜂窝刚好砸在质野的头上。愤怒的蜜蜂倾巢而出，贝恩见大事不好，转身跃入一旁的草丛。质野被蜜蜂追得抱头鼠窜，满地打滚，迫不得已只好变身兽形大声咆哮，这才震退了进攻的蜂群。质野变回人形时，脸上还有几个又红又肿的大包，贝恩捡起地上的蜂窝递给质野，里面满满的都是蜂蜜。

"你看你那笨样子，早点变身对蜂窝一吼不就好了吗？"

"有蜂蜜了，嘿嘿。"质野扬扬得意地抱着蜂窝。

"就会傻笑，服了你了。"

质野拎着蜂窝往地狱之门的结界方向进发。贝恩有些不耐烦地跟在后面，血液中的地狱之门碎片仿佛召唤出他从未有过的古怪想法。

贝恩开始觉得原本让自己安心的东西渐渐变成了羁绊，即使质野救过自己，但他这些年已经把质野和明叔的照顾之情还清了，彼此没有太多亏欠。况且自己得到了"刑天"，无论在哪里都可以生存下去。与其跟着这个大白痴成天瞎闹，倒不如回到银都去报当年的羞辱之仇。想到这里，贝恩停下了脚步。

"贝恩，你怎么了？"

贝恩紧紧捏着血石，心中的怒火即将抹净他这些年平静祥和的回忆。就在贝恩抬头一瞥的瞬间，质野清澈如水的双瞳凝视着他，满含渴求和关切。贝恩刚刚产生的想法又产生了动摇。

"没什么，继续赶路吧。"

"哦。"

此时明叔还在道观的后堂，一边撑着铁锤一边看着因能源泄漏失去光芒的晶石。摆放晶石的石台上此时布满了生机勃勃的翠苗和藤蔓，明叔轻轻用手触碰，晶石竟然转眼变成了一块平淡无奇的紫水晶。

明叔突然猛地把手中的铁锤掷向屋顶，屋顶裂开一个巨大的窟窿。一个女人从屋顶缓缓落入屋内，在半空中各个关节以三百六十度的方式旋转着，俨然一个扯线木偶。

## 第十四章　初试锋芒

这个女人梳着金色双马尾，蓝色烟熏妆下的眼睛毫无精神，十根手指的指甲上都镶嵌着紫色晶石。女人正奇怪地盯着石台上的晶石，明叔像想起什么似的从一旁架子上抽出一把巨大的钢刀。

"你们希尔特公司派出的推销员就不能走正门吗？"

"圣光的主旋律之外的杂音都必须消失。"

女人抽动着脑袋，声音如八音盒一般好听，却没有丝毫感情。她扭动着身躯，周身的扯线都随着她手指的方向转动，扯线所到之处，泥沙俱下。明叔灵敏地闪到熔炉后面，用手中的钢刀挡住即将缠绕熔炉的丝线。

"挂着神圣的旗帜出来杀人，还真是冠冕堂皇！"

女人转动胳膊，好似上了发条，丝线呈放射状向四周蔓延，将整个房屋紧紧裹住。丝线越绕越紧，整个房屋轰然塌陷，碎成大小不一的石块。女人在一片废墟上巡视，只看到被丝线截成碎片的钢刀，却找不到明叔。

女人感到身后微微风动，猛一回头，明叔一锤击中她的额头。

"还好我会遁地术，要不就被切成肉酱了。"

"杂音，消除。"

这一击对于女人来说根本是小菜一碟，她的头如螺旋桨般转动起来，将铁锤甩了出去。明叔躲开飞落的丝线，跳到还未被完全损坏的熔炉台阶前。

"看来不拿出真本事不行了。"

女子朝明叔的方向旋转着丝线，阶梯上碎石乱飞，丝线再次包围过来。明叔躲开撞击的同时，从衣兜中掏出一把符咒抛向空中，粘住四面的丝线。明叔咬破右手拇指，顶住左手掌心，结印的同时念着咒法。

"杂音，消除！"

"随你消！"

女子再次旋转时，突然像被齿轮卡住一样，一动也不能动。符咒上闪着红色的光，摩擦着发出喑哑的声音。

"力之咒印让每根丝线起码重几百斤，看你怎么转！"

"杂音，消除。"

明叔翻身一跃，在熔炉的熊熊烈火中抽出一把被烧得滚烫的长枪，抡圆了臂膀往符咒的中心投去。明叔心想谁让这女子毁了我的老屋，这回让她尝尝作茧自缚的滋味。就在熊熊烧着天罡火的长枪就要触到女子鼻尖的一瞬，女子面前一团银色火焰横空出现，将长枪熔化成一摊铁水，明叔心下一惊，耳边响起一阵嘲笑声。

"哎哟，桑娜，你怎么被弄得这么狼狈！"

银色火焰倏地壮大，一个满头金发的少年双手插着裤兜走出火焰，胜似闲庭信步。

"奥勒姆森大人，这种小人物怎么能让您亲自……"

"你出发之后，父亲大人感应到地狱之门的开启，刚好离这儿不远，我就过来看看。感谢就不必了，我只是不想让瑟贝丝姐姐的玩具被弄坏才出手相助的。"

奥勒姆森怜悯地看着桑娜，银色瞳孔孤寒高傲，翻转手腕打了个响指，紫色晶石戒指强光注入了四周的丝线，明叔感觉不妙，刚想冲过去阻止，身前地面上燃起的一条银色火焰封住了他的去路，他只能看着符咒在银色的火焰下化为灰烬。

"这是神圣的火焰，罪恶的灵魂正在侵袭你的身体。凡人，如果你再不收手，圣火就会把你连同身体里的魔鬼一起摧毁。我愿与你一起祈求神圣的希尔特原谅你的罪行，放弃抵抗吧，希尔特会宽恕你的！"

"如果你家被我弄成这样，你还听得进去我说的什么狗屁圣言吗？"

"凡人，虽然你挺有本事，但是我劝你不要妄想打倒我。我要杀你不费吹灰之力，还是乖乖地把晶石交出来吧！"

"你们到底想做什么？这些能源晶石里怎么都是生命的能量？"

"哦？没想到还有凡人发现这个。刚才还想饶了你，这次看来是不行了。如果让你走了，父亲大人一定会惩罚我的！"

奥勒姆森再次打了个响指，银色火焰把明叔牢牢地圈在中间。

"桑娜，交给你了！"

"是的，奥勒姆森大人，杂音，消除。"

桑娜双手挥舞着手中的丝线，脱离符咒控制的丝线密密麻麻地涌向包围明叔的火圈。

"可恶的伪善！"

锋利的丝线切碎了火圈中央的地面，明叔侥幸凭遁地术转移到熔炉旁的石台上，一只鞋子却被烧焦，脚掌被烧灼成黑红色。

"没用的，你那点本事没办法从圣火中全身而退！"

明叔上次的腿伤还没有痊愈，此时连站都站不稳，挣扎着靠着石台休息，准备再战。桑娜看出了明叔的疲惫，试图一鼓作气解决了明叔的性命，攻势更加猛烈，以解刚才被困的心头之气。明叔早已在两人的轮番攻势下筋疲力尽，根本就没有力气再去抵挡这致命的一击。

就在明叔万念俱灰的刹那,"刑天"的黑色锁链牢牢套住他的身体向后闪躲,眼看质野要扑向奥勒姆森,贝恩用"刑天"轻轻一挡,喊道:"保护好明叔!我来对付他们!"质野随即变身兽形护着明叔。贝恩抽回铁链,往桑娜和奥勒姆森的方向狠狠劈过去。

"贝恩,小心啊!"

贝恩狂野地挥动着手中的"刑天",像切蛛丝般斩断如麻的丝线,紧紧进逼,桑娜和奥勒姆森只看到身前不断扬起的碎石,被贝恩身上的戾气所震慑。直到桑娜被"刑天"弹飞,结实地砸到一旁的墙上,晕倒过去,奥勒姆森才如梦初醒,右手涌出一团银色火焰如盾牌一般迎住"刑天"的攻势。

"看来这才是父亲想要找的人。"奥勒姆森心中暗想。

"你们这帮希尔特的混蛋,不要欺人太甚!"

"以希尔特的名义,让圣火来净化你们这些邪恶吧!"

奥勒姆森左手轻握右手肘,牢牢盯住眼前的棕发少年,手上的戒指发出强烈的紫色光芒,银火忽地猛烈起来。"刑天"的气波仿佛被贝恩眼中的愤怒点燃,就在这银色的流星飞火冲向贝恩的瞬间,贝恩狠狠地将银火切成两截。

身后的质野看双方攻势如此强劲,赶紧抱着明叔跑出后堂,把明叔安置在树荫处,自己躲在树后观察动静。在银火和"刑天"的对峙中,熔炉连同整个后院都被夷为平地。奥勒姆森的手掌被"刑天"切开了一道口子,手中的戒指也随之碎裂,贝恩的肩膀被银火灼伤,强撑着用"刑天"格挡。两人的额头和手心都沁出了细密的汗珠,相持一段时间后,两人突然在对方猛烈的攻势下朝相反的方向弹开。

"可恶的邪灵居然伤到我完美无瑕的身体,你给我等着,我会回来找你的!"

奥勒姆森又打了个响指,一道银火之门打开,戒指如萎谢的花瓣一样坠落在地。奥勒姆森抓住地上的丝线走进银火之门,仍在昏迷中的桑娜也随着奥勒姆森与银火之门一起消失。

"这就逃走了?可恶!"

贝恩虽然嘴硬,但是身体早已如棉花般松软,他挣扎着收回掌中的"刑天",等血石还原后,才晃晃悠悠地倒下去。质野见不对劲,连忙冲出来抱住贝恩。

当贝恩再次睁开眼睛时,已经和明叔并排躺在草地上。质野恢复了人形,搓着双手焦急地看着两人。

"贝恩,你没事吧?"

"我把他们打跑了,厉害吧?"贝恩缓缓坐起身来,咧着嘴角开起玩笑。

"你的肩膀!"质野抓着贝恩残破的袖角,不敢触碰他被火焰灼伤的肩膀,不无担心地看着贝恩。

"我这点小伤无碍的,明叔怎么样了?"

"他好像很虚弱。"

质野和贝恩一起转身,望着一旁伤痕累累的明叔。

## 第十五章　神寂

"贝恩、野儿,我们得赶紧离开……"

明叔用力撑出一丝视野,语气中满是忧虑。

"明叔,是我!贝恩把坏人打跑了。"质野想握住明叔的手,但明叔几乎全身都被火焰灼伤,凭他鲁莽的性格都没敢触碰。

"好孩子,你们没受伤吧?"

"我没事,贝恩的肩膀被烧伤了。"

明叔费力地转头,见到贝恩狼狈却神气的样子,眼中多了一丝欣慰。

"贝恩,他们看样子不是普通人。你以后要小心,虽然你有了'刑天',但也不可莽撞。"

"他们是什么人,怎么会找到这里?"

贝恩语气急切,只想弄清缘由。明叔心想,贝恩这小子到底是年轻气盛,这种睚眦必报的性格怎么能不吃亏呢?眼中仅存的一丝欣慰也被担忧吞没。

"贝恩,答应我,不要追究这件事,更不要继续跟希尔特的人交手了。"

"你怕我打不过他们？"贝恩有些恼火，质野感受到两人剑拔弩张的气氛，也慌了神。

"贝恩，别这么跟明叔说话嘛！明叔，你也不要担心，我和贝恩能应付那些人。"

"野儿，我跟你说过什么来着，不是要量力而行吗？今天这两个人看起来并不能代表希尔特的全部实力，他们可能只是希尔特的小角色而已，更可怕的还在后面。我不希望你们意气用事，更不希望你们受到伤害！"

话还没说完，明叔急火攻心，一口鲜血喷出，染红了绿油油的草地。

"明叔，我都听你的，别说了。"

"野儿，我曾经答应过你父亲，要在他回来前好好照顾你，现在恐怕没办法了。以后你要听贝恩的话，不要再乱吃东西，也要学着好好照顾自己。"

"不会的，我不要你死，不要你死，不要！不要！"

质野潸然泪下，眼泪如金色的泉水般涌出。明叔一直以来都对质野非常严厉，今天他第一次轻抚着质野的脑袋，眉眼带笑。对于质野来说，此刻他多么希望明叔不要对他这么好，只要明叔能平安度过这一劫，就算被惩罚呵斥成百上千次也值得。

"野儿，让我跟贝恩说几句话，你去帮我弄点水来好吗？"

质野点点头，向前堂奔去，一旁的贝恩脸色如夜，皱着眉头，一句话都不说。

"贝恩，这么多年，我看着你和质野长大，就像看着自己的亲生孩子一样，我这辈子算是没有白活。"

"明叔，你会没事的！"

"原本答应师兄等他回来的，可是现在等不到了。我一把老骨头了，生死都无所谓。可是我最担心野儿，他从小在山里长大，又身赋异能，把他一个人留在世上，我死也不能安心。你可不可以替我帮他找到亲生父亲？如果实在找不到，能不能帮我照顾他一生一世？可怜的野儿，这一生都不会有人爱他。除了我和他父亲以外，恐怕只有你能够陪着他了。"

"明叔，我……"

"就当我求求你，就当报答这些年的恩情也好，可怜他可怜我也罢！"

明叔的这句话掀起了贝恩心中的怒气，这种毫不掩饰的偏袒和溺爱让贝恩不禁暗生嫉妒，也想到了自己在教堂的阴暗童年。愤怒裹挟着怜悯重重地敲击着贝恩的心门，逼迫他做出选择。涌动在脑海中的年轻修女、警卫长、桑娜、奥勒姆森等人的脸逐渐被老神父、莎若、质野和明叔的脸所替代。最后，一股平静的暖流安抚了他的躁动，他坚定地朝明叔点头道：

"我答应你。"

"谢谢你，贝恩。"

"放心把野儿交给我吧，我现在有足够的能力保护他了。"

"'刑天'之力的确强势霸道，但是要记住，不要让力量吞噬了本来的自己。"

"明叔，你放心吧，我……"

还没等话说完，明叔就用手势打断贝恩的话，神情恍惚地说道：

"你听到了吗？"

"听到什么？"

"茕儿来接我了。"

"什么？"

贝恩听说人死之前是会出现幻觉的，幻觉不过是一场迷梦，但是对于即将撒手人寰的人来说是充满奇效的精神补剂。贝恩静静地看着明叔。

明叔小心翼翼地从衣兜里掏出木盒，还没等打开，木盒就跌落到身旁。"镜花水月"戒指转着圈从木盒中飞出，一阵清新的花香沁人心脾。明叔合上双眼，热泪浸润了眼角的皱纹。正当贝恩不可思议地张大嘴巴之时，"镜花水月"戒指中流出一道波光粼粼的亮光，随着戒指飘向明叔的额头，亮光化成茕儿的灵体，伸手抚摸着明叔的额头，被灵体触碰到的肌肤晕开层层波纹。随着波纹的层层展开，明叔的灵魂也从身体里浮出。

"谢谢你，替我照顾野儿。可是……对不起，我只是把你当作最好的朋友。"

茕儿泪光盈盈地与明叔的灵魂对视，嗫嚅了一阵，声音却清晰地回荡在明叔和贝恩脑中。明叔眼中顿时焕发出夺目的光芒，心满意足地回答：

"没关系，我知道你没有爱过我。所以我就只是喜欢这么看着你，就这么看着就好。"

跑去找水的质野两手发抖，打碎几个碗碟后，终于从柴堆旁的架子上找到一个破旧的瓦壶。他气喘吁吁地跑到井旁汲水，大颗的眼泪滴落在瓦壶中。他呆呆地望着瓦壶中自己的倒影，知道倒影中的这个家伙很快就要失去自己唯一的亲人，失去唯一的家了。

明叔始终用他的宽厚和隐忍呵护着自己那颗柔软的心，质野一直都记在心里。认识的老棕熊因年老死去的时候，质野伤心过；刚认识的小兔子被隔壁秃鹰叼走，他也难过得几天不吃饭。但在此时此刻，敏锐的第六感告诉他，这次心痛不但躲不掉，而且会比以往任何一次都强烈。质野心里仿佛被戳了一个大洞，那片给他坚实力量的天空即将崩塌，他却如赤身裸体一般无处可逃。

明叔的灵魂绽放出幽绿色的光芒，轻触到水蓝色的苪儿的倒影，化成蓝绿色的碎片飞得满天都是。贝恩仰头伸出双手，把随着碎片起舞的"镜花水月"握在手心。周围的地面变成了深不见底的沼泽，急速把明叔的遗体吞入，顷刻间地面恢复原状。

"啪"的一声，地上躺满了瓦壶碎片，水流向四面摊开，不知要流向何方。质野发疯般地捶打着吞噬明叔的地方，狠狠抓刨着，十个手指鲜血如注，然而他唯一的亲人明叔就这样在自己的眼前消失了。贝恩悲戚地看着发狂的质野，两手紧紧攥住他流血的手指，阻止着他的自残，鲜血流过两人的手掌心滴落在地面，如鲜艳的乌头草恣肆盛放。

"贝恩，我要明叔，明叔不会就这么死了的！我要他回来！我要明叔回来！"

质野哭得那么撕心裂肺，贝恩却只能咬牙捏紧他的双手，一句回应也没有。

"都是我的错，要是不去地狱之门，明叔就不会一个人待在家，让那些坏蛋乘虚而入。还有那一男一女，我要杀了他们。我要他们把明叔还给我，还给我！"

听着质野的话，贝恩突然感觉有点扎手，抬头一看质野的眼睛已经变大，刚刚还可以牢牢握住的手臂迅速变粗，毛发也迅速生长出来。化身为巨兽的质野一掌把贝恩甩了出去，等他翻身撑在地上时，质野已经不见了。贝恩赶紧顺着巨大的爪印追了过去，山间野林中传来一阵阵夹杂愤怒和悲痛的嚎叫。

丛林中的山坡上，一大一小的身影缓慢移动。不过，这并不是贝恩和质野。身穿黑色西服的管家背着一大包登山用具摸索前行，身后头上扎着两个小揪揪的胖女孩扯住管家的衣角慢吞吞地跟在身后。

"东，还有多久才能到啊？"

"阿香小姐，我们已经在山里绕了一天，等我们爬到山顶才能确定位置呢！"

"啊？爬到山顶不还得爬下去吗？这么麻烦？累死了，我不干了！"

阿香松开手中的衣角，发起牢骚来，一屁股坐在路边的石头上。

"大小姐，咱们还是继续赶路吧。到前面我给您弄点罐头吃，你如果这样赖着，我们怕是要在这山崖边上过夜了。"

"不要，不要，不要。我想吃蛋糕，不吃罐头！"

"我说大小姐，要不是你在野餐的时候追兔子，我们怎么会在这山里迷路呢！"

"你居然敢怪我？"

"我没有怪你的意思。"

"要是哥哥在就好了，哥哥在一定很轻松地就出去了。"胖女孩努努嘴，挑衅地看着东管家。

"已经好几天没音讯了，大少爷他可能已经在寻找我们了！"

"这破山怎么这么荒凉，回去以后，一定要找人在这里开个旅店或者餐馆。"

"是的，大小姐。我们现在继续赶路吧！"

"烦死了，我不要赶路！"

"大小姐，我们先爬到平地再休息好不好？这里太危险了，随时都会塌陷！"

"啊，烦死了。"

远方传来一声爆炸声，阿香被吓得一骨碌坐起来，跳到东管家的背包上。

"救命啊，东……"

"大小姐，你压死我了！"

"刚才是什么声音？"

"不知道，我们还是先走为妙。"

## 第十六章　电雨般相遇

阿香迫不得已，只好跟着东管家继续攀登。烈日下地表龟裂，两人即使不停喝水，也无法驱散从内到外的燥热。就在他们刚刚找到一块空地打开罐头，准备歇息的时候，正前方一阵哀嚎响彻云霄。阿香已经满头大汗，疲惫不堪，那一阵哀嚎并没有引起她的不安。东管家打开罐头恭敬地递给阿香，一边警惕地四处张望。在他眼中，没有比小姐的安全更加重要的事了。

一头巨兽如闪电般从草丛中飞跃出来，巨大的前爪穿透阿香背后的岩石，周身在阳光映射下散发着金子般的光芒，瞳孔中金色的愤怒，口水四溢的利齿一步步向阿香逼近。

东管家情急之下连忙扔下背包，冲到阿香身前挡住巨兽的进攻。阿香一边惊诧地看着浑身发抖的东管家，一边看着面目狰狞的质野。

这时身后的草丛中又跃出追来的贝恩，他抛出手中的黑铁锁链，牢牢套住质野的脖子。

"呆瓜，你别追了！那两个人并没有留下任何踪迹和气味，再说他们是凭空离开的，你上哪去找他们啊？"

质野转过头瞥了贝恩一眼，回头死死盯着面前的两个人。

"质野，你要是觉得怒气难消，先把他们两个吃了，我们从长计议好不好？"

质野丝毫不理睬贝恩的提议，倒是东管家听到他的话气不打一处来。

"为什么无缘无故要吃我们？"

"我们在这山里住了这么多年，从来没有见过一个外人。自从遇到你们就出事了，谁知道你们跟袭击我们的那些人是不是一伙的！"

"我们绝对跟他们没有半点关系！"东管家义正词严。

"口说无凭！那你们来这深山里做什么？质野，他们一定是希尔特的走狗，把他们都杀了！"

"胡说，我们堂堂南宫林业怎么会是希尔特的走狗？士可杀不可辱，你们要杀就拿我开刀！但这女孩是南宫林业的继承人，你们不要伤害她！"

东管家这一番解释看来起了作用。质野挣脱脖子上的锁链，跃到两人身前，却没有进攻，眼中的怒气逐渐消散，呼吸也平稳了许多。

"你叫什么？"

质野吞吞吐吐地对着阿香问了这么一句，东管家挡在阿香身前颤巍巍地闭紧双眼。

"呆瓜，你狼形的时候可以说话了？"

贝恩把锁链收回手心，莫名其妙地皱了下眉头。

"真的啊，贝恩，我怎么可以说话了？"

阿香从东管家身后走了出来，双手叉腰，噘着嘴不屑地回答道：

"我堂堂南宫林业的大小姐迷路了，难道你这只丑乖丑乖的土狗还想欺负我吗？"

"我……"

质野似乎有些害羞地转过身去，时不时回头偷偷瞄一眼。东管家看着这只会说话的巨兽和这个疯狂的男孩，问道：

"你们到底是什么人，怎么会在这荒山中居住？"

"荒山？"

"我们南宫林业集团拥有无神界仅存山林田园资源的百分之八十，这座山是我们南宫林业在世界大变之前，不，应该说是几百几千年前就拥有的财产。不过这座山风水非常邪门，常年播种粮食没有收成，住在山上或者附近的人往往霉运不断，后代痴傻！"

"难怪质野会这样！"

"我怎么了？"

"没什么，你让他继续说。"

"一直以来都没有人敢踏足这片山林，就连原本住在这附近的山民都移居他处。真不知道老爷为什么买下这片荒山。得到少爷的允许后，这几年来我领着大小姐游遍集团下属所有的山林。这次本想到山脚下看看就走，没想到才离开营地没多远就迷了路，更没想到山里竟然还有人居住……"

说完，东管家仔细打量了质野这只会说话的野兽，偷瞟了眼贝恩手中握着的利刃，利索地捡起地上的背包。

"两位英雄如果没事，我和大小姐就先告辞了。"

"等等！"

贝恩看东管家一副战战兢兢的模样，也不知道他的话是真是假，不禁想要试探一番。他举起"刑天"，不分青红皂白地投出锁链，把东管家绑了起来。

"你刚才不是还献身护主吗？那我就不客气，拿你们泄泄我斧子的戾气！"

贝恩把被铁链缠住的东管家抡到空中，迅捷地投出手中的利斧。就在"刑天"像切西瓜一样把东管家分成两段之前，质野利爪一出，将飞来的斧头挡了回去，爪子掌垫被划开了一道深深的伤口，鲜血飞溅。

贝恩本来已经拿捏好分寸，及时收回利斧，谁知质野的出现打乱了他的计划。

"呆瓜你干吗？"

贝恩迅速收回"刑天"，质野在空中卷住东管家，背部狠狠地摔在地上。

"贝恩，不要杀他们……"

"要不是他们……"

"杀死明叔的人一定不认识他们的，就算杀了他们，明叔也回不来了。"

贝恩没有想到，自己小小的试探竟然让质野茅塞顿开，心中窃喜。

"唉，我不伤害他们了，呆瓜你的手没事吧？"

"我没事。"

还没等质野反应过来，阿香低头撕下自己的裙角，走到半躺着的质野面前，专心地给他包扎伤口。质野的嘴角虽然没有笑意，但能从他被温柔攻陷的眼神中捕捉到一丝羞涩。

"谢谢你，救了东管家。"

"没……没事。"

"呆瓜，我们回去吧。"

贝恩把血石装进衣兜转身就走，质野的脚步跟着贝恩，头却仿佛黏在阿香身上一样，痴痴地回望着。东管家拍拍身上的尘土，绕到贝恩的身前一把将他们拦住。

"是不是想自杀？"

"贝恩，别伤害他。"

"你们是不是SIN的人？"

"什么SIN？你在说什么？"

"难道不是吗？"

"我根本搞不懂你说的SIN是什么，不要拦着我的路，道观一团糟，我还得回去收拾！"

"就只有你们两个孩子住在山中？"

贝恩早从刚才的交手中探到了东管家的实力，看来他们根本不是习武之人，应该没有什么威胁性。贝恩爱答不理地靠在一旁的岩石边，把东管家当作空气。质野却迎上东管家的目光，耐心地回答道：

"我们三个人一起生活在山中。"

"三个人？那还有一个是？"

"还有明叔，可是他已经被希尔特的人给……"

"真的很抱歉，但你们是怎么被希尔特袭击的？你们看起来都有异于常人的本领，你们这么厉害都打不过他们？"

"我出生就这样了，能变换形态，能与动物沟通。以前变身后不能说话的，不知道今天为什么可以了。"

"这样看来，你们真的不是SIN的人。"

"SIN是什么啊？"

"你们在山中居住，或许没听说过，SIN是一个秘密组织，它唯一的目的是瓦解希尔特公司。希尔特公司在世界二分之后几乎垄断了无神界的能源来源，主管部门早就名存实亡。SIN这个组织在希尔特掌控无神界的过程中势力不断得到发展，可以算得上希尔特的死敌。"

"难怪你以为我们是SIN的人。"

"可是你们并不是SIN的人，为什么会被希尔特袭击？"

"哦，是那块破石头。"

"破石头？"

"是因为一颗紫色的能源晶石。"

"我不明白，为什么希尔特为了一颗能源晶石就大费周章地跑到山里来。"

"几年前明叔叫我从山下夺来一颗,说是研究用。可直到几天前,才用贝恩手中的武器弄开了一个小口子。"

听到这里,东管家突然打断了质野的陈述。

"你们把能源晶石破坏了?怎么做到的?"

"就用贝恩的斧子劈开的啊!可惜只有一个小缝。"

"可以带我去看吗?"

"好啊。"

贝恩对"刑天"的威力心里有数,即便有什么突发状况,这两个人也断然不是自己的对手。可这一路上狂追质野,早已口干舌燥,想赶紧回家喝上一大壶凉凉的井水,哪里还有精力和质野抬杠?贝恩瞪了质野一眼,觉得质野的口气不像是在开玩笑。

## 第十七章 复仇之路

"你不会是认真的吧?"

贝恩锐利的眼神死死瞄着变回人形围着兽皮的质野,口气立刻有了监护人的味道。

一行人抄近路回到道观,眼前一片破败的景象,道观后堂差不多被夷为平地,只有破损石桌上的晶石暗淡无光,一旁的植物不断吐露出醉人的芬芳。阿香扬起下巴,享受着清新绿植的气息。

"我要为明叔报仇!"

质野这句话虽然说得平和无力,贝恩却感觉从胸口到大脑的神经都被揪了起来。贝恩紧握拳头慢步走到质野身前,阴沉着脸,向他挑衅地举起拳头。

"贝恩,你不要阻止我!"

质野情绪激动,早就做好了孤身奋战的准备。

"到这个地步了，我怎么可能会阻止你，我们一起毁了希尔特！"

贝恩的回答完全出乎质野的预料，他伸出手与贝恩击掌为定。

黄昏将至，破道观已没有了其乐融融的气息，断屋残垣在夕阳的映照下诉说着哀伤。质野背上装着晶石的口袋在前面带路，贝恩紧跟在他的身后，东管家和阿香两人气喘吁吁地尾随其后。

质野的金色瞳孔在夕阳下格外耀眼，那种单纯的坚决闪着令人动容的光芒。此番离去，身后便是故乡。质野努力不让目光与身后的道观相勾连，害怕只一眼就会让此刻的决绝土崩瓦解。

一路上东管家滔滔不绝地给贝恩和质野讲解着希尔特、南宫林业、SIN组织的情况，两人听得如堕云雾。阿香突然想到那日在树林中遇到贝恩的情景，他冷峻的脸庞有着刀刻般的棱角，即使不发一言，也无法隐去骨子里透出的霸气，遇到他一定是上天对她的眷顾。她把刚才凶险的打斗场面早抛到脑后，把自认为重要的事情讲给他听。

"我们少爷也尝试过解析希尔特的晶石，可是无论用什么方法，都没法破坏它。没想到你居然有这样的能力，有了你们的加入，我们就能更彻底地了解希尔特葫芦里到底卖的什么药了。"

"男神，能跟你一起回去真的好开心呢！我跟你说，你一定会超级喜欢我家的，我们家厨师超级棒，会做好多好多世界各地的好吃的！"

"而且SIN组织一直邀请我们少爷加入，但少爷因为家业在身难担重任，再说，大张旗鼓地加入SIN组织就等于跟希尔特宣战，这样一来，搞不好几千年的基业都会毁于一旦的。"

"男神，今天我又穿得好难看哦！丢死人了，每次都让你看到这样的我，第一印象这么差怎么办？你假装没看到我就好……"

"SIN组织里的人都有着特殊能力，绝对不会比你们差。以前希尔特曾经斥巨资在世界各地招集能人异士想要铲除SIN，但是都失败了。"

"喂，男神你理我一下啊！刚刚的话当我没说，我们在这茫茫山林中都能多次相遇，这么有缘，实在是太幸福了！"

贝恩此时的情绪有些激荡，他手里血石中的血液也涌动不停。贝恩深呼一口气，把血石紧握在手心，努力让自己的情绪平复下来。就在贝恩的情绪慢慢稳定下来时，他手心里的血石瞬间缩成了六芒星形状。质野从衣兜里掏出一条皮绳递给贝恩。

"给你这个，把它绑在脖子上就不会弄丢了。"

贝恩接过皮绳，在血石上绕了几圈系在脖子上，质野转过头和他相视一笑，继续赶路。他们仿佛在不停变换布景的舞台上行走，通红的天色渐渐变淡，蓝色逐渐加深，最终成为深不可测的黑色。

深黑色的丛林寂静异常，虫鸣声此起彼伏，四人的呼气声依稀可辨。阿香早就累得四肢瘫软，一边晃着脑袋一边用手抚着胸口，发着牢骚：

"我不行了，我真的走不动了……"

质野突然停下了脚步，食指竖起放在唇边，做出"嘘"的表情，脚步声戛然而止。

"呆瓜，怎么停了？"

"我们不能停下，在这么深邃的林中过夜太危险了。谁知道有什么东西会突然出现。"

"啊？在这过夜？我不要，到处都是虫子，脏死了……"阿香撒娇道。

质野突然变了一个人似的，镇静地蹲下身，抚摸着面前的巨石，然后站起来说道：

"我们到了。"

"啊？小光头你说什么呢？这是哪里啊？我们要下山啊！"阿香甩着手直嚷嚷。

"呆瓜，这还是深山中吧？"

"贝恩，你跟我一起把这块石头搬起来，我怕变身后会把衣服撑破。"

"哎哟，你终于知道会把衣服撑破了？还是因为有女孩子在这儿不好意思光屁屁啊？"

质野暗中嘀咕贝恩不够义气，竟然在女孩子面前拆穿他。贝恩虽然嘴毒，但是做起事来还是很卖力的。两人合力用粗树枝把地上的巨石翘了起来。巨石下隐约可以看到一张黄色的符咒，质野蹲下身抽出符咒，登时，身前的树林在腾腾雾气中消失不见。

"再往前走一会儿就出山了。"

"这是什么东西啊？"阿香好奇地问道。

"这是明叔为了防止暴露我们的行踪所设下的结界。只要进来的人都会在山中迷失方向，再也出不去。"

"想不到明叔设下的结界在死后还能生效。"贝恩如释重负般地出了口气。

"其实，结界在明叔死后已经元气大伤，要不然我们也不能这么轻易地把符咒摘下来。你们先往前走，我等你们过去再把结界封上。"

"那好，我们继续赶路吧！"

没走多久，四人的视野中出现了平坦的旷野，旷野上有一个巨大的彩色帐篷。阿香一看到帐篷，激动不已地狂奔过去，还没跑几步就被石头绊倒，狠狠摔了个满脸土，嘴里不停"哎呀哎呀"地喊着。

身旁的贝恩视若无睹地昂头走过，质野听到阿香的声音，连忙跑过去把阿香扶起来。

阿香原本以为是贝恩返身跑回来拉自己，又惊又喜，两朵红晕在脸颊上燃烧，烧得脸上火燎燎的。可正当阿香百般娇羞地抬头，看到的却是质野的脸，立即用鼻子哼了一声，噘着嘴站起来掸掸身上的灰，傲慢地走开了。

原来这彩色帐篷驻扎之地正是南宫家的营地。营地里身着绿色旗袍的女佣们远远望见大小姐和东管家的身影，又是帮忙拎东西，又是帮着擦脸，忙得不可开交。质野没有拒绝佣人们的款待，只是有些不好意思。但贝恩抱着胳膊站在一旁，冷冷地拒绝任何人的服侍。

"贝恩，你看，好多女人啊，而且她们都长得一样呢！"

"嗯，是啊。"

"啊，你别擦了，我又没头发……那个，不要弄，好痒！"

质野被佣人们伺候着洗脸、擦手、换拖鞋，样样都让他浑身不自在。一转眼的工夫，东管家就已经换上干净清爽的衣服，手里抱着一堆衣物从帐篷里走了出来，阿香早就不见了踪影。

"贝恩、质野，我这边有两套园丁的制服，如果不嫌弃的话可以换上。"

"两位少爷，我给你们宽衣吧。"

"我不用别人帮我穿衣服。"

贝恩走到东管家身前拎起一套衣服和鞋子走进帐篷，质野望着贝恩甩手而去的身影，心里觉得对不住东管家，害羞地拿起衣服，随贝恩进了帐篷。

二人走出帐篷时，都穿上了白色连体园丁制服和黑色的短靴，贝恩还在肩上披了一块兽皮作为装饰，越发衬得英姿飒爽。质野的衣服很合身，但他摸着柔软的衣料，不由得变得局促起来。

"这衣服好舒服，要是变身撕坏了怎么办？我看我还是别穿了。"

"没事的，质野。我会给你准备很多套的，这都是小意思。"

东管家想用肯定的语气抹去质野心中的疑虑，尽可能地给客人提供最好的待遇是他时刻提醒自己的工作准则。正在质野担忧之际，阿香突然从帐篷中跳了出来，从裙子、外套、帽子、鞋子、袜子到首饰，全身上下没有一件不是彩色的。

"啊！"

一阵大叫从阿香小小的嘴中发出，质野身上一颤，差点变身兽形。

"太帅了，男神，这衣服好适合你哦！"

阿香围着贝恩眼泛桃心，边说边把头摇得像拨浪鼓一样。穿了同样新衣服的质野被她晾在一旁，阿香只顾着围着贝恩看啊看，哪里还有闲暇顾及其他人。

"你看我啊，阿香，我也有新衣服！"

只顾着犯花痴的阿香丝毫没有察觉到自己已经深深伤害到质野，质野像一头蜷缩的小兽傻站在一旁，心里很不是滋味。此刻的贝恩一动不动地盯着地面，却并不是因为阿香而故作冷漠。

他正在思考和东管家暗地里达成的协议：利用南宫家的势力寻找质野的父亲，这样不仅能完成明叔临终前托付给他的任务，而且也能借此壮大力量对付希尔特。他本来想早些告诉质野关于他父亲的事，但是看他此刻魂不守舍的样子，想想还是算了，即使南宫集团再神通广大，要在这偌大的世界上找到一个不愿露面的人恐怕也是难事。

不给予质野那么大的希望，也就不会让他因失败而太过失望。贝恩想，无论这件事成功与否，自己一个人承受就好。质野的身世已然足够艰辛，明叔为了能让他不受伤害，已经耗尽心血，现在自己能做的同样是隐瞒真相，无知或许是此刻质野最好的护身符。

第二天清晨，佣人们麻利地将帐篷收好，全都坐上了南宫家的马车。两辆南宫家的马车配有品种优等的骏马，拉钢制造的车厢，大大小小共十六个精工打造的车轮。车厢内的座椅全都包上了上等兽皮，车厢与轮子的结合处安装了减震装置。不得不佩服南宫家的工艺，不管在什么样的路面奔跑，车内的人都感觉不到半点颠簸。

听东管家说因为南宫家没有采用能源晶石，从荒山到南宫林还有一天的路程，远不如装有能源晶石的汽车。不过这看似漫长的一天让质野和贝恩这两个已习惯荒山生活的孩子能够慢慢适应山下的环境。习惯了山林中的稀薄空气，突然在平地跋涉，免不了会昏昏欲睡，两人脸颊上都好似涂了腮红一般，惹得阿香连连发笑。

这样舒适的环境对于常人来说求之不得，贝恩和质野却需要一段缓冲的时间来适应，尤其是质野。质野从小就在孤山中成长，要迎合那些所谓的人情世故对他来说是一种不小的挑战。而贝恩被报复和报恩的洪流推着不断前进，他的目的性很强，根本就没有想迎合或接纳任何人。两个人各怀心事，在舒适的座椅上闭着眼睛休息。

## 第十八章　大快朵颐

马车驶出荒山，在一望无际的乱石荒坡中穿行。正如东管家所说，这一带寸草不生，一眼望去全是巨石碎岩。别说南宫家没有采用晶石能源车，就是采用了恐怕也难以在这样的路面疾驶，或许只有马这样充满灵气的动物，才能在看似不可能的地方开辟出一条道路。

"你们累不累啊……草有什么好吃的……这样好无聊，你们为什么不吃肉啊？不吃肉哪来这么多力气？"

东管家在车厢里给阿香梳理着头发，贝恩倚在车窗上看着风景，被无视的质野只好把头探出车窗和马聊天，马儿时不时地用余光瞟着质野，质野叽叽喳喳地讲个不停。

"我说呆瓜，你可不可以安静一会儿？"

"贝恩，我跟你说，它们说它们要像这样跑一天！"

"当然。"

"我们就不能自己跑过去吗？"

"这个是交通工具，你慢慢就适应了。"

"这样它们该多辛苦。"

"要是你实在无聊，那么辛苦你变身去拉车好了。"

质野把贝恩的话当真了，扑腾一下坐起身，正准备跃出窗外，东管家把手搭在了质野肩膀上，想借此打岔。

"质野，你能跟马说话？"

"对啊，我可以跟马说话，跟小鸟说话，跟熊说话。贝恩和叔都不行，你们也不行吗？"

"我怎么能跟动物交流，不过质野你能变成动物，可以跟动物交流也是情理之中的事了。"

"我们还要在这个箱子里坐多久才能到你们家？"

"还有半天的路程吧，一会儿我们到前面小镇上吃点东西再继续赶路。"

"好嘞！有吃的了，饿死了。"

阿香把脑袋凑到贝恩面前，歪着头刚想问他有没有饿，马车就已经驶出乱石坡，窗外隐隐约约地浮现出一排排棕色的木屋，木屋的屋檐下泛着微弱的紫光。马车速度放缓，嗒嗒的马蹄声在两排木屋之间响起，好似检阅军队一般。

贝恩发现屋檐下的紫光，眉头一皱，拳头一紧，一把拽住东管家的衣领。

"这里怎么到处都是能源晶石？"贝恩一路上都保持着戒备，看到眼前的情景心头倏地紧了一紧，该不会是希尔特的人煞费苦心排演的一出戏吧？

"没事的，贝恩。现在的无神界除了我们南宫家，几乎所有人都已经接纳希尔特。沉住气，我们只是路过。"

马车最终停在了一扇刻着"南宫"篆书浮雕字样的大门前，贝恩发现这扇大门没有挂晶石灯笼，心中的疑虑打消了大半。这是除了银都之外，他在无神界见到的第一个城镇。

阿香和质野迫不及待地窜出马车，鼻子不停地嗅着，看来已经饿得两眼发花。贝恩轻轻松开管家的衣领，沉着脸随着质野往屋里走去。

贝恩细细打量木屋内的装潢，三张大圆木桌环绕着一个木质旋转阶梯，楼上飘来饭香，那里应该是厨房。

　　质野跟阿香坐在一张空桌边，旁边桌上几个衣着华贵的商人正推杯换盏，饭菜飘香，两人的目光齐刷刷地往香味飘来的方向看去。

　　楼梯传来滴答滴答的声响，是高跟鞋发出的声音，一个身着艳丽旗袍的妖娆身体出现在楼梯口，直接扑向东管家的怀抱。东管家虽然难受，但还是配合老板娘来了一个熊抱。

　　正当贝恩和质野意味深长地看着两人，口中的"哦"声还没有发出来的时候，贝恩看到了旗袍上面棱角分明的脸，"老板娘"竟然是个男人！

　　"阿东，好久没来了，死鬼你跑哪去了？"

　　"老板娘，我这不是来看你了嘛。"

　　"怎么只看到大小姐，大少爷没来吗？"

　　"大少爷还有其他事情，我就负责带大小姐出来透透气。"

　　"那这两个小帅哥是谁啊？"

　　"他们是我们少爷的贵宾，给他们准备点好菜，我们一会儿还得加急赶路回去呢！"

　　"哟，贵宾啊，一看就知道了。我这就给你们准备吃的，包你们满意！"

　　质野等这个奇怪的老板娘走了之后，忍不住询问一旁忙着补妆的阿香。

　　"阿香，这个人是男人还是女人？"

　　"别烦我！"阿香噘起小嘴，自恋地看着镜子中的自己。

　　质野瘪了嘴，把椅子挪到刚刚落座的贝恩身边。

　　"贝恩，刚刚那个是女人还是男人？"

　　"男人吧。"

　　"那他为什么跟我们不一样？"

　　小木屋里的装潢虽然不是很奢华，但是木雕门窗透入的光线让屋内气氛典雅异常。还在打量木屋的贝恩一时语塞，东管家连忙解释道：

　　"这里是镇上最有名的饭馆，刚刚那位是这里的老板。他从小就有这毛病，把自己当女人。不过他可是大好人，厨艺也一流。其实他也挺可怜的，五年前父母都去了神界，把他一个人丢在这边。我们少爷见他可怜，就给了他一笔钱，他用这钱在镇里开了这家饭馆，凭着手艺，不到两年时间就赚回了本，不但把钱还给了我们少爷，还自愿挂上'南宫'的招牌……"

故事还没有讲完，老板娘就托着餐盘从阶梯走下来，嘴里还哼着小曲。一股浓郁的熏烤味扑鼻而来，一盘巨大的烤火鸡艳惊四座。质野和阿香垂涎欲滴，连一旁的贝恩也盯着火鸡一连咽了好几口口水。

"哇，这是什么啊？"

质野在山里倒是吃过不少山珍野味，却从未见过饲养的火鸡，更别说是这么色香味俱全的烤火鸡了。

"哎哟，这位小道长，真是抱歉呢，你看我多粗心，有你在这儿，我怎么给上荤菜了呢？"

"老板娘，不妨碍的。"东管家说道。

"这样啊，那就好。这个可是我们自家养的火鸡。别客气了，快尝尝！"

质野和阿香同时站了起来，将手中的刀叉伸向了仅有的两只大鸡腿，一顿狼吞虎咽。

"贝恩，快吃。好好吃！"

质野塞得满嘴流油，还不忘劝贝恩一起吃，接着把调味的一个大红椒整个塞进嘴里。贝恩眼睛瞪得溜圆，想要阻止他已经来不及了。

"笨蛋，那是辣椒。不能这么吃的。"

还没等贝恩说完，质野龇牙咧嘴地满屋子打转，金色的瞳孔仿佛冒出火来。

"哟，没事没事，来喝点朗姆酒，解解辣。"

老板娘走到阶梯旁的木桶边，拧开龙头倒上一杯朗姆酒递给质野。质野一口灌进嘴里，没有半点效果，干脆直接咬住龙头，喝完一桶酒才消停下来。结果辣虽解了，整个人却晃晃悠悠地倒在了地上。

"这小哥真是海量啊，一桶酒喝得干干净净。"

"老板娘，这个给你。"

东管家从口袋里掏出一叠棕色的纸币递给老板娘，老板娘立即推开东管家的手。

"阿东，你这样就不对了。我们什么交情，怎么能收你的钱？"

"你是在做生意，当然要按规矩来。"

"不要，不要，坚决不要。你跟大少爷说，就是我请大小姐和贵宾们吃点东西。如果这点东西还要你们付账，传出去我还要不要做生意了？"

东管家和老板娘在付账一事上纠缠了好一会儿才回到马车上，质野倒在贝

第十八章 大快朵颐

077

恩的腿上呼呼大睡。

"质野没事吧？"东管家问道。

"他没事，估计是从来没喝过酒的关系吧。"

"我们得加快速度了，我都忘了赏花会的事情了。"

"什么赏花会？"

"这是南宫家的传统，每年初春举办一场赏花会。跟南宫家有来往的各界人士都会到场，是一个重大的仪式。"

"希尔特的人也会去吗？"

"前些年他们都派了人来，毕竟我们两家在表面上还是得互相做做样子。"

阿香想起赏花会顿时激动起来，黏着贝恩说了很多关于赏花会的事情。贝恩一句话都没听进去，他的脑中正酝酿着一个计划，但如何从希尔特的人那里获得有效的情报还是个问题。

马车继续在原野行驶，前方一片茂密的绿色如浪涛般涌了过来，将马车包裹其中。森林中的道路两侧到处都能看到和饭馆门牌相似的南宫路标，森林内的动植物千奇百怪，都是贝恩从来没有见过的类型。比起几百里才能看到一些绿叶的荒山，这里简直就是动植物的天堂。

## 第十九章　南宫林主

在这个能源枯竭的世界，南宫家还能坐拥这么大一片森林，这是实力最好的证明。马车足足走了四个小时才走出森林，迎面而来的是参差交错的一排排果树和小木屋，紧接着是一颗颗花苞簇拥成的绚烂花海。贝恩站在这自然织就的五彩锦缎中徜徉着，仿佛过去十多年的时光从来没有过磨折的痕迹，而是被某种轻盈所替换。

贝恩的视线中，一棵参天大树拔地而起，屹立在果树和花海的正中央，他努力把头探出马车外,想要看个究竟。

在参天大树顶端的云雾中,一座宏伟的木质宫殿若隐若现。随着马车越来越近,可以看到巨树根部成百上千条根茎盘旋而上,直通宫殿。马儿轻车熟路地随着盘旋的根茎升到宫殿的门口。贝恩用肩膀架住晕晕乎乎的质野,把他拖下车。

八根大约二十米高的木制柱子精雕细琢,耸立在宫殿前的房檐下,茂密的藤蔓把这座宫殿牢牢地钉在树干上,镶有南宫家家徽的大门两侧被桐油漆过的木雕巨熊做仰头大吼状,口中喷出一米多高的水柱,煞是壮观。

东管家手抚胸口,俯身向宾客致敬。一位身穿礼服、古铜色皮肤的高大男子从大门正中走向马车,步伐沉稳有力。男子背后拖着一根长长的麻花辫,额头处的头发如刺猬般凸起,古典中又多了一丝俊逸。眉毛足有一指宽,微笑时狭长的双眼微眯,与扬起的嘴角弧度相映成趣。

"欢迎来到南宫之园!"

"哥哥!"

阿香像小鸟一样飞过去,一下子钻进了男子的怀抱,男子把阿香紧紧抱住,高高地举起。阿香从来都是大大方方地享受着哥哥的宠溺,即使在外人面前也不例外。贝恩望着阿香和哥哥的亲昵,想到自己孤身闯荡的飘零,把艳羡深深地隐藏起来,以此来维护自尊。

"香儿又长高了,漂亮了。怎么样,这次出游开心吗?"

"嗯,好好玩的,我还带了两个好朋友回来。"

"我知道,今天一早就收到东管家的信了。"

男子把阿香轻轻放下,来到马车前。

"你好,我是南宫家的继承人,我叫南宫槿,叫我阿槿就好。"

"我叫贝恩,这个是质野,他有点喝多了。"

"看你的发色和五官,你是外界人吧?"

"对,我是很多年前从神界来到这里的,这一时半会儿说不清。"

"没关系,我先给你们安排房间,其他的事我们晚上再叙。今晚要举办舞会,我也是忙得不可开交。"

"谢谢了。"

"不用客气,就把这里当自己家吧!要不是你们,我最疼爱的妹妹可能就回不来了。"

东管家领着贝恩和质野往殿堂后的厢房走去，阿槿单手抱起阿香，架在自己厚实的肩上。

"路上累了吧，哥哥抱着你吧，不过还是得先去祭拜才行。"

"我知道啦。"

阿槿抱着阿香走到殿堂中央，拧了一下木座前木雕巨熊上的熊牙。阿槿脚下的土地旋即沉入巨树的中心。随着不断下沉的地面，四周黑暗处的小树胶球内的萤火虫一一亮起。当两人抵达巨树最深处时，整条通道都被映得灯火通明，地面中央是一个祭坛。阿槿和阿香神情肃穆，在一个巨大的树灵雕像前跪下，连拜三拜。壁画在萤火中斑驳可见，他们祭拜的是这片森林的守护神——树界妖灵。

厢房中，贝恩正想方设法把质野扔到床上，他隐隐感到一丝邪灵之气。自从有了"刑天"之后，他觉得跟邪灵要比和神明打交道痛快得多，大不了就以死相拼。可贝恩现在发愁的并不是这个，而是怎么把质野这个笨蛋给弄醒。此刻质野正抱着贝恩的大腿做梦，口水一把把地抹在他雪白的园丁制服上。

贝恩暗暗叹气，摇摇头把衣服脱了下来，任由质野蹂躏，自己则换上了另一套换洗的衣服，站在窗边。络绎不绝的车马，器宇轩昂的宾客，这就是所谓的上流社会吧。天色渐渐暗了下来，一辆白色加长豪车驶入宫殿，贝恩专注地想着如何对付希尔特那帮浑蛋，没有注意到在这一刻，自己腰间的胎记透出地狱火焰的赤光，隔着白色衣服仍旧闪闪发亮。

南宫家的餐厅由上等木材精工打制，佣人们统一着装，各司其职。餐桌足有十米长，阿槿坐在一端，贝恩和质野的座位被安排在离他不远的地方。质野虽然已经醒来，但还是有些迷糊，他坐在贝恩身边，有些忸怩地卷着镂空花纹的白桌布。盘中的食物色泽诱人，佣人们端着餐盘为所有来宾分配美食。

"在山中终日享用山林美味，不知道寒舍的素菜能否合你们的胃口？"

阿槿把手放在嘴边轻咳两声，佣人们识趣地纷纷退下，餐厅忽然安静下来。

"我们什么都吃得惯，谢谢了。"贝恩代质野答道。

"不必客气，来，我先敬你一杯，这是我们果园自酿的果酒。"

阿槿端起酒杯以尽地主之谊，贝恩对这些繁文缛节没有一点兴趣，三言两语就直入主题。

"我想南宫先生不是叫我们来饮酒作乐的吧？"

"果然够直接，没错。想必阿东早已把原因说清楚了。"

"你想跟我一起合作，那就得拿出点诚意。我已经把破坏的能源晶石送给你们，你们是不是也得拿些有用的情报来作为交换？"

"你想知道什么？"

"我想知道希尔特要什么，他们的弱点是什么。"

"首先，我想知道你对希尔特的了解到底有多少。"

"我只想知道怎么毁掉他们，其他的我毫无兴趣。"

"如果你要消灭一个敌人，最简单的方式就是先了解它、分析它，最后瓦解它。如果在不了解敌人的情况下一味蛮干，不是双方斗个你死我活，就是白白把自己的命搭进去。"

"你一定觉得单凭我一个人，想要毁掉世界第一的能源公司是不可能的事情吧？"

"不，不要误解我的意思，我并不觉得你不可能，而是难。如果你现在有足够的能力，我想你也不会大老远跑到这里了。"

"那你又对希尔特了解多少？"

"据我们了解，希尔特公司是能源战争的平息者，这想必你早就听说了。自从无神界启用他们公司的能源后，无神界的大部分能源都被希尔特垄断。在无神界，重新建立起来的政府军队中，百分之九十是希尔特的能源兵。希尔特在这里可以称得上一手遮天。但是有一点一直让我百思不得其解，他们并没有侵入神界。你不觉得奇怪吗？他们明明可以控制整个世界，为什么单单控制这一半？"

"你是说神界并没有采用能源晶石？"

"并不是没有采用，而是希尔特拒绝向神界提供能源晶石。"

"为什么？"

"具体的我并不清楚，可是以我们这些年对能源晶石的研究，能源晶石可能有着极大的危险性。但这一点一直都没有得到证实，这种便捷稳定的能源也就成为希尔特强盛的保证。从你跟阿东对袭击你们的人的描述来看，他们也不是凡夫俗子。我觉得无神界的平衡已经被希尔特打破，这些年不应该属于这个世界的力量越来越强大了。"

"不应该属于这个世界的力量是什么意思？"

阿槿抚着自己的肩膀，欲言又止地摇了摇头。

"没什么，这些天忙着舞会的事情有些疲惫了，你先吃，我失陪一下。"

"那希尔特的事情……"

"这些事情不是一顿饭、几句话就能讨论清楚的。我们有共同的敌人，这并不意味着我们就能成为朋友。但我不希望我们成为敌人，也希望你能耐心跟我们合作，你要相信，你可以壮大我们的实力，而我也能够成为你强有力的护盾。"

阿槿说话的时候目如灿星，稍稍欠身离开席位往后殿走去。不知道是这种合作方式还是这个地方的气场，一种温暖的热流充溢着贝恩的内心。有这样一个强劲的帮手，复仇就会轻松许多。

宫殿后面一个布满藤蔓和荆棘的长廊深处，粉色大门中传来阿香的喃喃声，伴着橡胶互相摩擦的声音。

"你们也想我了是不是？我也好想你们。"

…………

"我遇到了一个好喜欢好喜欢的人。"

…………

"你们在我心中的地位一样重要，我不会喜新厌旧的。"

从门缝中可以看到房间的大部分空间都被五颜六色的气球所占据。躺在房间正中间床上的阿香把自己埋在气球的海洋中，只露出红扑扑的脸蛋和忽闪忽闪的眼睛。她从气球中钻出来，把手头的气球抛来抛去，满眼都是女孩子特有的柔情。

看着眼前痴狂的阿香，阿槿一脸忧伤。他把打开的门缝轻轻合拢，那个天天抱着他撒娇的妹妹就要长大了。不知为何，阿槿心头溢出一种从未有过的孤独感，如屋里的气球一样将他整个吞没。

## 第二十章　舞会重逢

阿槿看着手上的彩色礼服，终于想起自己此行的目的。他再度开门，把礼服拿到阿香面前晃来晃去，道：

"怎么样？哥哥特别给你定做的礼服漂不漂亮？"

"漂亮！真漂亮！"

"来，哥哥帮你换上怎么样？"

"不要！人家都大了，我要自己换！"

阿香把阿槿推出门去。

换上礼服的阿香光彩照人，一只手牵着一个红气球，另一只手拉着西装革履的阿槿。

宾客们正聚在一起谈笑风生，刚换上礼服的质野手足无措，他从来没见识过这样的场合。一看到餐桌前的阿香，立刻嬉皮笑脸地说道：

"你真好看。"

"贝恩大哥呢？"

"他在房间换衣服还没出来呢，你手上红红的是什么？"

"她叫红红，她说想看看贝恩大哥，所以我就带她来了。"

"真好玩，红色的就叫红红，那白色的不就叫白白了吗？"

质野性情憨直，根本不知道自己说了多么无趣的话。阿香无意搭理这个连她心爱的气球都不认识的乡巴佬，一心等待贝恩的出现。这时阿槿正和几个同属资源行业的好友交谈，殿堂外一辆白色加长轿车车门打开，一身白色天使翅膀花纹西服的金发少年从车里伸出双腿，白净的皮鞋落在红毯上，一丝长发随风划过紧跟在他身后的女孩清秀的面庞，他们站在一起仿佛是天造地设的一对。向光晔伸手牵着身穿白色齐肩长裙的女孩，大摇大摆地走进殿堂。阿槿看到向光晔狂妄自大的架势，跟身前的宾客道谢后向门口走去。

"向公子，多谢赏脸光临寒舍。"

"南宫少爷，这么重大的盛会怎么能少得了我呢？家父特地托我给你带了份礼物，小小心意而已，请不要见笑。"

向光晔拍了拍手，身着白色西服的保镖把一个巨大的行李箱放在地上，里面是一块光芒耀眼的能源晶石。阿槿看到晶石后脸色有些难看，见此向光晔哈哈大笑起来。

"不知道合不合用？不过这里好像没有能够用得上的电器哦。"

"承蒙厚爱了，我们的确用不着。这么贵重的礼物还是请拿回去吧！"

"那好吧，你们拿回车上。"

保镖将合上的行李箱拎回车上，一旁羞涩腼腆的女孩有些局促不安。

"这位可爱的小姐是？"

"都忘了给你介绍，这是莎若。"

"莎若小姐贵安，第一次见到发色如此鲜丽的女孩，真是楚楚动人啊！想必向公子寻遍天下才找到如此佳丽吧？"

"莎若，你去一旁自己走走。我跟南宫少爷好好聊聊，记得别走远了，一会儿我们还得赶回去呢！"

"好，好的。"

向光晔支开莎若，继续调侃讽刺着阿槿。莎若攥着手指在殿中来回走着。此时萤火灯逐渐变暗，闪烁不停，悠扬的音乐缓缓响起，宾客们漫步舞池，有的邀请心仪的舞伴跳舞，有的自得其乐地手舞足蹈，有的站在舞池边上品头论足。

唯独莎若，是这气氛中最突兀的存在。不善于交流的她独自靠在护栏上，欣赏着眼前的五彩缤纷。

贝恩这时才换上黑色燕尾服，从殿堂的侧门走了进来。他一眼看到阿香和质野寻觅的神情，立刻藏了起来，一心想要摆脱这两个难缠的家伙。

就在他蹑手蹑脚贴着殿墙向前方走去时，隐约看到某个角落有个人影闪动，他真想知道谁和他一样对这舞会丝毫不感兴趣。看起来是个女孩子，没准心仪的舞伴被别人抢走了，正处于悲伤之中吧。

贝恩忽然被这个人的侧脸所吸引，着了魔般地向前走去。就在这个瞬间，贝恩觉得自己这十多年的记忆被什么东西压缩似的，时光回到了空荡荡的火车上，回到了演讲台和嘉宾席上。卷动的鲜红发丝，在暗淡夕阳下忧伤的目光，欲言又止的羞涩神情……

"莎若？"

是她没错吧？贝恩一遍又一遍地拷问着记忆，他曾以为有生之年再也不会遇见这个女孩了。真的是她吧？风姿卓绝，却能在这争奇斗艳的舞会上淡然自持，除了她应该不会有第二个人了吧？

"你，你是？你怎么知道我的名字？"

看来真的是她！贝恩的心如同被悬在高空中又猛地落下的石头。他深深地吸了口气，努力让自己的心平静下来。

"你不记得我了？"

"好像在哪里见过你。"

"是吗？"

贝恩的欣喜就像刚刚冒出的嫩芽，被莎若陌生的眼神扼杀在摇篮里，不禁面有愠色。莎若看到贝恩深沉的脸色，咬着嘴唇，不再说话。

"你自己来的？"

莎若微微摇头，贝恩的脸色更加难看。

"跟谁来的？"

"那，那个……"

"算了。"

贝恩长叹一口气，和她并肩站在一起，扶着旁边的护栏。贝恩心里很悲伤，莎若居然不记得他了，转念一想，当时和她相识两人都是小孩，现在自己或许已经模样大变，莎若认不出来了。莎若倒没怎么变，还是那般柔弱不善言谈，所以自己才能认出她。

"我跟向大哥来的。"

"向大哥？哪个向大哥？"

"希尔特的向光晔。"

"你说的是……"

贝恩一听到"希尔特"这个词，恨得咬牙切齿，手一攥就把护栏捏断了一块。莎若觉得有些莫名其妙，为什么这个人的感觉那么熟悉？莎若甚至感到有些自责，自己说错什么话了吗？

坠落的护栏碎片把贝恩的视线带到了宫殿下方的树茎处，几十条凶猛的巨犬双眼发出紫色的微光徘徊在巨树周围。就在贝恩察觉到它们的同时，几只巨犬直扑上来，把莎若吓得摔倒在地。贝恩翻身抱起莎若，带她躲过了眼前迅猛的扑击。音乐骤停，尖叫声、逃窜声、碗碟落地声一时充斥着整个正殿，东管家连忙招呼大家躲进相对安全的后殿。

"天哪，这是什么？"莎若惊问道。

"看它们的眼睛就知道了。"

"能源晶石？"

"都是你那个向大哥干的好事！"

此时两只晶石犬垂涎欲滴，步步逼近。贝恩见势不妙，捏住胸口的血石项坠，猛地抽出"刑天"应战。

质野跟在阿香身后四处寻找着贝恩，迎面正好遇上人群后面狂暴的晶石犬。质野苦口婆心劝说阿香转移到安全地带，阿香却嚷嚷着："岂有此理！居然在我的宫殿里捣乱！"就算质野一个劲儿地强调贝恩有强大的"刑天"，阿香也置若罔闻。

就在晶石犬扑向阿香的一瞬间，质野遽然变身兽形，把阿香从只差分毫的利爪下解救出来。阿香一动不动地站在那里看着两只巨兽翻滚撕扯，一副置身事外的模样，还一直抱怨对方把走廊里的装潢弄得残破不堪。

阿槿原本和向光晔聊着场面话，突然察觉到背后杀气腾腾，迅捷地转身一记仰天拳，一只晶石犬结结实实地摔倒在地。等他转过头来时，向光晔已经不见了踪影。阿槿赶紧帮助宾客安全撤离到后殿，决定独自留在殿堂里，迎战晶石犬。

几条看似轻若无骨的丝线朝着他的方向射出，阿槿灵巧地躲过丝线和身后的晶石犬，丝线把地面搅得粉碎，一双镶满能源晶石的纤纤细手牵起地上的丝线。

"杂音，消除。"

"看来希尔特早有预谋，你们就凭这些小伎俩就敢跑到我这里班门弄斧，真是狗胆包天。别说你们是希尔特的人，就算是神，我也不会原谅。"

三只晶石犬似能听懂人话，轮番往阿槿的方向冲了过去，阿槿不慌不忙地单膝跪地，双手狠狠拍在地上，随着一阵地动山摇，地上出现了深不见底的裂缝，裂缝中几棵翠绿嫩苗猛烈膨胀，把三只晶石犬牢牢缠绕起来不能动弹。

另外一边，贝恩护着莎若，跟两只晶石犬激战。贝恩一刀横扫，切下一条晶石犬的前爪，劈开另一条的头颅。可没一会儿工夫，晶石犬的肌肉血液就重新融合在一起，宛若新生。本来因为莎若的出现贝恩的头脑有些混乱，这下又被这些不死之身的晶石犬缠着没完没了，贝恩眼中的怒气如火焰般炽热。

交战几个回合，贝恩意识到拖延战术只会给自己带来麻烦，只能抓住敌人的软肋一举攻破。晶石犬眼中紫光逼视，贝恩灵机一动，"刑天"不是可以劈晶石吗？这晶石犬的眼睛……有了，贝恩直击晶石犬的眼睛，两只晶石犬眼睛受损，立即瘫软在地。

晶石犬的身体随着一股能量爆裂开来，把贝恩和莎若震得老远。贝恩抛出手中的锁链缠住被击晕的莎若，稳稳地落在地上。

## 第二十一章　寄生石

"你没事吧？"

贝恩紧张地盯视着莎若的脸庞，没等她开口，即刻抱起莎若，把她藏在一旁的酒桶后面，抽身往正殿跑去。

桑娜和阿槿正展开丝线和藤蔓的对决，质野已与晶石犬厮缠多时，等他将一条晶石犬折腾得昏死过去后，一抬头看到桑娜，疯一般地暴走起来，猛吞一口气，喷出一个巨大的空气弹。桑娜被空气弹击飞，丝线也被藤蔓牢牢捆住，桑娜犹如蜘蛛网上被缚的小虫，动弹不得。质野一个跟头跃到藤蔓上方，狠狠捏住桑娜的头。

"受死吧！"

质野狠狠拽着桑娜的头,桑娜顿时感到脖子一阵剧痛,接着手脚全都不听使唤了,她气若游丝地喃喃自语着:

"杂……音……消……除……"

质野身后的晶石犬狡猾地微眯双眼,铆足了劲儿从背后扑向质野。阿槿刚要上前推开质野,一条黑色的锁链凌空而起,击向这条晶石犬的眼睛,晶石犬在爆裂后如土委地,销声匿迹。

"阿槿、呆瓜你们没事吧?"

"贝恩,你看,我为明叔报仇了!"

质野拎着桑娜的脑袋,朝贝恩显摆着,然而阿槿的一番话给质野泼了冷水。

"我觉得这个女的并没有生命,你看她都一动不动了还能说话,证明她只是个傀儡。"

"啊?那她的控制者在哪?"

贝恩再次投出手中的"刑天",把阿槿擒住的几只晶石犬的眼睛一一击破,眨眼间它们都在藤蔓中爆炸消失。阿槿看到贝恩和质野强劲的战斗力,面露喜色道:

"没想到你们的本事还不小!"

贝恩在刚才的一场混战中,也对阿槿的能力有了些许认可,这个南宫少爷还真是名不虚传。

"在我们之中,只有你能够破坏晶石,所以要想击败希尔特,我们最有力的武器就是你!"阿槿说道。

"你们太异想天开了!"

殿堂外传来一个柔柔的女声,桑娜的身体轻轻浮起,穿过银光闪闪的椭圆时空通道消失不见。贝恩和阿槿定睛一看,一个身着白色制服的金发女郎悬在半空,优雅地用手扶了扶无框眼镜,手上的紫色晶石戒指寒气逼人。

"你是谁?"

"小帅哥,火气别这么大嘛!你没有见过我,不过你应该见过这个。"

金发女郎伸出舌头轻舔了一下手中的晶石戒指,贝恩登时火冒三丈,抽出"刑天"逼视她的双眼。

"你跟奥勒姆森是什么关系?"

"看来你已经见过我的弟弟了,怎么样,我弟弟还好相处吧?"

"把你弟弟叫出来受死，我就饶你一命！"

贝恩"唰"的一声投出"刑天"的锁链，他深知"刑天"之势，利在迅猛凌厉。只有抢占先机，才能出奇制胜。可是贝恩的计划不巧被女子周身的环形真空盾堵得严严实实。阿槿的藤蔓、质野的空气弹也纷纷出场，但都没法伤到女子一毫一厘。

"自大的帅哥，真是无情呢！我今天是特地送东西来的，可不是来跟你们打斗的。"

女子高举双手，用祈福的姿态召唤出一个巨大的椭圆的银色空间门。亮光刺痛了在场所有人的双眼，一颗巨型的能源晶石腾空而起，贝恩、质野和阿槿眼睁睁地看着这个带来巨大威胁的家伙浮出地面，惊愕中带着愤怒。

漫天悬星的森林，参天巨树中间闪烁着夺目的紫色光芒。阿槿神色慌张地看着眼前巨大的能源晶石，一动不动；质野前蹿后跳，想着办法破坏空间门；而贝恩则在一旁不停地抛出"刑天"，尝试击碎真空护盾，阻挠瑟贝丝召唤能源水晶。

"完了，完了，一切都完了！"

阿槿忽地身体发软，跪在空间门前，用力捶打着地面，颓唐得和刚才判若两人。

"你就这样放弃了吗？"

质野金色的瞳孔一会儿变大，一会儿缩小。他竭尽全力地喷出空气弹，一次又一次。心里想着，没准哪次就歪打误撞地成功了呢！

"都是白费力气，这样的攻击怎么可能起作用？"阿槿摇头叹息。

"你就这样放弃了吗？这是你和阿香的家，我不能让阿香失去这里。我没能保护好我的家，我不能再让你们失去自己的家了。"

质野一口气说完这些，猛地被反弹的空气弹击倒在地，他咬咬牙，还是毅然爬起来继续攻击空间门。看到质野这么努力地捍卫着南宫家，自己作为这里的主人怎么能这么快就绝望呢？阿槿的内心也沸腾起来，他再度发力召唤出几条比刚才强壮上好几倍的藤蔓，重重击向空间门。

"你以为靠这点能力就真能阻止我？"瑟贝丝冷笑道。

"为什么不行！"

贝恩跃上藤蔓，"刑天"戾气大盛，劈在真空护盾上，形成一个一指宽的裂缝。真空护盾顺着裂缝的方向碎裂开来，碎片散落满地。正在召唤晶石的瑟贝丝原本高枕无忧，听到碎裂声不得不松开双手，躲开贝恩的猛烈攻击。就在"刑天"即将触碰到瑟贝丝的一瞬，空间门里放出一道如闪电般的紫色光柱，将贝恩击倒在地。瑟贝丝顺势将巨大的能源水晶拉出空间门，猛然解除施加在空间门和晶石上的力量，晶石失去重心，狠狠地坠向巨树的中心，也就是南宫家的宫殿。

这时候的质野已变回人形，接二连三的攻击已使他筋疲力尽，手心沁出鲜血。阿槿发现情况不妙，再次双掌拍地，在宫殿上方召唤出一棵螺旋状的巨树，凌空托住晶石的坠击。

只要现在乘胜追击，完全可以将这股反对势力扼杀在摇篮里。瑟贝丝这样想着，张开双手想要再度召唤空间门，却没想到晶石戒指因为抵挡攻击而能量透支，出现了细小的裂缝。

瑟贝丝知道自己已经给了南宫家重创，如果一味地僵持下去，只会让自己吃亏，不如先走为妙。她在高跟鞋下方召唤出一个小小的空间门，说道：

"看来我小看你们了，不过这样是不能阻止晶石吸取能源的。你们享受最后的挣扎吧！"

刹那间，戒指碎裂，瑟贝丝仓皇遁入空间门。贝恩一个激灵跳上树藤，投出"刑天"，想拦住瑟贝丝。可是就在贝恩从地面攀越的片刻，空间门已经关闭，瑟贝丝回头阴冷一笑，和空间门一起消失。贝恩握住碎落的晶石戒指，落到地面上。

"贝恩，你试试破坏它。我感觉晶石正在抽取树根的能量，这样下去坚持不了多久的！"阿槿指着宫殿上方被巨大树根托着的晶石，忧心忡忡地说道。

"好！"

贝恩向巨大的能源晶石投出"刑天"时，还在为瑟贝丝的逃走而愤怒，愤懑的情绪伴着"刑天"的戾气落在斧刃上，凌厉异常。然而晶石毫发无损，连一点裂痕都没有出现。

"看来不行，'刑天'能够击碎的也就只是正常大小的晶石。这块晶石能量太大，这种级别的攻击对它毫无作用。"

"你先去看看质野，我想办法支撑下去。"

贝恩来到质野身边，检查了一下他的伤势。就在他准备回去助阿槿一臂之力时，晶石离地面又近了一点。

阿槿已经气喘吁吁地倒在地上，贝恩赶忙上前扶起阿槿，这才看到阿槿的双臂早已干枯，皮肤紧贴清晰的骨节。

"这是怎么回事？"

"树灵之力运用过度就会这样，这还是第一次，以前从来没有过，想不到副作用这么严重！"

"你不会死吧？"

"不会，可是我得休养好一阵了，以能源晶石的吸取能力，估计这棵树也就只能坚持一个星期。"

"一星期后会怎么样？"

"当它吸取完这棵树的能源之后，就会开始吸取生命之树的能源，到时候附近的森林都会枯竭，南宫家也就完了。"

"我继续试试能不能击碎它。"

"别再尝试了，现在晶石已经和巨树能源结合在一起，如果你强行破坏晶石，巨树能源的平衡也会被打破，照样会导致森林枯竭。"

"那怎么办？"

"我们虽然没有低估对手，但是没想到希尔特的实力居然如此强大。"

"先别想那么多，我先扶你进去休息。等你恢复体力我们再想办法。"

"现在也只能这样了。"

阿香看到哥哥像木头般干枯的手臂，哭着就钻到了阿槿的怀里。这么多年来哥哥一直都是她的顶梁柱，在她眼中哥哥有能力应对一切，永远不会倒下，如今却看到他脆弱无助的一面，像迷路的小孩一样让人心疼。阿槿仿佛看出了妹妹的心思，用那枯竭的手臂撑起身体，抚摸着妹妹的头，强颜欢笑，试图安慰阿香。

"没事了，多亏有质野和贝恩帮忙，哥哥终于把那个坏家伙打跑了，我们厉不厉害？"

"哥哥，你的手……"

"不要紧的，过几天就恢复了。"

阿槿冲阿香凄然一笑，贝恩心里不是滋味，一个扭头，质野已经坐了起来，推搡半天才老老实实地让一旁的东管家帮他包扎。贝恩突然猛拍额头，似乎想起了什么，飞快跑向酒桶。一张苍白的脸上眉头微蹙，双眼紧合，纵是如此依然抹不去清秀的气息，贝恩一把横抱住莎若走向屋子中央。

"她是希尔特的人，她不能留在这里！"

"贝恩，我亲眼看到希尔特的向光晔跟她一起来的，我们现在的状况已经够差了，经不起更多的折腾。"

"贝恩，他们是杀死明叔的人，你为什么还要保护她？"

## 第二十二章　南宫密室

争执声断断续续地传到昏迷的莎若耳中，她模模糊糊地看到贝恩袒护她的背影，然后眼前一黑，又昏了过去。

南宫园林外的道路上，一辆白色加长轿车飞速疾驶。车内的向光晔怒气冲冲地靠着窗户，手握一瓶烈酒，神色颓唐。身边的座椅上一道空间门渐渐浮现，瑟贝丝已然靠在座位上，梳理着头发。向光晔用余光瞟了一眼身边孤芳自赏的瑟贝丝，以命令的口吻跟瑟贝丝说教：

"你们怎么办事的，袭击怎么提前了？"

"不是我们提前了，而是被发现了，不得不立即行动。"

"莎若不见了，你快去把她带回来！"

"你别着急，我觉得他们不会伤害莎若小姐。"

"你怎么知道！这帮恶魔什么都做得出来，我要确保她的安全，明白吗？"

"父亲大人交代给我的任务已经完成，其余的事情我不想管。"

"你居然这样跟我说话。"

"不要以为仗着父亲大人的疼爱就能够命令我，我可不受你支配。"

"你！"

瑟贝丝手里握着一个早已残破不堪的玩偶，这不正是刚才和质野贝恩他们打得不可开交的桑娜吗？瑟贝丝从小到大都有着喜新厌旧的小女孩心性，她嫌弃地把桑娜丢在车座底下。

向光晔知道她最心爱的玩偶被毁，心情一定也很糟糕，在这个时候和她继续争辩，难保她不会怀恨在心。向光晔侧身将瓶中酒一饮而尽。他回望着南宫家树林中透出的幽紫色微光，细长的指尖紧抓手心，胸口起伏不定，或许只有烈酒才能冲淡思念的浓度。

此时的莎若并不知道向光晔对她的担心，她还在昏迷之中，贝恩一直守在床边没有离开，月光在墙上绣出他清晰的侧影，棱角分明。不知过了多久，莎若渐渐找回了意识，一如大梦初醒，无辜地打量着周围陌生的一切。

"不用怕，你没事了。"

墙上的影子突然动了起来，莎若吓得连忙从床上坐起，还没来得及呼救，便看到"影子"越走越近，才长长地舒了一口气。

"原来是你，向大哥呢？"

"你还找他？"

"他怎么了？没有被那些怪物伤到吧？"

"你是白痴吗？"

贝恩一想起向光晔，拳头就捏得紧紧的。那个丢下她仓皇而逃的浑蛋，竟然是她醒来第一个关心的人！早知道就不应该管她的死活！贝恩强压住内心的怒火，想到她可能无法承受第二次惊吓，心就软了下来，轻叹一声坐在床尾。

"我……我说错什么了吗？"

莎若不知道自己哪里惹到了这个火药桶，委屈地捏起床单，眼神不自在地飘来飘去。贝恩当然不会告诉她自己心里的想法，默默走到窗口拉开窗帘。一阵微微的紫色微光从巨树支撑的能源晶石中散出，微光透过窗户洒到屋内，贝恩心中的愤怒再度燃起。

"这都是你那个向大哥做的好事！"

"这是？"

"能源晶石正在吞噬生命之树的能源，阿槿用了自己的生命去阻止生命之树的枯竭，可这根本支撑不了几天。"

"不，这不会是向大哥做的！"

莎若跳下床，和贝恩并肩站着，随着远处地平线缓缓被日光点燃，昨天还生机勃勃的一切如摧枯拉朽般枯萎凋零,那些醉人的花海在一夜之间消失不见,巨大的紫色晶石不断吞噬着大树的生命能源,似乎晶石亮度提高一分,周围花草的姿色就失去一分。她不敢相信眼前的这一切都是真的,难道这些真的是向大哥做的吗?不会的,向大哥不是这样的人,她一边想一边微微摇头。

"怎么,你还为他说话?"

"可是向大哥他们家是为了人类的幸福才创造晶石的,他那么温柔、那么善良,怎么可能做出这种事情?"

"这是他的家族研发出来的晶石,他所给予一些人的幸福,就是用毁掉另外一些人的家园作为代价!"

"向大哥说南宫家族阻挠了人类的进步,只为自己的利益着想,坚持砍伐树木卖钱,在资源匮乏的时候,也没有给予需要帮助的人帮助。"

"虽然我也是第一次来阿槿他们这儿,可是南宫家绝对不会是你那个向大哥口中说的那样,反而是你的向大哥拥有了大半个世界还不满足,还想把任何可能跟他们竞争的企业消灭殆尽!"

"向大哥不是那种人……"

莎若略带哭腔的声音让贝恩心烦意乱,她到现在还被向光晔那个浑蛋蒙在鼓里吧?反正自己已经把真相说明,至于信不信,那就是她的事了。没等她说完,贝恩就转身往门口走去,走到一半突然想起了什么,回头对莎若说:

"我的恩师、我好朋友唯一的亲人,也是被希尔特的人杀死的。既然你愿意站在他那一边,那明天我就把你安全地送回去。"

贝恩决绝地转身,就在门重重合上的一瞬间,莎若竟然有种神奇的预感,这个背影一定曾在她的记忆中留下深深的痕迹,好似一经触碰,记忆的洪流就会奔涌而出,只是她找不到那个记忆开关而已。

她靠墙站着,把自己的身体托付给了重力的作用。她慢慢地滑落在地上,抱着双膝抽泣,心里犹如无数头猛兽在混战,一边是这么多年无微不至地照顾她的邻家大哥哥,一边是指证向大哥做出滔天坏事、给她似曾相识的微妙感觉的火暴少年,她好似在激流中漂荡的小船,一时间失去了航向。

转眼间清晨已至,阳光犹如眼睛一般,由微眯变成了圆睁的形状。质野、阿香、东管家和阿槿齐聚在一起享用早餐。贝恩靠着墙远远地站在一旁,鼻子眼睛皱成一团，似乎刚被真空压缩了一样。质野一会儿看看丰盛的食物，一会儿看看愁眉苦脸的贝恩，食物被塞得满口都是，竟然还能腾出空来，问道：

"贝恩，你怎么了？过来吃饭啊！"

"不吃了，你吃吧。"

"昨天说的话，对不起。我不是有意的，你别生我气。"

"呆瓜，我没生你的气。阿槿，你说我现在把树砍断，然后把晶石推离生命之树的范围，这样行不行？"

"这样不行，能源晶石已经和生命之树产生能源互动，贸然切断只会伤到生命之树，加快晶石吸取能量的速度。"

"只能直接破坏能源晶石吗？"

"是，但就连你也没办法，恐怕只有……"

阿槿说到这里，顿了一下，好像被什么哽住喉咙，面部扭成奇怪的形状。

"恐怕只有什么？是不是还有办法？"

"贝恩，你别逼少爷了。"

东管家连忙接话，好似故意帮阿槿隐瞒着什么。阿槿连连挥手向东管家示意，抿了抿干枯的嘴唇，肃然起身。

"贝恩，质野，你们跟我来！"

贝恩和质野不知道阿槿要带他们去哪里，但在短暂的相处和战斗中培养的情谊，早已将信任深深地植入彼此的内心。阿槿走到木雕巨熊前，轻启熊牙，地面下沉，这里正是阿槿和阿香的祭拜之所——南宫家的密室。上百年来没有一个外人能进入这间密室，然而这一次是例外。

祭坛中间的树界妖灵雕像怀抱着一块树脂晶体。贝恩眼尖地发现树脂晶体中有两个人紧紧相拥。

"这是？"

阿槿定定地看了贝恩一眼，从自己的额头里引出一个绿色的小亮点，再用手指轻轻抚着树界妖灵雕像的额头。绿色的亮点融入树雕后，树脂晶体开始发出绿色的光芒，里面的人越来越清晰，贝恩看到，晶体中一位黑色长发的女人卧在一个跟阿槿长得一模一样的男子怀中。

"这是我的父亲和母亲。"

"他们怎么了？"

"十几年前的资源战争中，我们家族的园林被破坏得所剩无几。当时母亲还怀着阿香，我那时候也只有几岁。父亲母亲为了让生命之树再度复苏，把灵魂献给了树界妖灵。原本枯萎的生命之树在转瞬之间变得生机勃勃，但与此同时，我的父母也付出了生命的代价，他们被树脂晶体永远封存在生命之树的中心。此外，母亲怀阿香的时候，生命已是油尽灯枯的状态，她不得不提前生下阿香，早产的阿香也因此失去了家族遗传的能力。"

"那你说的办法是什么？"

"树脂晶体能隔绝能源的传送，如果我像父母一样把自己献给树界妖灵，变成树脂晶石，而后你们将我移植在我召唤出来的大树上，说不定就能阻止能源晶石对生命之树的破坏。到时候，你再按照你说的方法切断晶石，就可以守住生命之树，南宫家也就有救了。"

## 第二十三章　树界妖灵

深邃的树心祭坛中，萤火闪烁着温和的光芒。东管家突然跪在阿槿身前，阿槿连忙扶起这位忠心的老管家。

"你这是做什么？"

"少爷，你不能这样做。你是我们家族唯一的希望，你不可以牺牲！"

"阿东……"

"少爷，想想大小姐，如果你不在了，大小姐怎么办？"

"这样不行，一定还有其他办法。"贝恩在一旁坚决地摇了摇头。

"可是我们没有时间了，如果生命之树的能源被抽取殆尽，南宫家就毁于一旦了。我不能让祖上的基业毁在我的手中，就算豁出性命我也在所不惜！"

"你不要这么冲动，你想想，就算你阻止了这一次，要是希尔特的人再来一次怎么办，你有几条命可以顶？"

这时从树界妖灵的树脂晶体里传出一阵男女混合的温柔声音，那声音让阿槿和东管家浑身一震。

"槿儿，不要气馁！"

"爹，娘，我没用，不能保护家园，连妹妹也没有照顾好。"

"不要这么说，孩子，我们都在看着呢。你的努力，你的用心，爹娘都为你感到骄傲。"

"可是面对危机，我却束手无策。"

"时间不多了，你快去藏山城，在那里你能够找到解救南宫家的办法。"

"藏山城？只有七天时间了，根本来不及！"

"我们会帮你争取时间。相信自己。"

话音刚落，树界妖灵怀中的树脂晶体悬浮着飘出祭坛，阿槿一行人紧随其后。树脂晶体一直飘到殿堂外的能源晶石下方，慢慢融入支撑晶石的枯树之中，刚才的枯枝烂叶转而被枝繁叶茂所替代。树脂晶体在消散之前，还留出一部分附着在阿槿的手臂上，阿槿的手臂也如巨树一般充满元气，完好如初。

"谢谢你们，爹，娘。"

阿槿跪在巨树前，欣喜若狂。东管家惊喜地观察到晶石的光芒有变弱的迹象。

"晶石的亮光变弱了。"

"我现在可不可以切断晶石了？"

"还不行，爹娘的树脂晶体虽然阻隔了一部分的能源传输，但是他们的灵体早就枯竭，这只是为了争取时间所做的无奈之举。"

"他们所说的藏山城在哪里？"

"藏山城位于世界顶峰，是稀世珍宝交易的城市。"

"在这能源匮乏的年代，要那些稀世珍宝有什么用？"

"正因为如此，很多年前那里就已人烟稀少。爹娘既然叫我去那边，那里就一定暗藏玄机。不能再拖了，我们立即收拾东西准备出发。阿东，你去准备！"

东管家连忙招呼几个佣人一起往后殿跑去，质野在一旁摩拳擦掌，恨不得马上就动身。贝恩望向莎若房间的窗户，一条计策涌了出来。

"你所说的地方似乎离这里很远，坐马车的话会不会浪费时间？劫辆晶石车会不会更快？"

贝恩的建议还没提完，一个船身形状的影子就笼罩了整个宫殿。镌刻着南宫家家徽的巨大飞艇展开双翼和四个巨大的螺旋桨，从南宫家宫殿后面慢慢上升。

"不用，这才是我们南宫家的交通工具。"

"哇，好大一只鸟！"质野兴奋地大叫。

"笨蛋，那不是鸟，是飞艇。"

"这是南宫家制造的世界上最大的飞艇，飞艇上储存的能源足足够我们在空中待上半年，只要用这个，我们三天就能到达藏山城。"

质野开心得手舞足蹈，贝恩清澈的瞳孔中掠过一抹暗影，好似有万般心事挂在心头。

"贝恩，我知道这些是南宫家的家事。如果你不想参与，我也不会责怪你，但愿你能留下来保护阿香直到我回来。算我南宫槿欠你的人情，日后赴汤蹈火在所不辞！"

"没有，我很乐意跟你一起去。只不过……"

"怎么了贝恩，你怎么一直闷闷不乐的？"对于一向喜形于色的质野来说，猜别人的心比登天还难。

"呆瓜，我没事。阿槿，我会跟你们一起去。只不过我有个请求。"

"你说。"

飞艇悬在半空待命，只要阿槿一声令下，就可以起航。贝恩快步走到莎若的房门前敲了几下，推门而入。莎若站在窗口望着能源晶石，似乎因为贝恩说过的话产生了动摇。

"我已经准备好马车，大概一天半的时间就能把你送到银都。路上会有人照顾你，我没办法送你了。"

"你们要去哪里？"

"阿槿的父母给了我们提示，我们要去藏山城寻找拯救生命之树的办法。"

"乘坐那个？"莎若指指空中的飞艇。

"嗯，我必须去。这里变成这样也有我的责任，没办法送你回去了，很抱歉。"

"不，不要这么说。是你救了我，你不欠我什么，请不要感到抱歉。"

"那好吧，你收拾一下，一会儿管家会来接你。阿槿答应过我，不会伤害你的。"

"我可以一起去吗？"

贝恩以为自己的耳朵出了问题，她不是那么担心、那么信任向光晔吗？为什么突然要跟着自己去那么远的地方？

"为什么？"

"在打打杀杀方面我可能是个累赘，但是你们要是遇到什么情况，需要大家一起想办法，想必多一个人也多一份力量。既然这是向大哥造成的，我想我应该帮他弥补，毕竟他这些年对我很好，我总不能袖手旁观，看着他的错误越来越大！"

"那边可能很危险，何况质野和阿槿他们对你还有很大的成见，如果带上你……"

"不是有你吗？你愿意给我这次机会吗？"

"我……"

"我求求你，带上我好不好？"

贝恩背过身去，默许地点了点头，心中的那句"不管怎样我都会保护你"始终没有说出口。

赤日炎炎下，生命之树茂密的枝叶在窸窣中相互致意，阿槿知道那是父母在为自己送别。他决定让阿香留在家里，对她千叮咛万嘱咐。阿香的眼睛四处打转，心不在焉地应着，一眼瞟到飞艇上贝恩身边的莎若，心不知道为何酸酸的。

"她干吗也跟来了？"坐在飞艇控制室椅子上的质野晃着双腿，两手插在裤兜里，不满地问道。

"我……"莎若一脸惊惶，脑海中一片空白。

质野不经意的话透露了他真实的想法，对质野来说，莎若是仇人那边的人，而贝恩却对她百般袒护，这分明就是跟自己和明叔作对。这让质野非常不爽，困惑中还带着一丝妒忌。

"质野你别这么说，莎若她不是希尔特的人。"

"怎么会？她明明就是希尔特的大少爷带来的。贝恩，你怎么了？自从遇到这个女人以后，你就变了。"

"我怎么变了？"

"我不知道，反正你以前不是这样的。"

这是质野第一次咄咄逼人地对待贝恩。以往哪怕是贝恩的错，质野都会委曲求全地逗他开心，不想因为小事失去唯一的朋友，但这一次他寸步不让。贝恩被质野的反常举动搞得有些恼火，猛敲了一下质野的头。

"她不是希尔特的人，你不要乱说话。干吗这么针对她，又不是她杀死明叔。你要算账找昨天那个戴眼镜的女人。"

"你肯定是喜欢上她了，要不然才不会对她那么好。平时你都不管别人的死活，何况是希尔特的走狗！"

质野捂住头，高高扬起的脖子和噘起的嘴都在表明，这次他可不会轻易让步。

"你说什么？"

贝恩举起手准备再敲打质野，质野连忙捂着头跑出了控制室。

阿香从佣人手中牵起一个蓝色的气球，气鼓鼓地站在阿槿的身前，阿槿微笑着摸了摸阿香的头发。

"要听阿东的话，在家里乖乖地等我们回来。"

"哥哥，我也想去……"

"这次我们得快去快回，没有时间照顾你。这件事非常重要，如果办不好，哥哥就太辜负爹娘了，更对不起咱们南宫家的列祖列宗！"

"那你一定要快点回来！"

阿槿跪下身来紧紧抱住阿香，阿香手中的气球在空中不停颤动。

"少爷，放心吧。我会好好照顾大小姐的。"

"阿东，把阿香交给你我很放心，要是有什么事情立即传书给我，我先走了。"

阿槿站起来转身踏上飞艇的踏板，他不忍心面对兄妹分离的场面，干脆连头也不回。就在阿槿准备抹去泪水的时候，一个蓝色的气球浮向空中，阿香从阿东的腋下钻出来，小小的手紧紧环抱住阿槿。

"阿香，你……"

"我不要留在这里，我想跟哥哥在一起，我也是南宫家的成员，跟哥哥一样要承担起保护家的责任。"

阿槿无言哽咽，没有把阿香赶下飞艇，只是默默闭紧双眼，逼回即将决堤的泪水。对阿槿来说，保护阿香和家族就是他的全部。眼前这个曾经不懂事、需要他百般照顾和操心的小女孩今天真的长大了。

质野为了躲避贝恩跳下控制室，心中的怨气却一点都不能平息，突然变身兽形，向扶着栏杆看风景的莎若扑去。沉浸在自己的世界中的莎若根本没有感到身后的杀气。贝恩一看，急忙跳到质野的脖子上，可不用"刑天"的贝恩，哪里是质野的对手。眼看局面就要失控，贝恩大声在质野耳边吼道：

"她是跟我一起来到无神界的，怎么可能是希尔特的走狗！"

这句话惊呆了飞艇上的所有人，质野忽地停止了攻击，就连莎若也惊奇地瞪大双眼。她仔细打量贝恩，猛地回想起当时在列车上的情形。当初的贝恩彷徨地看着在车窗边偷偷哭泣的莎若，两个还未经世故的小孩笨拙而青涩的谈话霎时在莎若的脑中回放，此刻的贝恩和当年的贝恩终于在莎若的记忆中重叠。

"是你？"

莎若提起裙子走到压在质野身上的贝恩面前。

贝恩抬头时那倔强的眼神和头发上的刻痕让莎若更加确定，自己并没有认错人。

# 第二十四章　冰释前嫌

云层下面，南宫家的宫殿依稀可见，所望之处，碧空如洗。飞艇里鸦雀无声，只有螺旋桨的隆隆声交杂着齿轮的吱呀声沉重刺耳，莎若有些恍惚地捏着裙角，仔细印证着尘封的过往。

"真的是你？贝恩？"

"当然。"

贝恩松开质野，站起来拍拍身上的尘土，走近莎若任她打量。莎若怯生生地看着眼前这个男子。

"你怎么会……"

"说来话长了，反正就是发生了很多事情。总之我们眼下主要的事情是寻找解决办法，其余的就不要纠结了。"

阿槿耸起一边的肩膀扛着一大包东西，另一边手正好可以牵住阿香，走近后把包裹重重地扔在甲板上。

"贝恩说得对，现在不是纠结这些的时候。我们得尽快完成任务回去，整个家族的命运都在我们肩上。藏山城是个冰天雪地的地方。这些衣物是特地为大家准备的，希望大家先披上，夜空飞行昼夜温差很大，注意不要感冒。"

阿槿把一包衣服递给贝恩，贝恩接过衣服转身就走。看到贝恩这种反应，莎若还以为贝恩生气了，只好忧心忡忡地靠在护栏上继续欣赏风景。质野也站起来朝阿香伸出毛茸茸的兽爪，楚楚可怜地望着她。

"我的衣服刚被我弄破了，我也要！"

阿香没有理会质野，双手叉腰，扭头看向贝恩离开的方向，阿槿拎起一包衣物扔到质野怀里。

"去换上吧！"

质野点点头，用爪尖捏起包裹走到船舱的入口，因为身体太大，被卡在外面。质野似乎忘了自己还没有变回人形，还一个劲儿地往里挤，肥硕的屁股扭了几扭还没有挤进去。阿槿看着质野的背影无奈地摇摇头，拿着一包衣物走到莎若的身边。

"原来你和贝恩早就认识了。"

"是……是啊，我也刚刚察觉。"

"莎若小姐，很感谢你能来。其实大家并没有责怪你的意思，只不过这两天发生了太多的事情。如果有什么需要，不用客气，可以告诉我。我把贝恩当作好朋友，既然你是他的朋友，那也是我们大家的朋友。"

"南宫少爷，谢谢你能不计前嫌。"

"不要叫我南宫少爷了，叫我阿槿或者槿大哥就好。这些衣服早些披上，要觉得冷了就已经感冒了。"

"谢谢。"

"不客气。"

阿槿转身离开的时候莎若突然问了个问题。

"槿大哥,你说贝恩会不会生我气?"

"为什么?"

"他一直保护着我,而我却没有认出他。"

"不会的,贝恩他虽然脾气躁了些,但这种事情他应该心里有数的。"

"可是……"

"有一种人,只要愿意做的事,他就会全力以赴,根本不会在意这些事有没有意义、别人是否认可。贝恩就是这种人,我很庆幸我不是他的敌人。"

阿槿说完就把包裹递给莎若,前去解救卡在门里的质野。莎若抱着包裹站在甲板上,看着生命之树越来越远,最后在地平线上消失。她手中紧握的担忧突然卸掉,取而代之的是一种前所未有的平静,夕阳柔和的光芒打在她的脸上,在她的嘴角留下了优美的弧线。

船舱的后方,一阵阵饭菜的香气扑鼻而来,大家早已饥肠辘辘,不约而同地换好了缝制着动物绒毛的厚实衣服,坐在饭桌前等候开饭。

饭菜一上桌,质野和阿香两眼放光,风卷残云般将桌上的食物一扫而光。莎若和阿槿慢悠悠地切着牛排。贝恩只是不停地斟着红酒,送入腹中。质野早就把贝恩盘内的食物偷走大半,看贝恩喝得起劲也想尝尝。贝恩知道质野一旦醉酒意味着什么,警惕地看着质野,死活不肯让质野沾上一滴。

酒足饭饱之后,阿香和质野鼓着圆圆的大肚子,坐在堆积成小山的骨头碎渣前不能动弹。阿槿回到房间里整理藏山城的资料,只剩下莎若和贝恩两人在甲板上散步。

飞艇上的星空澄澈如水,璀璨的星光让人心旷神怡。莎若在甲板上坐了下来,静静地看着天空。贝恩似乎没有心情观赏眼前的美景,酒精的浓度让他心中燥热,在甲板上走个不停。

就在莎若涨红着脸偷偷瞄向贝恩的时候,贝恩恰好也望着莎若的背影。两人在一刹那眼神交会,又如触电般分离。尴尬猝然而至,两人心照不宣地开始假装忙碌起来。莎若假装去屋里拿水喝,贝恩举起手中的空杯子假装喝酒。整整半宿他们一个人忙着看风景,另一个人忙着散步,两人的眼神再也没直接交流,直到累了才各自回房睡觉。

第二天清晨，贝恩在一摊口水中醒来，质野正东倒西歪地瘫在他的身上。贝恩挪开睡得跟死猪一样的质野，穿好衣服打算去餐厅吃早点。刚刚出房门就看到吃完早餐回房的莎若向这边走来，迅速缩回屋内合上房门，站在门后听着外面的动静。莎若本来想要解释什么，看到贝恩如此反应，只好无精打采地走回房间。莎若回房关门的声音一响，贝恩长舒一口气，慢慢打开房门走向餐厅。

餐厅里只有阿槿，他一边翻阅着一大堆书，一边喝着浓郁幽香的绿茶。贝恩坐下来后，厨师连忙端上一份西式早点。

"早！"

"早！这么多资料，有没有一点头绪？"

"完全没有，不管是族谱也好，还是先人从藏山城带回来的资料也罢，没有一本书中有关于破坏能源或是切断能源的记载。"

"会不会是你爹娘搞错了？"

"不会的，爹娘给我的指示一定不会有错。那里的山民一直隐居在山屋中。外来人只是每逢春暖开山之际，会在那边交易珍宝古董。"

"或者你爹娘就是要我们去寻找个什么珍奇宝物来破坏能源晶石，比如说宝剑、宝刀之类的？"

"据我所知，你所拥有的武器已经是最锋利的利器，应该没有能与之匹敌的了。当然，也可能是我孤陋寡闻。"

"不是神兵利器，那深山雪岭的能有什么？"

"我不知道。"

就在二人苦思冥想之际，质野和阿香坐在餐桌前打起了哈欠，两人勉强撑起困意浓浓的眼缝，统一拿起桌上的面包塞到嘴里，面无表情地咀嚼。

"我说你们，这么困就不要吃了，睡醒了再吃不好吗？"

"阿香，你慢点吃，别噎着了。"

贝恩和阿槿无可奈何地相视一叹，低头继续翻阅桌上的资料，质野口里含着面包，口齿不清地对阿香说了些什么，阿香根本没有听清楚。

"这个很好吃，我让给你吃。"

"什么？"

"这个！"

质野把吃了一半还沾着口水的面包递到阿香面前,阿香睨视质野,把身子往外挪了挪。质野完全没有意识到自己做的事情让阿香不开心,他看阿香不吃,把面包直接放在阿香的盘子里,恳切地看着她。阿香知道和他讲道理一点儿用都没有,气得抱起桌上的面包筐就直奔甲板。质野不解地看着离去的阿香,愣了一下,又把刚刚放在阿香盘子里的半块面包拿了回来,美滋滋地享用起来。

　　阿香站在甲板上啃咬着面包,莎若不知什么时候走出房间,也来到了甲板上。细心的莎若端了杯橙汁递给阿香。阿香感激地接过橙汁,莎若用自己的手帕给阿香擦了擦嘴角上的面包屑。虽然之前阿香对莎若有些成见,但女孩子的友谊总带着古怪的逻辑。很少见到同龄女孩的阿香的心迅速被融化,和莎若拉着手开心地交谈起来。

## 第二十五章　奇花寻路

　　飞艇穿过几道云层之后,原本遥不可及的山峰展现在众人眼前。陡峭的岩峰完全被冰雪覆盖,只有悬崖侧面才能看出山石灰褐色的本来面目,一种压迫感扑面而来。

　　"我们到了。"

　　阿槿的这句话让大家着实摸不着头绪,在千米高空中,除了陡峭山崖,毫无生物的迹象。

　　"我们到了?不是说去什么城吗?"

　　"对啊,我除了雪山什么都没有看到啊,你会不会弄错了?"

　　"不会,地图上标记着就是附近。"

　　"那一定是地图错了。"

　　质野歪着头不解地念叨着,贝恩则在一旁不停地翻阅地图确保无误。

就在阿槿指挥驾驶员拉高飞艇高度的时候，一座座建筑物横插进半山腰，整个城市仿佛被山所吞没。飞艇不断下落，雕刻着各式图腾的屋檐和壁窗轮番上阵，众人目不暇接。就在大家惊叹不已的时候，一扇巨大石门吐出二十多米的降落台，飞艇稳稳地停在上面。石门右侧刻着一行大家都看不懂的文字，不难猜测，这里写的一定是地名。

大家把行囊留在飞艇上，空手走了下去，只有阿槿手拎皮箱跟在后面。质野先一步跑到石门前用力推着，却怎么也推不开，一旁的贝恩大为恼火，紧紧握住了颈部的血石坠子。

"等等，贝恩！"

阿槿生怕贝恩唤出"刑天"破门而入，立即叫停，在一旁的石雕轮盘中央插入一根雕工别致的石柱，轮盘飞速旋转起来，笨重的石门缓缓开启，一幅热闹的画卷铺展在众人面前。

繁华的集市上到处都是售卖各种珍宝野禽的小贩，这让有着丰富打猎经验的质野也大饱眼福。贝恩从走进石门起就没有放松质疑的眼神，看着一边胸有成竹的阿槿不禁嘀咕，在这鱼龙混杂的集市中，真的能找到解决问题的方法吗？

大家按照下飞艇前商量的计划分开行动，质野和阿香淘宝兴致大增，在一个个小贩间穿梭不停。阿槿没有质野和阿香那样的兴致，只是漫无目地在集市中寻寻觅觅，生怕错过重要的线索。贝恩偷偷跟在莎若身后，以便在任何危险到来之前都能保护好她。

质野把玩着各式古董兵刃，想为自己挑一把称手的武器，阿香则疯狂试戴着色彩斑斓的珠宝首饰。质野在一堆卖兵刃的矿车中寻出一个别致的铂金手镯，手镯上的刻纹是两只追逐的野狼。质野红着脸把手镯递给阿香，手镯并没有镶嵌任何珠宝，跟阿香试戴的那些金银首饰一比黯然失色。阿香接过质野手中朴素的手镯，一脸嫌弃。

"喂，小兄弟，你还没给钱呢！"

小贩急急忙忙地跑过来，质野不知所措地摸着脑袋，完全不知道对方在说什么。

"钱？是什么？"

"喂，刚刚从我的矿车里挑出来的护腕，你还想抵赖不成？"

就在质野茫然之时，一捆钞票狠狠砸在小贩的脸上。

"这些够了吧？"

阿香丢出钱后瞟了质野一眼，商贩接住从脸上滑落的钱，转瞬间眉开眼笑。

"要付钱的，傻瓜。"

质野看着阿香为自己送给她的礼物付钱，心中有些不悦，阿香看到质野有些失落，竟然第一次顺着质野的心意，戴上了这只朴素的手镯。

"还不错。"

质野一看阿香戴上了他精选的手镯，如雨过初晴，又开始得意扬扬地挑选兵器。见到质野得意的样子，阿香又有些不满。正巧一个推着一大堆丝绸服装的小贩经过，阿香灵机一动，想到了一个非常衰的办法来整质野。

阿香轻轻褪下手镯，藏在衣兜里，装作焦急的样子，高声对着质野喊道："我的手镯不见了！掉到那个车上了！"质野一听慌了神，连忙扑向矿车，阿香一只脚微抬，质野一头栽到矿车中，气得小贩连声叫骂。

质野看着阿香幸灾乐祸地晃着手镯，皱着眉头不停向小贩赔罪。

另一边，莎若一家家地询问在哪里能够切割珠宝，贝恩默默尾随其后。莎若问了好几圈都没有一个人愿意透露珠宝的加工处。直到走到一位老婆婆面前，莎若的脸上才微微现出神采。披着深色斗篷的老婆婆提着花篮站在角落里，花篮中满是待放的白色玫瑰花苞，晶莹剔透得似乎可以看见花蕊。

"真的吗？老婆婆，您真的可以告诉我吗？"

"我不是说过了吗？没问题的！只要你买一朵玫瑰，我就告诉你。"

"那好，多少钱？"

贝恩看莎若掏出钱包准备掏钱，一个箭步冲出来抓住了莎若的手。

"你，你干吗？"

"你怎么这么蠢！你以为你买了花，她就真的会告诉你了吗？"

平时待人有礼的莎若哪受得了贝恩的厉声训斥，大颗泪珠扑簌簌地落下。看到莎若的哭相，贝恩才意识到自己的话说得过火了。贝恩瘪着嘴站在一旁一声不吭，哄女孩子是他从来没有遇到的棘手问题。正在此时，老婆婆拎着花篮缓缓说道：

"如果想要买这朵花，首先你得让这花自愿绽放。"

"怎么个自愿绽放法？"

"只要你探出手,让花感受到你的气息就可以了。"

贝恩半信半疑地向老婆婆的花篮伸出手,老婆婆随意从花篮中抽出一朵花,放在贝恩的手掌前面。一眨眼工夫,花苞的根部燃起深黑色的火焰,整个花苞瞬间化为灰烬。老婆婆扔掉手中残缺的花茎摇了摇头,贝恩不以为然地转过身去,双手抱臂。

"一定有什么机关,这种小把戏还想拿出来讹人?"

"贝恩,别这么说。老婆婆,这朵花的钱我给你。"

"不用,这花是因为畏惧而自燃的,跟小兄弟没有关系。姑娘,你也试试吧。"

"那就麻烦您了。"

莎若摘掉手套伸出纤细的手指,老婆婆拿出一朵白色的玫瑰放在莎若的掌前。就在不到几秒钟的时间里,一股红色的波纹由内而外散开,花苞黎然绽放。老婆婆微微笑了一下,把花递给了莎若。

"这是你的了。"

莎若双手捧过白色玫瑰,如获至宝地小心呵护着,贝恩心里很不服气,但还是装作毫不在意的样子。

"怎么会这样?"

"沿着前面三条隧道中间的那条一直走,你们要找的人就在那条隧道尽头处的矿屋中。如果有人对你说'愿你的国来临,愿你的旨意承行于地',你就回答他'如地狱一般'。"

莎若仔细记下老婆婆的话,急忙打开钱包,拿出买花的钱,可一抬头老婆婆就消失不见了。贝恩虽然近在咫尺,但是完全没有注意到刚刚发生的一切,直到看见莎若焦急的样子才发现老婆婆已经不见了。

"她去哪了?"

"不知道,刚刚我拿钱包的时候她还在的……"

"什么奇奇怪怪的人!"

"不过她说沿着前面三条隧道中间那条走到头就可以了。"

"可信吗?"

"我觉得可以去看看,反正我们也完全没有头绪。"

"那好吧。"

贝恩跟在莎若身后，莎若时不时回头看一眼皱着眉头的贝恩。

"对不起。"

莎若走着走着，如此突然的一句话让贝恩更加恼火。

"干吗说这个？"

"我……"

"你能不能不要这样，我生我的闷气，你不必跟我道歉。"

贝恩这教训的语气分明还带着情绪，莎若沉默下来，就是在背影中都能看得出她的委屈。其实贝恩非常想跟莎若好好聊天，但是不知怎的每次都会把气氛搞成这样。二人一前一后尴尬地走到了中间那条隧道中，在隧道的中间遇到拎着箱子的阿槿。

"莎若、贝恩，怎么样，有消息了吗？"

"阿槿大哥，我们……"

莎若刚开口就噤了声，看了一眼贝恩的脸色，心想还是不提为妙。一旁的贝恩却接过话来：

"阿槿啊，我们刚遇到个老太婆，她说就在这条隧道里面。"

"她说的是真的。"

"你怎么知道？你也遇到她了？"

"没有，但是我有这个。"

阿槿蹲下身来掌拍地面，没过一会儿，一条藤蔓就从地里钻了出来，缠绕在阿槿的手腕上，好似一个护腕。

"这是什么啊？"

"我用这条寻路藤找到了一个密室，但是密室的周围被一股结界保护着，范围太大没办法确定具体的位置。"

"真是便利呢，这玩意……"

"阿槿大哥，我们往最里面走，应该就是了。"

"那好，我们走吧。"

## 第二十六章　初现端倪

三人走到中间隧道的末端，却发现前方已经无路可走，而方圆几米之处连店铺或是矿坑入口都没有。就在三人寻寻觅觅之际，一个长相极其普通的男人走了过来。

"你们在做什么？"

"我们做什么你管得着吗？"

贝恩感觉来者不善，立即摆出一副凶狠的架势。阿槿拦在贝恩身前，上身微弓，非常客气地说：

"这位先生，我们是在寻找宝石加工的地方。如果打扰到您请多包涵。"

"愿你的国来临，愿你的旨意承行于地。"男子这一句话让阿槿和贝恩摸不着头脑。

"说什么呢，愿你的，愿你的，哑谜吗？"

"这句话好熟悉，应该是祈求神明的话语，如天上一般？是这样回应的吧？"

阿槿说完之后，男子摇了摇头。就在男子要转身离开之时，莎若想到刚刚老婆婆教给她的那句话，小声地说了出来：

"如地狱一般。"

男子听到莎若的那句话，猛然转过头，从口袋里拿出一颗巨大的蓝宝石，用力抛向莎若。看到蓝宝石即将击中莎若，贝恩忙扑上去抱住莎若，帮她躲开了蓝宝石的运行轨迹。

"你干吗乱说话，被砸了吧！"

蓝宝石越过莎若击中隧道壁之后，渐渐融入其中，很快，一个镶嵌着各式各样宝石的铂金暗门从石墙中浮现出来。阿槿和贝恩吃惊地一会儿看着暗门，一会儿看看莎若。

"你是怎么知道的？"

"刚刚的老婆婆教我说的。"

"那个老太婆的话居然是真的！"

"不管怎么样，我们先进去一探究竟吧。"

贝恩扶起莎若，看来这次是自己错怪她了，可是堂堂男子汉怎么能低三下四地道歉呢？阿槿推开暗门，三人刚走下阶梯，暗门就再度沉入石墙，看来此处还真是隐秘之地。暗门中的隧道壁上镶嵌着各式宝石，耀眼的宝石光芒点亮整个隧道，三人手中的小灯都没有派上用场。

蜿蜒的隧道尽头是一个巨大的山窟，足有两个成年男子叠起来那么高。宝石也比隧道里的大了不止几倍。山窟中间一尊黄金宝座直贯洞窟顶部，宝座上侧躺着一个女子。这个女子身披薄纱，抽着烟斗，香肩微露。三人走近宝座时才看出来，宝座下十几尊彩色宝石都是人的形状。

"欢迎，欢迎。好久没有客人来了，你看我都没好好打扮一下。"

女子让人心醉的柔媚声音在洞窟里环绕，她的脚掌轻轻落在宝座前的地毯上，纤纤玉手从袖中抽出一根宝石发簪，盘起柔顺的黑色长发，白嫩的腿上露出一个水晶花的文身。

"失礼了，各位。"

"我们不请自来，姑娘不责怪我们失礼就好。"

女子用手指轻触眉间，指尖从眉毛滑到下巴，侧眼打量着阿槿和贝恩。

"怎么会，这么帅的两个男人，别说是现在，就算是我入睡的时候，打扰又有何妨呢？"

这女子风情万种的姿态和言语让莎若局促难当，脸刷地红了起来。贝恩板着脸看着她的一举一动，丝毫不为所动。阿槿眼中却朗然如星，嘴角微微翘起，好像有些动心。

"姑娘见笑了。"

"不要叫我姑娘，多见外，叫我洛桑。"

"洛桑姑娘，我们是来找宝石切割大师的，不知道你认不认识这种人？"

"怎么还叫姑娘，这位大哥，都还没告诉我你怎么称呼呢？"

"我姓南宫，单名一个槿。"

"原来是南宫家的少爷，不知道什么风把您吹到我这儿来了。你们南宫家切块宝石都得让少爷亲自出马吗？真是过分呢！"

"让洛桑姑娘见笑了，这次我要切的那块宝石可不是一般的宝石。"

"哦，这样啊。那我就有兴趣了。"

"如果洛桑姑娘能给我引荐一位，我一定重金相报。"

洛桑赤着脚漫步到阿槿身前，在台阶上身体微倾，完全展现出腰部的曲线。她把嘴凑近阿槿的耳朵，"你的中介金省下了。"

话刚说完洛桑立即转身，呼的一声扬起左边的袖子。指尖所及之处，一排巨大的宝石齐刷刷地被切成两半。莎若和贝恩在一旁看得惊心动魄，不敢相信柔软的指尖竟可以穿透如此坚硬的宝石。阿槿看了看宝石又看了看洛桑，面部舒展开来，露出了希望的笑容。

嘈杂的隧道集市中，质野累得满头大汗，终于在武器铺里寻到了一把镶嵌着绿宝石的巨剑。就当质野胡乱挥舞着巨剑的时候，阿香抱着一团深红色的衣服跑了过来。

"阿香，你看这把剑帅不帅？"

"嘿嘿，你先别玩。我给你买了套衣服。"

"你给我买的？真的吗？"

阿香把手中的衣服递给质野，质野满心欢喜地在自己身上比画着。

"快换上，让我看看。"

"哦，好的。"

质野说完就开始脱衣服，阿香连忙阻止。

"你别在这换，找个没人的地方嘛！"

"哦，你等我，我马上过来。"

质野抱着衣服往别处跑去，看到质野愣愣的身影，阿香偷偷坏笑，傻瓜，刚才摔的那一下还不够，这次要让你出一个大洋相。阿香一边试戴着王冠，一边偷瞄质野的踪影。

就在质野穿着一身红袍愁眉苦脸地走回来的一刻，阿香笑得满地打滚，但看到质野脸上不情愿的表情，阿香的快乐大打折扣。

"我送你的衣服你不喜欢吗？"

"没有，我很喜欢。"

"嘿嘿，哥哥他们看到一定会乐死的。"

"为什么？"

"没为什么，因为合适啊。"

"我们是不是该去找他们了？"

"也是，走吧。我们去找他们，哈哈哈。"

阿香蹦蹦跳跳地捧着一大堆买来的首饰走在前面，质野拎着巨剑和换下的衣服紧跟其后，在隧道里穿梭了一会儿，来到一个类似出口的地方。

"你说哥哥他们会不会出去了？"

"不知道，不是说好了在集市里待着吗？"

就在二人商讨着该何去何从时，几个男女匆忙走进隧道。一个中年妇女抱着孩子跪在质野身前，质野莫名其妙地挠了挠头。

"大师，大师求求你，救救我的丈夫吧！"

"啊？"

"我们是山中放羊的，刚才遇到了雪怪。我的丈夫可能被雪怪吃了，求求你帮我救救他。"

"大师是谁啊？"

"笨蛋，她说的就是你。看她这么可怜，我们去看看吧。"

"可是……"

"没事的，你不是很厉害嘛？雪怪什么的应该不在话下，到时候还可以跟哥哥他们炫耀呢！"

"那好吧，你告诉我你丈夫在哪。"

"谢谢大师，你跟我来。"

质野和阿香随着妇女走出隧道，外面冰天雪地，崎岖的山路走得阿香的脚生疼。在山道中寻觅了半天，尖叫声越来越近，一个中年男子慌乱地向他们这边奔来。抱着孩子的妇女和他紧紧相拥，看来这就是她的丈夫。

"你们怎么回来了？"

"我请了大师回来救你啊，大师说帮我们降伏怪物。"

"大师，怪物就在那边，已经有好几个人遇害了。您赶快过去，要不然会死更多的人。"

"好的，阿香你在这边等我！"

"不，我也要去。"

"那好吧，大叔你们快回去躲起来，我去会会那个怪物！"

"大师你可要小心啊！"

夫妇俩抱起孩子就往隧道的方向逃去，阿香则随着质野往尖叫声不断的地方追去。跨过一个石坡，一团白色的毛绒巨兽把几个窜逃的山民狠狠击飞到山崖下，质野和阿香涨得满脸通红，更让他们气愤的是，瑟贝丝居然坐在毛绒巨兽的肩膀上，笑意盎然。

"哎哟，这不是小帅哥和南宫家的小姐嘛？这么巧。"

"你们希尔特的人怎么那么阴魂不散？"

"小姑娘，不要乱说话。"

"阿香，你快走。这里交给我！"

"两个小屁孩，我可没工夫跟你们玩，我还有很重要的任务要去完成呢，就让它好好陪着你们吧！"

"你等等……"

质野话还没说完，瑟贝丝就挥舞着手中的戒指，跳入空间门。她身后的毛绒巨兽发狂一般冲向质野，质野提起手中利刃，一剑劈在它的头顶。没想到巨兽如棉花般柔软的额头反将质野和巨剑弹飞到一旁，质野翻身落在阿香的身边，定睛一看，这货竟然是一只眼睛上镶嵌着能源晶石的巨大兔子。

"质野，快变身吃了它，虽然这只破兔子还挺可爱的。"

质野抱起阿香往隧道的方向跑去，巨兔看到质野他们逃走，竟然愣住了，错过了最佳的进攻时间。

"你干吗跑啊？跟它打啊！你又不是打不过。"

"你的衣服。"

"啊？"

"如果现在变身，你送给我的衣服就会被撑破了。"

听到质野这么说，阿香的脸微微泛红。

"你这个笨蛋！"

还没等阿香发更多的牢骚，身后一声巨大的爆炸声响起，雪山就在她的眼前崩塌了。爆炸声越来越近，巨兔口里喷出能量弹，踏在雪崩后的山峰上如冲浪一般追了上来。质野拉着阿香一阵狂奔，刚要跃入隧道入口，巨兔一个能量弹就把隧道入口炸得模糊难辨。阿香早已上气不接下气，质野只好抱起阿香漫无目的地继续跑着，雪崩的速度越来越快，巨兔的呼吸声仿佛就在耳边。

"笨蛋，你快变身。不要管什么衣服了！"

"不行。"

"快啊，大不了我再帮你买一件，你干吗那么喜欢这件衣服？"

"这是你送给我的第一件衣服！"

"你这个笨蛋，现在都要死了还说这个。"

质野躲过几处雪崩，却倏地停住。前方是深不见底的悬崖，后方是来势汹汹的巨兔，雪崩也继续兴风作浪，几乎要把质野和阿香推落山崖。

一道圆形屏障忽地拦在他们身后，抵住了雪崩的势头。巨兔抱紧双爪狠狠锤击在屏障上却无能为力。雪地里突然钻出一个矮个子的小男孩，看着巨兔气急败坏的样子乐不可支。一旁的雪地上出现疾奔的脚印，一个未知的东西重重击在巨兔头上，巨兔一阵乱晃。质野感觉侧脸凉飕飕的一阵风，只看到两支绑着符咒的箭直接穿过巨兔的耳朵，巨兔翻身倒地，被死死钉在地上。

一个腰间持刀、绑着马尾的少女从阿香的侧面走来，抽出腰间的妖刀一刀刺入巨兔的额头。没过多久，巨兔全身发蓝，渐渐变成了冰碴。质野和阿香死里逃生，惊慌地看着面前这几个披着黑色斗篷的人。

# 第二十七章　判若两人

"这么快就解决了啊？真没劲！"

矮个子男孩拍了拍手来回踱步，大大地伸了个懒腰。

"看来我们来晚了一步，我们要找的人已经走了。"

少女收回妖刀，捂住鼻子打了个喷嚏，面无表情地看着质野和阿香。

"你们没事吧？"

雪地上的脚印浮现，矮个子男孩走上前来。

"你们看起来不像是这里的人，这家伙干吗追你们？"

矮个子男孩摸着下巴看着质野和阿香点了点头，似乎明白了点什么。

"这个女孩好像是这个小光头的女朋友。"

"谁是他女朋友！才不是！"

质野害羞地游动双眼，阿香则把头摇得跟拨浪鼓一样，噘着嘴否认着跟质野的关系。

"不要胡说了，里奥、隐、寒莲，我们走吧！估计我们要找的人还没走远。"

一个男子骑着黑色雪马从悬崖的另一边跃了过来，脸上戴着黑色狐狸面具，身上背着弓箭。从他口中猛然窜出的三个人名让质野和阿香感到莫名其妙，根本没法对号入座。

质野明明只看见两个人嘛，哪里冒出来的第三个人？质野担心自己的无知被阿香嘲笑，悄悄地问矮个子男孩："第三个人在哪里呀？"

这句话刚问出口，小男孩就指着身边的空气说道：

"这就是隐，哦，不过他是隐形的，你们都看不到的！"

阿香朝身边的质野耸了耸肩膀，两人呆看着即将离开的几人。

男子经过质野面前时愣了一愣，随即向前走去，寒莲和隐连忙跟上。矮个子的里奥嬉皮笑脸地朝质野和阿香挥了挥手，追了上去。

"你们是要去找希尔特的人吗？"

质野一句话让前行的四人停住了脚步。

"她已经走远了，估计追不上了。"

"小光头，你怎么会知道这么多？"

里奥转过身来，纯洁明亮的大眼睛让人不忍拒绝。

"你还知道什么快说！"

寒莲冷冷地握着刀柄，像逼供一般地盯着质野。

"我知道的不多，可是我也要去找她复仇。"

"复仇？"

听到"复仇"两个字，戴面具的男人掉转马头，仔细打量着质野，声如洪钟地询问：

"你跟希尔特的人交过手了？"

"是。"

"那好吧，你跟我们一起去。"

"去哪儿？"

戴面具的男子没有回答，只是回转马头。寒莲松开握刀的手，干脆地回答了一句"复仇"，也转身向前走去。

"可是她已经传送离开了，应该不会在附近。"

"没关系，有我呢！"

里奥像刚刚展开盾墙的姿势一样，伸开双手紧闭双眼，眉头拧成一团，似乎在感知着什么。面具男子在马背上吹了个口哨，三匹俊俏的雪马从山脚奔腾而至，寒莲和隐跳上马背。寒莲那匹白马隐遁在雪地，隐骑着那匹棕色的马走到里奥身前，把感知中的里奥拎上马鞍。面具男子牵住最后一匹灰色雪马，递给一旁不知所措的质野。

"你会骑马吧？"

"不会。"

阿香跳上马背，向质野伸出手。

"上来，我会！"

"你也要去吗？"

"我要去，到时候跟哥哥和贝恩邀功得有我的份啊！"

面具男子把缰绳放在阿香手中，阿香用小脸蹭着马的脖子，喃喃地说着什么，一把将质野拉上马鞍。质野前胸紧紧贴着阿香，不敢动弹，表情因为身体的近距离接触而变得奇怪。

"里奥，感知到了吗？"寒莲不耐烦地骑着马在里奥的马前转悠。

"我找到了，就在那边。"

大家随着里奥指引的方向奔去，奔驰中质野的脸一直都是红彤彤的。

就在此时，隧道的密室洞窟里，阿槿依然在跟洛桑交涉。莎若在一旁耐心地等待，贝恩整个脸上都写着不耐烦。

"哈哈，洛桑小姐，你开个价！"

"我就喜欢像你这样身份显赫的男人，三大能源家族之一的继承人。如果能够跟你在一起，那该多幸福！一想到不能跟你在一起，我就好难受。"

"洛桑小姐真爱说笑……"

"我觉得非常好奇，到底是什么样的宝物能让南宫少爷亲自出马？"

看着洛桑和阿槿打情骂俏，在一旁的贝恩有些忍无可忍了。还没等阿槿婉转地说出缘由，贝恩就直白地打断这迷离的气氛。

"那个衣服不好好穿的女人！废话不多说了，我们那有块希尔特的能源晶石，不知道你有没有办法帮我们移除？如果没有的话那我们就告辞了。我们没有多少时间可以浪费。"

听到贝恩的话，洛桑旋即收回了脸上的笑容，径直走回宝座，冷艳得如同莎若手中的玫瑰，阿槿和莎若连忙劝解。

"洛桑小姐，对不起，我这个朋友他就是这样，不要见怪。"

"是啊，洛桑小姐，他不是有心冒犯的。"

洛桑的脸阴沉了大概半分钟，突然捧腹大笑起来。

布满宝石的洞窟中，贝恩、莎若和阿槿莫名地看着宝座上这个美丽而癫狂的女子，听到她在大笑过后深深的叹息。

"从来都没有人这么说过我呢，不好好穿衣服的女人，这位小哥还真是青涩。"

"本来就是，你一定是想嫁人想疯了，穿得这么露骨。"

"是啊，要不小哥你也来下聘？"

"我才不要娶你这样的女人！"

阿槿听到贝恩如此无礼地顶撞洛桑，语气严厉地打断了二人的斗嘴。

"贝恩，你太无礼了。洛桑小姐，你不要在意他说的话。"

"没事，他说的也没错，不过让我意外的是希尔特的能源晶石，要不南宫家的少爷怎么会不远万里跑到我这里来呢？"

"你就说能不能切断它的能源，如果不行，我们也没空陪你在这发疯！"

"小哥，我就喜欢你这样的性格。哈哈哈。"

"神经病！"

贝恩气得转身就想走，莎若一手勾住贝恩的胳膊，朝着他不停摇头。阿槿终于打开了手中的箱子，红毯上满满的都是最大面额的钞票。

"洛桑小姐，如果你可以帮我的话，这些都给你，并且这些只是订金，事成之后我还会加倍支付。只要你肯帮我，花光南宫家的积蓄我也在所不惜。"

"这件事情看来对你们的确很重要，不瞒你说，南宫少爷，任何宝石的切割对我来说都是轻而易举的事，唯独这能源晶石……"

听到这里贝恩推开莎若的手,怒气腾腾地冲着阿槿叫嚷:

"我就说了她不行,别在这浪费时间,走吧。"

"不是不行,而是难。"

听到洛桑的回答阿槿欣然起身,掌心对着贝恩做出一个打住的姿势,将贝恩即将脱口而出的不满压了回去。

"真的吗?"

"曾经也有一个人请我把能源晶石的能源切断……"

"你办到了?"

"我办到了,可是牺牲太大。"

"到底发生了什么?"

洛桑忧伤的眼神回避了阿槿追问的目光,指向宝座旁的一尊宝石。

"这就是那个人。"

宝石里可以隐约看到那个男子的面孔,他的胸前似乎还有着一个小孩的影子。洞窟中的气氛瞬间冰冻起来,满溢的只有悲伤的气息,洛桑仿佛和刚才判若两人,叙说着当年的情形。

蔚蓝天空下,宽阔雪山前,生机盎然。远处的小男孩无忧无虑地赶着羊群吃草,忽然大声喊着什么,跑向一旁山丘上揉眼睛的小女孩。

"洛桑,是你吗?洛桑?"

小男孩匆匆赶来,想要安慰哭个不停的小洛桑。小洛桑扬起小手,如同见了魔鬼一样立起双眼,阻止小男孩接近。

"别过来!"

"怎么了,洛桑,阿姨和叔叔呢?"

"杰布,我,我……"

"发生什么了?"

"为什么不抱我,为什么不抱我,为什么一直以来大家都离我远远的?"

"你怎么了?"

"你走开,不要碰我!"

小洛桑看到小杰布更是泣不成声,转头就往自家的方向跑去。小杰布有些不放心,就随着小洛桑回到她的家,眼前的恐怖场景足以让他终生难忘。

## 第二十八章　晶化的心

掀开门帘，阳光打在几块大大的蓝色宝石上。小杰布赞叹地摸着蓝色宝石，刚想问小洛桑从哪里找来的，仔细一看，宝石里赫然包裹着她的父亲和母亲，就连家里的藏獒也没能幸免。他们在晶化的最后一刻充满不解、恐惧，然而没有一点埋怨。小杰布吓得翻倒在地上，连滚带爬地逃出了小洛桑的家。

时光飞逝，被驱逐出部落的洛桑早已长大成人，在藏山城中开了自己的宝石店。她的拥抱可以把任何生物晶化成死寂的雕像，这早已是公开的秘密。漫长孤寂的岁月里，知道这个秘密的人都对她避而远之，没有一个男人敢靠近她，只有一些有着稀奇古怪本领的朋友偶尔来探望她。

洛桑早就在孤寂中学会了自我消遣，没有可以交流的人，她就表演给自己看，一天里哭哭笑笑十几次都是常态。在洛桑看来，孤独的生活对她而言，就是最好的状态，她不敢奢求更多。

可就在猝不及防的一天，一个男人怀抱着奄奄一息的男孩，出现在她的洞窟中，打破了她编织的美梦。

"杰布？你是杰布？"洛桑就是忘记所有人，也不会认不出他的轮廓。

"洛桑，求求你救救我的儿子！"

"你……结婚了？"

"是的，我和妻子结婚都六年了。不要说这些了，我求求你，快救他。"大颗泪珠从杰布的眼中涌出，他搂住孩子跪在洛桑面前。

"你快起来，你这是干吗？"

"我求求你，他快不行了。我问过医生，他们都没有办法。所以我就来求求你，我知道你拥有非同常人的能力，求求你救救我的儿子吧！"

"他怎么了？"

洛桑掀开包裹孩子的白布，杰布儿子的心口处，一块紫色晶石闪现幽光，可见晶石是直接贯穿皮肤植入的，胸口的疤痕依稀可辨。

"这是？"

"是希尔特研发的晶石，自从我儿子上个月失踪后，我寻遍了所有他可能去的地方都没有头绪。直到一天我在山中发现了希尔特的一个秘密基地，才知道我的儿子居然被他们拿去做实验。该死的希尔特，该死的！"

"现在不是说这个的时候。"

"求求你帮我把它取出来吧，求求你。"

洛桑原本想用切割宝石的手法移除晶石，可双手一触到孩子娇嫩的心口，就摇了摇头。

"怎么样？你干吗摇头？你一定有办法对不对？像你平时切宝石一样切掉就好了！"

"你冷静点，这颗晶石跟你儿子的生命能源已经融合在一起了，如果强行移除，孩子会有生命危险的！"

"不管怎么样都得试试啊，我不想看着他死。自从他母亲过世后，他就是我的一切。"

"我现在只能尝试着在能源晶石外面再包裹一层晶石，看看能不能隔绝它们的能源传递。"

"这样就能救他了吗？"

"我尽力而为。可能有些疼，你抓住他。"

"嗯，儿子你挺住，你洛桑阿姨会救你的！"

杰布紧紧抱住儿子，洛桑双手重叠放在心口下方，将能源晶石的表面再度晶化。晶石在被晶化的过程中并没有出现排斥现象，晶体通过能源晶石表面进入身体的过程也非常成功。经过漫长的手术，洛桑捏着失去光芒的能源晶石叹了口气。杰布没有说话，只是抱着奄奄一息的儿子默默颤抖。

"对不起，我已经尽力了。能源晶石在他的身体上附着太久了，生命能量已经被吸尽。"

"谢谢你。"

"杰布，你别这样，人死不能复生。"

"你当时把你父母晶化后也是这么想的吗？"

"你！"

"对我来说，妻儿是我的全部，失去他们，我也没有活下去的意义了。"

就在洛桑反应过来之前，杰布把洛桑牢牢地搂在怀里。那一刻洛桑的瞳孔圆睁，两只手臂僵在半空，这么多年来第一次体会到被拥抱的感觉。

"谢谢你，洛桑。你一定很想念这种感觉吧。"

洛桑没有回答，她转身相背，没有让杰布看到自己滚烫的泪水。

就在说话的一瞬间，杰布的身体从腿到腰再到胸口一节一节地被晶化了。即使在生命的最后一刻，杰布仍然面带笑容，那是解脱的笑容。他一定天真地认为，只要这样就能与妻子儿子永远不分开了。

没过多久杰布脸上的笑容凝固了。洛桑抱起他的儿子，把他晶合到杰布的胸口，这样他们一家人就能团聚。

"出生后不久我就拥有了这种能力，不知道这是上天对我的眷顾还是惩罚。我从来都没有被拥抱过，甚至是我的亲生父母。就在年少无知的那年，我的执念，对，是执念，让我做出了疯狂的事情。我在父母没有防备的情况下抱了他们。让我万万没想到的是，他们都变成了宝石。这时我才意识到原来一个拥抱需要付出这么大的代价。我恨他们，我恨杰布，我恨他们拥抱我后就离开我，我恨他们不是真心拥抱我，我更恨我自己与众不同。"

洛桑越说越激动，她一挥手，整个宝座都被蓝色宝石所覆盖，眼眸中寒光厉厉。眼看洛桑即将暴走，贝恩紧紧护住莎若。就在洛桑即将被冲昏头脑之时，阿槿迎面踏上红毯，步步紧逼，直视着洛桑的双眼。

"你不要过来，难道你也想死吗？"

阿槿紧合自己的双手，一棵树苗从地毯旁的岩地中窜出来。一棵木兰树蓬勃地生长起来，树上的花苞在宝座旁绽开，清香弥漫了整个洞窟。好久没有闻到这般醉人的花香了，这么美的花儿，这么清朗的男子，洛桑一时间忘了自己为什么而生气，禁不住心神荡漾。

"这山窟中到处都是冰冷的宝石，这一株木兰送给你。"

"没意义的，这里没有阳光，没有你的能力，它迟早会枯萎。"听到阿槿的话，洛桑才把自己从幻境中拉回来。

"那我就一直在这里陪着你！"

"什么？"

"我说了，我会一直陪着你，我要娶你！"

听到阿槿的话，惊呆的不仅是洛桑，就连贝恩和莎若都抻长了脖子。

"你疯了吗？跟这个一碰就会晶化的女人在一起？"

"我是认真的。"

阿槿单膝跪地，手心浮出一棵嫩芽，嫩芽两端自动伸展首尾相接，变成一枚木质戒指。洛桑在阿槿坚定的眼神中读到了满满的诚恳和坚决，刚才还热辣调笑的洛桑竟然像一个小女孩一样羞涩，低头眨巴着眼睛看着阿槿手中的戒指。

"好，我嫁给你。"

"真的？"

"是，但要在帮你拯救完南宫家之后。我不想在这种条件下答应你的求婚，我要你毫无顾虑之后再做最后的决定。"

"那好，我们什么时候起程？"

"等我让仆人把这个消息转告给朋友们，我们就走吧。"

"好，我等你。"

洛桑刚进入一旁的侧门，贝恩就急匆匆地跑到阿槿身前。

"你不是认真的吧？"

"我是认真的。"

"你真的相信她的鬼故事？"

"我从她的眼神中看出她所说的都是心里话，这事关我南宫家的基业，我义不容辞。"

莎若这时也走了过来，轻柔地劝说着阿槿：

"阿槿大哥，我知道解决问题对你来说很重要，可这事关你的终生幸福啊。你真的爱她吗？这也太仓促了。一时的同情和家族的责任都不等于爱，不要因为这些，就牺牲自己的幸福。"

"我知道，莎若。我真的很喜欢她，是发自内心的。"

贝恩不解地踱着步，感到有些恼火。

"即使连对方的手都不能碰也无所谓？"

"无所谓，我觉得只要看着她，就很幸福了。"

"你们都是疯子吗？"

侧门的另一边，洛桑并没有走远，她靠着墙偷听了一会儿，羞赧地咬着嘴唇。她的仆人匆匆忙忙地跑了过来，正是在隧道中和莎若对暗语的那名男子。

一向绅士风度的阿槿竟然和贝恩争得不可开交，莎若也在贝恩这边帮腔。洛桑欣赏这个人前人后光明磊落的男人，或许上天给了她这么多不幸，就是为了有朝一日能遇见他。

仆人带回的是十万火急的消息，洛桑刚刚舒展的笑容再度凝结在脸上，眼中的仇恨利如刀锋。

"希尔特的人！"

贝恩刚听到"希尔特"三个字就已经火冒三丈，阿槿也是一脸不敢相信的表情。希尔特居然这么难缠，这么快就追踪到了这里。

"他们怎么会出现在这里？"

"我的朋友们已经在去战斗的路上了，听说还有个小光头和小姑娘一起……"

"质野和阿香？"

"你认识他们？"

"他们一个是我妹妹，一个是贝恩的朋友。"

"不管怎么样，我们快赶过去吧！"

贝恩和阿槿朝来时的入口方向跑去，洛桑连忙叫住他们。

"不要走那边了，这边有近道。赶紧穿上这几件貂皮斗篷！"

刚从白雪掩埋中苏醒过来的山峰，又迎来了漫天飞扬的雪花。四匹雪马梅花形的蹄印与天上的雪花相映成趣，从藏山城入口不远的地方一路绽放，最后隐入深山中。质野仍然无法习惯马背上的震动，努力让身体稳住。阿香格外伶俐地策马扬鞭，一下子追上了领头的黑色雪马。

"为什么带上我们？"

"你跟他们交过手却还没死，这就证明你有一定的战斗力，也能给我们提供关于他们的情报，最重要的是……"

"什么？"

"我们的目的是一样的。"

"你们到底是什么人？"

"我们是SIN。"

质野和面具男子刚谈到这里，里奥突然粗暴地打断他们的谈话。

"大家快停。"

还没等质野反应过来，地上瞬间凸起一排冰锥，幸亏四人及时勒住受惊的马，走在最前面的黑马差点被冰锥贯穿头部，前蹄高扬，面具男子顺势跳下，其他人也跟着翻身跃下马背。

一股诡异的气氛在冰锥周围的雪地升起，骤然间，雪片在冰锥上方盘旋而起，形成了一个巨大的雪旋涡。旋涡上奥勒姆森一手托肘，一手转着手腕，装腔作势地整理着自己的金色短发，手上的紫色晶石戒指闪闪发亮。同时雪旋涡上空的空间门开启，瑟贝丝缓缓落在他的身后。

"姐姐，你说这帮蚂蚁为什么老是追着我们不放？"

"小奥，不要大意，别忘记你手上的伤口是怎么来的！"

"哼，这种事情怎么会再发生！"

本想要沉住气把阿香先藏好的质野，看到奥勒姆森一脸欠扁的表情就觉得手痒痒，猛冲到他面前喝道：

"金发小子，就是你！拿命来！"

# 第二十九章　雪野之战

质野怒火中烧，直接变成兽形，一爪就把冰锥全数斩断，往奥勒姆森和瑟贝丝身上扑去。看到质野如此暴怒，当场的人一时好似被施了定身咒，一步都没有挪动。

"金发小子是在说我吗？"

奥勒姆森还没搞清楚状况，瑟贝丝在一旁转转眼珠，想着怎样吐槽他才更开心。

眼看质野的利爪就要捏碎自己的脑袋，奥勒姆森猛地明白过来，用力一踩，脚下的巨大雪片如盾牌一样凸起，拍向质野。

"浑蛋！你这个肮脏的怪物！"

在质野坠落的瞬间，奥勒姆森又打了个响指，一团银火在质野身后燃起。质野笨重地扭头确定火焰的方位，转身喷出一颗空气弹，将火焰冲散。借着反冲的力道，质野再次扑向奥勒姆森。奥勒姆森双掌互击，旋涡中心几根纤细的水针喷向质野。质野立即缩成一团，水针像高压射线一般擦过质野的身体，水针所到之处，毛发到处起舞。阿香大叫一声，捂住眼睛。质野一听到阿香的叫声，紧张地抬头，水针刺在质野的眼角，鲜血如注。

奥勒姆森一脚把蜷缩的质野踢回地面，再次合掌唤出水针瞄准质野。水针来势凶猛，就在即将击穿质野的瞬间，一面气盾挡住了攻击。质野翻身落地，里奥双手高举站在一旁，帮他躲过了致命的一劫。

"没想到你还挺厉害，不过别冲动，他们不好对付。"

"谢谢你。"

"都这样了你们还能说话？"奥勒姆森不痛不痒地继续拨弄着头发。

"真是浪费时间，为了这种人，父亲他也值得把我们两个人都派出来吗？"瑟贝丝狠狠地揪起奥勒姆森的耳朵，严厉训斥着：

"你再这么散漫，我就出手了。刚好想要好好教训一下他们，居然弄坏我两个玩偶！"

"姐，别捏我耳朵！我认真就是了。"

一支绑着符咒的箭嗖地飞了过来，奥勒姆森打了个响指，箭头刚要触到瑟贝丝的一刻立即化为灰烬。面具男子和寒莲同时摆出作战的姿势，准备一左一右夹击敌人。

"你的玩偶是刚刚那只兔子吧？可惜拼不起来了，看来我得赔你一只。"

"少和他们废话！今天我就用这把刀让他们了解死亡的寒冷。"

瑟贝丝拍了拍衣服上沾到的箭矢灰尘，叹了口气。

"我说你能不能不要把我衣服弄脏，提早挡下就好了。"

"我错了，姐姐。"

奥勒姆森埋头帮瑟贝丝整理好被弄脏的衣服，一只手在背后打了个响指，燃烧着银火的手心握成拳头，转身跃下旋涡向众人冲去。

"姐姐你看好了，这次我要认真了！"

"大家小心！"

握着银火的奥勒姆森直接冲向面具男子，里奥在刚才的恶战中将护盾留给了完全没有自卫能力的阿香，现在根本帮不上忙。情急之中，面具男子抽出三支箭连续射向奥勒姆森，奥勒姆森一跺脚，脚下的冰柱抬起，挡住了一支箭，一边翻身一跃躲开另一支箭，一边打响手指，将最后一支箭烧成灰烬。

奥勒姆森急速前进，面具男子此刻就是放箭也无法伤到他了，寒莲抽出妖刀刺向奥勒姆森，他看来太过自信，竟然用燃着银火的手徒手接住刀刃，整个手被厚厚的寒冰所覆盖。隐趁奥勒姆森愕然之际用力一击，奥勒姆森连忙伸出完好无损的另一只手格挡，却被隐的力气一震，落在一旁的雪峰岩上。

"干得漂亮，寒莲、隐！"

"小意思。"

"他的手应该被我封住了。"

寒莲刚说完，银火就将奥勒姆森手上的寒冰融化了，奥勒姆森嘴角一咧，摇了摇头。质野在阿香的照顾下已经复原大半，腾空猛扑过去。

"还有完没完了？"

奥勒姆森再次跺脚掀起地上的雪盾，就在质野的攻击将要被再次格挡住的一刻，一支绑着红色符咒的箭矢击碎雪盾，质野一爪劈向奥勒姆森，奥勒姆森徒手接住，另一只燃着银火的手直接挥向质野的头部。身轻如燕的寒莲跳到质野的背上，用刀刃挡住了银火的攻击。奥勒姆森刚刚尝过手被冰冻的滋味，急忙缩手，轻盈地落在地上。戴面具的男子连发几箭，却都如击偏了一样插在奥勒姆森的周围，奥勒姆森再次臭美地整理了一下头发。

"又是同样的把戏，箭都射偏了，戴面具的那个！"

"小兄弟，你最好还是叫上你姐姐帮忙，你一个人应付我们五个真的没问题吗？"

"你们太高估自己的实力了，凡人们。你们明白自己在做什么吗？还没有意识到你们在跟谁作战吗？"

"我看不一定吧！"

"连真面目都不敢公开的人，还敢口不择言地在这里说大话？"

"你才是不知道自己处境的人吧？"

面具男子从背上抽出一支箭，插入身前的地面。一道红色的光由箭尾刺入地面的岩石，一直波及奥勒姆森周围的箭上。面具男子根本就没有射偏，他是为了在地面布下结界。就在奥勒姆森刚想打响指破坏结界的瞬间，他像被束缚了一般不能动弹。

"这是怎么回事？"

"你的确很厉害，但是在这重力结界中，你的身体相当于担负着一吨的压力。就算你再厉害也无法动弹，更没办法使用能力了。"

"可恶的凡人，居然敢对我设陷阱！"

奥勒姆森恼羞成怒，一旁观战的瑟贝丝依然冷静地观望，没有做出任何举动。面具男子从箭筒中抽出一支箭，瞄准奥勒姆森后瞟了一眼瑟贝丝。

"那边那个女人再不出手帮忙，游戏就结束了。"

"不需要，你们这些愚蠢至极的凡人，怎么配我们同时出手？"

"那就太遗憾了！"

面具男子用力拉弓，箭像陨落的流星般射向奥勒姆森，箭矢即将贯穿奥勒姆森身体时，瑟贝丝只是侧头微笑了一下。就在她回眸一笑的刹那，奥勒姆森手中的银火火势突然猛烈起来，蔓延了奥勒姆森的全身，将咄咄逼人的箭矢化成灰烬。奥勒姆森的身体如一个爆炸的火球，银火飞溅四处，甚是嚣张。

面具男子灵巧地跃起，躲过了灼热的火焰，隐和质野也及时躲开，寒莲身上的斗篷不巧被火焰击中，她赶紧在火焰蔓延到身上之前，如金蝉脱壳一般钻了出来。结界终于抵不住火焰的迅猛攻势，自动瓦解了，奥勒姆森又恢复了自由身，摆弄着头发得意极了。

"小奥，你行不行啊？"

"小意思。"

"还小意思，又浪费了一枚戒指，这个给你。"

奥勒姆森抬起手时，手中的紫色晶石戒指已然碎裂，在地上滚动。他的手掌前出现了一个迷你的空间门，另一枚紫色晶石戒指从空间门落到他的手心。戴上新的紫色晶石戒指的奥勒姆森犹如大梦初醒，周围的地面剧烈震动，雪也越下越大。透过面具上的眼洞，可以看到面具男人越发警觉的眼神，他似乎预知到了什么。

"你们小心，这家伙似乎还没有用全力。"

"真是不好对付，这家伙，简直不是人类。"

"里奥，你拿好护盾，保护好这个女孩。"

"阿香，你躲好。"

"你们小心啊。"

"没有用的，凡人，你们即将受到制裁！"

奥勒姆森狠狠跳起，在双脚落地的同时双手用力合十，他身后雪山上的积雪就如同一只遮天盖地的巨手朝几人挥来。同时，空气中的水分似乎都被抽取出来，融合成一根根水针，针尖直指前方。这么大密度的攻击架势让众人瞠目结舌，但他们并没有放弃，就在雪手伸展之际，质野用身体牢牢地护住了阿香，面具男子抽出所剩无几的箭接连不断地射向奥勒姆森，试图阻止他的攻击。

"没有用的！"

身边的水针在奥勒姆森的驱使下突然改变方向，将箭矢全部击落。为了躲避水针，面具男子不得不再次回到里奥的护盾下。一时间水针、雪手一齐上阵，将里奥保护盾下的一群人狠狠拍在厚厚的雪层下面。

一阵巨响之后，奥勒姆森身前的一切已经被皑皑的白雪所覆盖。

"再次消灭这些污秽，让世界恢复圣洁的感觉真好！"

"费了这么多能量才解决，真是浪费时间！"

"这不是都收拾干净了吗？"

瑟贝丝悬浮着飘下雪旋涡，转过身来徒手接住后面飞来的一支绑着符咒的箭。面具男子一众出现在瑟贝丝身后的空地上，似乎没受丝毫影响，奥勒姆森张大嘴捏紧拳头。

"怎么可能？"

"小奥，你还是太单纯了。"

"没想到他们能够躲过这样的攻击，真是难缠。"

"时间也差不多了。"

瑟贝丝双臂交叉伸向空中，空气被撕开一个巨大的裂缝，投射出刺眼的紫色光芒，一颗巨大的晶石从裂缝中落下，巨大的压迫感随着紫色光芒照在了众人脸上。奥勒姆森趁着这个时机掌心合十，几根水针射向了毫无防备的阿香。质野还没来得及扑在阿香前面，一条树藤就从地面升起带着阿香逃离了生死大关。一柄镶着红色血石的黑色斧子投向奥勒姆森，却被奥勒姆森轻巧躲开。

## 第三十章　新的盟友

山间飘浮着一块巨大的紫色晶石，质野狼狈地用身体护着阿香。隐扶着体力消耗过度的里奥，面具男子和寒莲依然面对着拥有强大能量的奥勒姆森做出迎战的姿态。就在瑟贝丝召唤出能源晶石的瞬间，贝恩、莎若、阿槿和洛桑顺着能源晶石的光芒及时赶到了战场。

贝恩看到奥勒姆森的第一反应跟质野一样，就是一通攻击。奥勒姆森唤出的雪盾虽然坚韧，但也经不起贝恩的狂野攻击。就在奥勒姆森打响手指唤出银火，想要点燃贝恩脚下地面的时候，阿槿召出藤蔓把贝恩拉了回来。

"阿槿，你别管我，我要卸了他。"

"贝恩，你冷静点。我们还不清楚他们想干什么。"

"管他们干什么！"

"你不管他们干什么，也要管管质野他们呀！"

听到阿槿这般劝阻，贝恩稍微冷静下来。奥勒姆森听着几人的有趣谈话，以为他们要乖乖投降了，可一看清这个疯狂攻击者的脸就火冒三丈，忍不住吼道：

"怎么又是你？每次都出来给我捣乱，上次划破我完美身体的那个家伙！"

瑟贝丝悬浮到奥勒姆森身前，温柔地搂住奥勒姆森的脖子，细声细语道：

"就是这个小帅哥啊，我说你还真是缠人呢，在南宫家就差点坏我好事，现在追到这里来，看来你真的是很喜欢我呢！"

"姐，他哪配得上你？"

贝恩听到这话气不打一处来，阿槿再次拦住了想要横冲直撞的贝恩。

"贝恩，你别冲动。"

这时浑身是伤的质野看到贝恩，紧张的身心终于松弛下来，缓缓地变回人形，嘴唇已经被冻得发白，贝恩用身上的貂皮斗篷裹住质野，紧紧地勒住他的腰。

"呆瓜，你没事吧！"

"我没事，好累，想休息了。"

"你休息吧，这里有我呢！"

"阿香……"

"放心，阿香有我和阿槿他们保护。"

贝恩扶质野躺下，转过身看了眼保持战斗姿态的面具男子和寒莲。

"你们还能打吧？"

寒莲完全没有理会贝恩，只是牢牢瞪着奥勒姆森。面具男子转过头，看到了贝恩手中的武器。

"你手中的是'刑天'？"

"没错，既然能继续打，我们就上去了结他们吧！"

"等等，虽然我们人多，但是那个男人的能力非常强大。你跟他交过手，应该了解他的实力，我们得分析一下策略。"

洛桑表情突然认真起来，踏着高跟雪地靴走近两人。

"大叔，也得算上我一份。敢跑到我的地盘打伤我的朋友，别妄想轻易离开！"从她与面具男交谈的语气中，可以明显看出他们彼此熟识。

"目前我们增加了人手，对方应该会静等我们出手。就在这点宝贵的时间里我先帮你们分析一下敌人的能力。那个男人能使用三种攻击，水、冰、火。而每次攻击前他的出招动作都是固定的，合掌、跺脚、打响指。"

"上次和他战斗的时候他还只会火呢！"

"所以说对方可能还有所保留，我的箭也只剩下两支了，寒莲虽然还有余力，但是她的攻击模式已经被对方看穿。你使用'刑天'还算自如，但还是没有把'刑天'所有的能力发挥出来，现在我们的优势就在于你们两个。接下来我们必须在那个女人出手前解决这个男人。"

面具男子拍着贝恩和洛桑的肩膀，目光坚定。

"她干吗不一起动手？"

"听他们的交流可能是想锻炼男人吧，这样其实也好，我有预感，如果刚刚他们一起出手，我们可能就撑不到你们来了。"

"你的意思是我们虚晃一招，不要暴露实力？"

"是的，我和寒莲先用佯攻逼对方防御，然后你们找机会攻击他们的弱点。"

洛桑点了点头，贝恩则毫不在意地冲了上去。

"还那么麻烦？我一个人就能解决他们！"

贝恩再度朝着奥勒姆森投出手中的"刑天"，奥勒姆森同时紧急唤出雪盾。贝恩猛甩锁链，斧子在雪盾前轻轻划出一个弧度，转弯击向雪盾内的奥勒姆森，斧刃从他的鼻尖一扫而过。

贝恩失望地拉回环绕雪盾一圈的黑色锁链，自己飞腾到半空中。奥勒姆森再次凝结空气中的水分向贝恩发出水针，贝恩挥扫着铁链挡住了一波攻击，另一排密集的水针像算准了贝恩格挡的时间差直扑贝恩而来。千钧一发之际，贝恩身前出现一块蓝色宝石，将水针全数挡下。

奥勒姆森看了一眼贝恩身后的洛桑，又看看蓝色宝石，显然被突如其来的对手迷惑了。趁此时机寒莲突进到奥勒姆森身后，和贝恩点头示意，前后夹击奥勒姆森。奥勒姆森感到寒气紧逼，打了个响指，全身再次被银火包裹起来，寒莲的刀刃和贝恩的利斧并没有化为灰烬，直逼奥勒姆森。

奥勒姆森凭借前面几次交手的经验，根本没有料到银火会无济于事。就在奥勒姆森即将被了结的时候，一道空间门出现在奥勒姆森脚下，将他传送到瑟贝丝身后，寒莲和贝恩扑了个空，接连落在雪地上。

"姐，你干吗插手？"

"小奥，够了。"

"我可以解决的！"

瑟贝丝一巴掌响亮地打在奥勒姆森脸上。奥勒姆森红着眼睛委屈得不敢继续顶嘴。众人士气大增，准备乘胜追击，瑟贝丝却在手腕上戴上一个镶嵌着能源晶石的手镯，和奥勒姆森飘浮起来，缓缓落入脚下深邃的时空裂缝。

"今天就到此为止，有缘再见了，小帅哥！"

"下次你们就没这么幸运了，凡人。"奥勒姆森恨恨地瞪了贝恩一眼。

奥勒姆森和瑟贝丝随同时空裂缝一起消失在众人眼前，留下了一颗插在山间的巨大能源晶石。寒莲眼睁睁地看着奥勒姆森就这么消失，发了狂似的对着他们离开的地方乱劈乱砍，贝恩平静地收回"刑天"，将血石系回脖间，往质野和阿槿的方向走去。

面具男子轻手蹑脚地走到寒莲身后，抓住了寒莲握着刀的手。冷面的寒莲突然咬着嘴唇落下了眼泪，甩开面具男子的手跪倒在地上。洛桑走到寒莲身后，冲着尴尬的面具男子摇了摇头，阿香还在一旁专心给质野包扎着伤口，这次恶战过后她对质野的看法产生了一点变化。

阿槿皱着眉头看着山间的能源晶石，双手拍地，想用藤蔓将晶石取出。可就在藤蔓接近晶石的时候，突然干枯不动。面具男子走到阿槿的身边。

"没用的，这东西不是这么简单就能移除的。"

"我知道，可是我不想眼睁睁地看着整个山脉的能源都被吸干！"

"这次我们来这里的目的就是阻止希尔特的这次行动，没想到竟然失败了。"

"你们是怎么知道他们会做出这种事情的？"

"你们南宫家不也被袭击了吗？"

"你知道我是南宫家的？"

"看你出手就知道了，树界妖灵的能力不就是南宫家崇拜的力量吗？"

"你到底是什么人？"

"我是SIN组织的成员，之所以会得知希尔特此次行动，是因为这已经不是第一次了。在袭击南宫林之前，他们已经袭击无神界的各个城市。我们预计藏山城是他们的第四个目标，早在能源晶石的能量源进入藏山城的时候，那边的那个孩子就已经感知到了。"

"他们到底为什么要这样做？"

"具体不了解，这些晶石拥有强大的抽取能源能力，我们一直在努力搜集有关他们的信息。SIN成立的目的就是为了瓦解希尔特，阻止希尔特的恶行，从某方面来说也许是一种复仇吧！"

"复仇？"

"我们SIN中每一个人几乎都是希尔特的受害者，虽然我并不是，但我也有必须加入的理由。你这次来藏山城有没有找到解救南宫家的办法？"

看到面具男子和阿槿在能源晶石前交谈着，洛桑风姿绰约地走了过来。

"大叔，你跟我未婚夫说什么呢？"

"未婚夫？"

"阿槿，你没告诉大叔吗？"

面具男子吃惊地看着阿槿，一把揪住阿槿的脖领。

"这就是你的办法？你怎么可以这样对洛桑？"

"我……"

洛桑没有办法用双臂拉住面具男子,只能靠语言劝阻。

"大叔,你别这样。"

"洛桑,你知道你在做什么吗?"

"我知道。"

"这就是你要的爱?他是在利用你!"

"你松开他。"

面具男子狠狠地把阿槿推搡到一旁,然后转向洛桑,像对待小孩子一样训斥着:

"你不要这样对自己。"

"我对自己怎么了?大叔,我不是跟你说过我的想法……"

"你清醒点!他即使跟你一辈子在一起,也是为了拯救他的家族,并不是因为爱你,更何况你们都不能接触对方。"

"大叔……"

"你要知道这不是爱,爱不该是这样的。"

"大叔!"

"你别这么傻,别对自己这么残忍。"

"大叔,我喜欢他。"

"你……"

"我好不容易说服自己,可不可以不要那么残忍,把我可以幸福的理由都推翻。虽然概率真的很低,不过我不会后悔。"

"你不后悔?"

洛桑眼神中的坚定让面具男子找不到可以说服她的理由,他只是默默转身走向里奥他们那边,背影仿佛一下子变得老态龙钟。

"谢谢你,大叔。"

洛桑转过身来对着阿槿微笑,那里面洋溢着被认可的喜悦。阿槿看到洛桑的微笑,顿时忘记了晶石的烦恼。阿槿此时心中浮现出的唯一念头,就是一定不可以辜负眼前这个女人。

太阳已经躲藏到山峰的背后,夕阳洗礼着这山间的战场。大战过后,众人皆是一脸轻松释然,除了阿香。质野缓缓睁开双眼,看到阿香担忧地蹲在自己身旁,那眼神让他心里一颤,脸上浮出红晕。阿香看到质野睁开的眼睛,立马害羞地转过头去。

"阿香，对不起。"

阿香感到纳闷，看着遍体鳞伤的质野，他有什么感到抱歉的呢？

"你干吗跟我说对不起？"

"我把你送我的衣服给撑破了。"

阿香听到质野这句话，心顿时就像被捶了一拳似的。原本为了捉弄他的衣服却被他如此珍惜，这让她过意不去。完全不知道怎么应对的阿香只好狠狠地敲了一下质野的脑袋，把脸侧到一边。本来就浑身是伤的质野哪经得起这么一敲，疼得龇牙咧嘴，可是阿香的一句话让质野忘记了疼痛，脸上再次浮现那痴傻的笑容。

"下次送你的衣服不可以再弄坏了。"

不管静静躺在那里被阿香照看的质野也好，还是筋疲力尽被隐抱起的里奥也罢，就连心情久久不能平静下来的寒莲也都终于可以享受这短暂的平静。莎若面朝夕阳，留下了逆光的娇小身影。她不敢相信刚才激烈的战斗场面是真实的，她开始怀疑这些年在银都的繁荣安逸也是一场浮华的梦。她有些怀念白色西服下那修长的手指，贝恩站在没有夕阳光芒的黑暗中，默默注视着莎若彷徨的身影。

# 第三十一章　惜别

日落西山后的藏山城突然清晰夺目，原来山间的建筑外墙全都是用夜光石打造的。白天夜光石吸收了一天的阳光，晚上就用这种独特的方式呈现出自己不可忽视的存在。登陆崖两侧的灯笼虽然光芒微弱，但也足够照亮踏上飞艇的路径。急着带洛桑赶回南宫林的阿槿正在向SIN的众人道别。质野依依不舍地看着阿香踏上甲板，贝恩察觉到了质野的表情，拍了拍他的肩膀。

"舍不得就跟去，我这边没事的！"

"可以吗？"

"放心，我很快就会去找你。"

"那你也要小心。"

"放心，少了你的照顾我更放得开呢！"

质野听到贝恩这么说，觉得自己对他来说就像累赘一般，委屈地噘着嘴。

"开玩笑的，呆瓜。去吧，喜欢人家就把她保护好！"

贝恩扬起下巴催促他赶快上飞艇，质野重重地点了下头往甲板跑去。看到质野的背影，贝恩叹了口气，他始终没能告诉质野"镜花水月"的诅咒和质野父亲在世的真相。不过，他发现了一个最可能是质野父亲的人，为了完成明叔的遗愿，他不得不暂时支开质野以便确认真相。阿槿结束跟面具大叔的交谈后走到贝恩身前，扶着他的肩膀。

"你真的不一起走吗，贝恩？"

"我和戴面具那货说好了，他会带我去见他们老大，有些事情我得弄明白。"

"一定要如此吗？"

"心意已决。"

"那莎若呢？"

"她说她想跟我一起，我想她对希尔特真相的渴求并不比我们任何人少。我会保护好她的！"

"我知道你会，但一定要保重，有什么困难要来找我。"

"没问题，不会太久的，我还得接质野呢！到时候你一定要还我一个毫发无损的呆瓜。"

"放心吧。"

"一路保重。"

"你也是，一路保重。"

随着甲板上质野和阿香的打闹声越来越小，飞艇缓缓地消失在繁星璀璨的天际之下。莎若依依不舍地站在登陆崖前挥手，贝恩走到面具男子身前，眼中的猜测被微弱的光芒燎燃。

"什么时候动身？"

"明天早上。"

"为什么？"

"你不累，那位姑娘也得休息了。明天一早我们就出发！"

虽然贝恩答应了面具男子要好好休息，可夜晚再怎么宁静，也无法平静他躁动的心。深夜里，莎若正在兽皮被子里回忆着在银都度过的五年时光。隔壁的房间传来阵阵呼声，里奥四仰八叉地熟睡着。面具男子摘下脸上的面具，背对着月光盘坐在窗前默念着什么。

贝恩悄悄从隧道卧室的窗户翻到窗外屋檐上，才发现他并不是唯一一个深夜不眠的人。抱着刀鞘靠在另一边屋檐上的寒莲冷冷地看着月光，眼中的仇恨比贝恩发怒的时候还要可怕。两个不爱说话的人在屋檐上静静地看着近在咫尺的明月，对于贝恩来说，寒莲的性格简直和他如出一辙。二人就这么坐到第二天日出，别说一句话，就是一点响动声都没有发出。

跟随着寒莲的脚步，贝恩扶着莎若走在蜿蜒的隧道中。平时的出口已经在雪崩中被埋没，焦急赶路的他们只好绕路从藏山城的底部洞窟出城。藏山城的石窟是当年开采宝石时留下的，石窟内依然保留着开采的痕迹。

害羞的莎若和难以相处的贝恩都没有跟新的伙伴说话，更不要指望和贝恩性格相似的寒莲说什么了。整个下山的过程中，只听到里奥叽叽喳喳地跟隐有说有笑，面具男子在最前面带路，没有一丝的闲情逸致。

在深不见底的隧道中穿行了一会儿，一阵清风和沙沙的水声把贝恩的视线引到了前方的光亮处，出口已经近在眼前。已然习惯深窟中的黑暗，几人在走出洞口后都竭力挡住刺眼的阳光。石窟出口旁是个小型的瀑布，四匹在战斗中遗失的雪马此刻正在瀑布旁漫步，仿佛等待着主人的到来。

面具男子牵着自己的黑马，心满意足地拍了拍马背，隐抱着里奥骑上那匹棕色的马，寒莲也利落地跳上白马，面具大叔把灰马的缰绳递给贝恩，不明白为何接过缰绳后，贝恩还一直盯着自己看。

"你带她骑这匹吧！"

"嗯。"

"你干吗这样看着我？"

"没什么，就是觉得面熟。"

"不会的，我们肯定没有见过。"

"你为什么戴面具？"

寒莲急匆匆赶着马往山下跑去，隐载着里奥来到面具男子身后。

"抓紧时间了，大叔。"

"嗯，好的。"

里奥说完后，隐策马追向寒莲，面具男子拉住缰绳跟了上去，贝恩坚定了自己的猜测，可当下之急是赶路，他跃上马鞍把手伸向一旁害羞的莎若。莎若别扭地扭着手指自责，生怕自己执意跟来会惹急贝恩。贝恩并没有因为莎若跟来而生气，反而因为她的扭扭捏捏而不爽。

"我说你还走不走？"

莎若慌忙摇了摇头，感到不对又点了点头。

"那你上来啊！"

莎若不敢正眼看贝恩，光是贝恩训斥的口吻，就让她把心都提到胸口了。

"手给我！"

莎若迟疑地伸出手，贝恩粗暴地一把将莎若拉上马鞍，眼底却处处流露着疼惜。贝恩双手握住缰绳把莎若护在胸前，莎若侧身而坐，双手牢牢抓紧马鞍，难为情地别过脸去，尽量让自己离贝恩的呼吸气息远一些。

就在贝恩掉转马头追上大家的时候，莎若没有抓稳马鞍，紧紧扑进贝恩的怀里。让自己陷入这种境地的莎若不知所措，只好低着头合紧双目，她还以为贝恩要大发雷霆，连贝恩的表情都不敢看上一眼。贝恩专注地控制着前进的方向，面无表情地注视前方，装作毫不在意的样子。莎若偷偷睁开眼睛快速瞄了贝恩一眼，才慢慢放松了自己的呼吸。

无论在马背上如何起伏颠簸，莎若依然能够感受到贝恩加速的心跳。贝恩也因为莎若的关系，完全没有办法头脑清晰地分析面具男子的事情。一路上，贝恩和莎若互相感受着对方的心跳，表面却都是云淡风轻的样子。

四匹雪马在山间狂野奔跑，从杂草丛生的旷野冲入前方树桩成群的荒漠中。不用问都知道，乱世之中无人掌管的森林都被黑心的伐木商开采殆尽，所及之处尽是荒凉。

此时此刻已是正午时分，南宫家的飞艇早就飞到了南宫林上空。阿香和质野拍着午餐后圆滚滚的肚皮，趴在甲板的护栏上看着飞艇下的南宫家全景。阿槿一脸迫不及待，盯着巨树中的那点紫光，恨不得马上降落，洛桑突然出现在他的身后。阿槿即使没有回头，也察觉到了洛桑的存在，平和地询问道：

"洛桑，你是何时加入SIN的？"

"大概五年前吧。"

"所以银都那次你也参与了？"

"是。"

"为了给杰布报仇？"

洛桑听到阿槿这么直白的问话，假装不在意地嬉笑起来。

"你吃醋了吗？"

"我是认真的，洛桑。"

"就算是吧，那又如何？"

"你是不是很爱他？"

"这是未婚夫应该问未婚妻的话吗？"

"现在反悔还来得及，洛桑。"

洛桑叹了口气，转身背靠着护栏，阿槿诚恳地看着洛桑的侧脸，期待着她嘴里说出自己想要的答案。

"我不会反悔，希望你也能遵守你的诺言。"

"当然。"

"那就可以了。"

洛桑转过头看着南宫家的巨树，微风吹起她脸颊边的头发，笑意在脸颊上留下圆润的弧度，轮廓精美绝伦。

"好久没有看到这么茂密的丛林了，你们这里真美。"

"以后这里就是你自己家了，洛桑。"

"嗯。"

飞艇停在巨树上的飞艇台上，阿香急不可耐地跑下甲板，一头钻进早已等候多时的东管家怀里。东管家抱住阿香，泪珠一直在眼眶里打转，朦胧中看到阿槿身后站着的可以用"风华绝代"来形容的女人。

"大小姐，你们终于回来了。"

"阿东，我好想你啊，我的宝贝们还好吗？"

"都还好，我每天都把它们擦得干干净净的呢！"

"我现在就要去看看。"

阿香急急忙忙地往宫殿的方向跑去，质野还以为有什么好吃的，追着阿香跑了过去。东管家在阿槿走下甲板后，非常绅士地要伸手去牵洛桑。眼看就要碰到洛桑的指尖，阿槿一把拉住东管家的手腕。

"少爷，怎么了？"

"这位姑娘是我的未婚妻，为了你们的安全，你通知所有佣人，以后谁都不能碰她。"

"是的，少爷。"

"她也是我们南宫家的救星，能源晶石那没有出状况吧？"

"没有，一切仍然是您离开时的样子。我让下人们都尽量远离，少爷您能找到解救南宫家的方法和这么美的少夫人真是天大的喜事，老爷和夫人可以安心了。"

阿槿用视线牵引着洛桑从飞艇台走到南宫宫殿的外堂，这正是支撑着能源晶石的大树所在之处。洛桑看了看能源晶石，走过去用双手抚摸着树的表皮。树的表皮开始被蔓延的蓝色晶体所包裹，到最后整棵大树变成了一棵蓝色宝石树，而能源晶石却依然耸立在树上，没有丝毫变化。

"这样估计不行，还得把能源晶石与树隔绝开来。"

"那好。"

洛桑踏在树根处的蓝色宝石上，蓝色宝石像阶梯一般一节一节展开，把洛桑引到能源晶石的正前方。就在洛桑把手放在能源晶石面前时，一股紫色的能源流猛吸住洛桑的身体。洛桑的手触碰到能源晶石的一瞬间，好像穿越了次元一般，她在紫色晶体中看到了另一个女孩的身影。

还没等洛桑把指尖接触部分的能源晶石晶化，她就被另一道气流狠狠冲开，随之崩碎的还有刚刚包裹树木的蓝色晶体。就在洛桑将要从半空中摔落时，阿槿召唤出的藤蔓稳稳地接住了洛桑。触碰到洛桑的藤蔓登时结成了蓝色宝石，洛桑仿佛躺在宝石床上，阿槿连忙走到洛桑身前，抹去她额间的冷汗。

"你没事吧？"

"没什么大碍。"

"这是怎么了？"

"能源晶石吸收了太多的树木能量,在短时间内恐怕没办法阻隔能源传递。"

"你是说没办法阻隔能源传递了？"

"并不是不可以，只是会花上几天的时间。"

"没关系,我们还有时间。"

听到还有时间,洛桑迟疑了一会儿,深吸一口气,用认真的语气提出了一个要求。

"答应我一件事。"

"好,什么都行,只要我力所能及。"

"完全阻隔能源传递大概需要四天,最后一天,我想要你正式娶我。"

"没问题,就算明天娶你也没问题。我答应过你的事情,就不会反悔。"

"不,我想履行完自己的承诺之后再嫁给你!"

# 第三十二章　落跑新娘

海浪不停拍打着银色车站下的海崖,银都里依然维持着繁华兴盛。连接着银都最高的两座塔楼顶端的天际桥在两侧能源晶石照耀下尤其醒目。向光晔躁动不安地穿过天际桥,恭敬地站在晶石王座一旁,望着跪在王座前听候命令的奥勒姆森和瑟贝丝,向王座上的人告状。

"父亲,在南宫家的任务中瑟贝丝无故提前计划,导致莎若现在仍然下落不明。这都是瑟贝丝的错。"

"住嘴!"

向陨豪严厉的两个字一出口,王座放射出一道能量气波,奥勒姆森和瑟贝丝被震慑得趴在地毯上。向光晔的金发伴着气波扬起,露出他忧郁的侧影。

"瑟贝丝都跟我说了,南宫家的洗礼受到我们朋友的干扰,导致了一点点小问题。放心吧,你喜欢的那个女子还安然无恙。"

"可是,我怕她被那帮邪灵所影响……"

"瑟贝丝,你再去趟南宫家带回那个女孩,把那邪灵一并解决了吧!"

"是的,父亲大人。"

"光晔，这样你满意吗？"

"是的，父亲。"

"都下去吧！"

"是。"

向陨豪独自留在耀眼的紫色光芒中，当他伸出布满褶皱的苍老手臂时，王座前的地面上浮现出无神界地图。地图上南宫家的位置处，幽紫色的光芒若隐若现。

阿香正在花圃中牵着气球到处奔跑，一旁无聊的质野呆呆地坐在那里。阿槿拍了拍质野的肩膀，一脸担忧。

"能源晶石移除了吗？"

"还没，洛桑说要四天时间。"

"四天而已，你怎么这副表情？"

"我不是担心能源晶石，我是担心阿香。"

"阿香？她怎么了？"

"其实阿香她患了一种疯病，你没有发现吗？"

"你是指气球？"

"嗯，是啊。"

"昨天我去她房间的时候，看到好多气球涌出来。原本在飞艇上还好好的，突然就不理我了。"

"她从小就这样。"

"喜欢气球？"

"是依赖。"

"为什么？"

质野好奇地追问着，阿槿似乎有难言之隐，可还是将真相一五一十地告诉了质野。

"我和你们说过阿香早产的事情吧，阿香自小就是阿东和奶妈一手抚养，缺少父母的关爱。她小时候孤僻任性，我苦于功课，很少有时间陪伴阿香。

"就在阿香五岁生日那年，她的一群朋友嘴上说是要给她过生日，在宫殿中享受宴请的待遇，却把阿香一个人丢在房间里，阿香只好跟满屋的生日气球自言自语，自那之后气球就成为阿香的知已。更离谱的是她甚至相信气球拥有生命，如果你不小心弄破了她的气球，就跟杀死她的好友一般严重。"

"那怎么办？没办法治好吗？"

"这些年我也寻了不少医生，都说无药可治。心病还需心药医，做哥哥的我已经没办法了，可能只有真正爱她的人才能治好她。"

"原来是这样，难怪她连我都不理了。"

阿香在阿槿和质野讲话的时候跑到了花丛中，让阿东帮忙剪掉硬刺后，捧着一大把橘色玫瑰花朝他们走来。看到阿香手捧玫瑰，质野开心地迎了上去。

"好漂亮的花，好香！"

质野凑上鼻子闭上眼睛刚要去闻，阿香就把花从质野鼻子前拿开，小手伸向阿槿。

"哥哥，这个给你。"

"给我干吗啊，我觉得质野比我需要哦！"

"不是给你，是让你给洛姐姐的。笨蛋哥哥，快去啦！"

听到阿香这么说，阿槿才恍然大悟地接过花，赶往洛桑的房间。

阿香傲娇地仰头，牵着气球大摇大摆地走到质野身边。质野还以为阿香要约他一起去采花，结果被阿香的一句话搞得瞬间石化。

"笨蛋，不要挡道！"

阿香哼着歌越过一动不动的质野，牵着气球往花圃中跑去。质野眼泪汪汪地蹲在原地，委屈地看着阿香远去的背影。

南宫家巨树前一棵棵树上待放的花苞将树枝压低，洛桑静静地享受着被树木环绕的清新。阿槿从后面走来，默默站在洛桑身后。

"你就不能说句话？"

"可以。"

"那你说啊。"

"嗯。"

"算了，不为难你了。"

洛桑噘着嘴继续在树林中游荡，阿槿红着脸大声喊了句：

"你很漂亮。"

"少来！"

"我是认真的。"洛桑微微笑着，仰头仔细看着满树的花苞。

第三十二章 落跑新娘

"这些是樱花。"

"我听说过，粉色的，很美。"

"樱花代表着生命，还有一生幸福、永不放弃的意思。"

"真是美好，可惜跟我不相符。那它什么时候绽放？"

"下个月吧。"

"如果在婚礼前能看到就好了。"

看到洛桑期待的表情，阿槿立刻蹲下召唤出藤蔓，树藤在树林中穿梭游弋，洛桑眼前的花苞突然裂开了一个小口，随后开始一朵接着一朵地绽放，如同烟花，却远比烟花更为持久。藤蔓环绕整个樱花林，整个世界好像都变成了粉色，洛桑回头惊讶地看着阿槿。

阿槿和洛桑在粉色的樱花丛中对视着，暖暖的笑容撼动着洛桑冰封已久的心，可就在她忘情地接住一片飘落的樱花瓣时，樱花瓣转瞬结成蓝色宝石。这又让洛桑的心情跌入谷底，她转身跑向宫殿的方向，所过之处，小块的蓝色宝石纷纷扬扬。阿槿没有追上去，只是站在樱花林中默默自责。

洛桑匆忙跑过正在为婚礼布置的殿堂，回到自己的房间。她把门猛地合上，靠着门坐在地上。窗前桌台上的花瓶中是阿槿刚刚送来的橘色玫瑰，窗帘在风中摇曳，洛桑眼中一颗蓝色珠晶经过脸颊落在地上。

"为什么，为什么，为什么……"

洛桑重复默念着这三个字，她不明白为什么阿槿明知道娶了她也没办法给她一个拥抱、一个亲吻，还要如此真心对她。她不明白为什么上天要赐予她这种珍贵的能力，却无法拥抱自己所爱的人。止不住的哭声透过木门传到阿槿耳中，阿槿缩回刚想敲门的手，同样靠门坐了下来。隔着门仿佛能感受到洛桑的体温，这或许是离她最近的方式了，这样的陪伴对他来说何尝不是一种慰藉呢？

就这样一天天过去，南宫家宫殿中的婚礼装潢准备就绪。几根顶梁柱和宫殿中央的木座都被红丝带和鲜花所缠绕，大殿的桌椅也摆上了银制餐具和精致的丝绸坐垫。门窗上挂着喜庆的红花，如火一般冲击着人们心中的喜悦。

这几天以来，每天日落前洛桑都会来到能源晶石前，将能源晶石晶化一部分。每次完成晶石覆盖，洛桑都会虚弱地赶回房间，直到第二天才出来。阿槿担心洛桑，探望了几次都被洛桑拒之门外，说她休养一夜就没事了。

终于到了结婚当天清晨，阳光照亮被蓝色晶体包裹的能源晶石，只有底部一小块地方露出紫色，东管家给洛桑送去了南宫家世代相传的结婚礼服。阿槿早已身着礼服静候多时，红色的长袍、白色的衣领、高耸的头冠都让阿槿显得威严尊贵。洛桑看着化妆镜中的自己，戴上发簪，换上礼服，抿了抿烈焰红唇。

质野和阿香拎着花篮向空中抛撒着樱花花瓣，穿着红白相间婚礼长裙的洛桑举着红色油纸伞款款走进大殿。阿槿看着眼前美丽的新娘，眼神充满紧张和喜悦。就在质野和阿香撒尽篮中花瓣的时候，洛桑收起伞，踏上红毯。阿槿和洛桑目光相触，洛桑突然转身托起裙子，跑出了殿堂。满堂宾客纷纷瞠目观望，难不成她要当落跑新娘，这怎么行？阿槿赶紧追出去，洛桑在缚住能源晶石的大树前停了下来。

"洛桑，你怎么了？"

"阿槿，我后悔了，我不该嫁给你。我后悔了，我后悔了！"

"你说什么啊！都已经走到这一步，你居然告诉我你后悔了？到底怎么了？"

"我……"

还没等洛桑说出话来，一道空间门就把洛桑和阿槿分开两处。空间门中两只晶石犬向两边分散跃出，瑟贝丝从空间门中间走出来。

"不好意思，你们结婚没带什么礼物。"

"洛桑，小心啊！"

晶石犬还没有靠近洛桑身体就已经被凝固成晶石。跟在后面的质野跃起，扑飞了攻击阿槿的那一只。阿槿跪在地上召唤出几条巨大的树藤，可瑟贝丝利用空间门，硬是在层层攻击中成功脱逃。就在阿槿和瑟贝丝进入战斗模式的时候，洛桑赶紧跃上支撑能源晶石的大树。

瑟贝丝一眼看到即将完成隔绝能源的洛桑，把手伸入时空裂缝中，抽出一支银色长矛投了出去。阿槿赶紧召唤出一条巨藤作为盾牌挡在身前，可万万没想到的是，长矛透过突然出现的时空裂缝，直冲向毫无防备的洛桑。

刚伸出手完成最后一点包裹的洛桑被银矛从身后戳穿胸膛，树叶上留下斑斑血痕。失去平衡的洛桑单手扶着能源晶石支撑着身体，阿槿发狂地冲向洛桑，瑟贝丝再次用空间门传送出几只晶石犬拦住了阿槿的去路。

"槿……"

洛桑倾尽全力地把双手按在能源晶石上，伤口已经让她体内的生命能源被晶石抽走大半。洛桑忍着剧痛晶化着能源晶石，父母和杰布的画面在眼前不停浮现，接着想起阿槿在山窟中表白的情景，在樱花林中为她提前绽放整个花林的画面，她嘴角那一抹艳红凄然上扬，目光坚定。能源晶石被蓝色晶体完全包裹起来，黯然无光。洛桑用尽了最后的力量，她闭上眼睛任由自己后仰着倒向半空。

几条巨大的藤蔓翻开地面，把几只晶石犬全部捏碎，阿槿看到空中飘扬的红色，大步跑向巨树，没有顾得上一旁脸色发白，仓皇逃入空间门的瑟贝丝。阿槿踏着藤蔓，一把接住从高空摔落的洛桑。奇怪的是，抱住洛桑的阿槿并没有被晶化，反而是洛桑的脚慢慢被蓝色晶体所覆盖。

"洛桑，你不能死，你醒醒！"

"答应你的事情，我做到了。"

"洛桑，你怎么了？"

"我的能量已经被能源晶石耗尽，我已经没有晶化的能力了。我后悔了，我不想嫁给你。我知道完成这件事后，我也活不长了。我不想让你把人生浪费在我身上，你还有那么长的路要走！"

"不会的，我要娶你，即使不能一同度过今生，我也会娶你！"

"槿，你爱我吗？"

"我爱你，我爱你！"

"不是因为可怜我才这么说的吧？"

"不是可怜你，是爱你，第一次遇到你，我就喜欢上你了。我考虑过了，即使碰不了你，每天看着你也就足够了。"

"槿，我还想闻木兰的香味，好不好？"

"好！你坚持住。"

阿槿抱着洛桑回到地面，地面出现了一株树苗，树苗瞬间长大开花，和上次在洞窟中的一模一样。洛桑深深地吸了一口气。

"槿，能被你这么抱着就足够了。"

洛桑的身体一边晶化一边碎裂，转眼之间就碎成了一堆白色晶粉。阿槿抱着红白相间的礼服跪在木兰树下，神色颓唐，他只能眼睁睁看着洛桑的晶粉随风散去。

## 第三十三章　海底玄关

出藏山城后，贝恩一行人整整赶了一天的路，直到黄昏才翻出荒漠。贝恩做梦也没有想到，他们要去的地方竟然如此遥远，明叔临终时的面容又浮现在他的眼前，完成明叔的遗愿虽然不是贝恩此行的唯一目的，但他不能让质野在"镜花水月"的诅咒中孤独而终。

面具男子带着众人到达一个隐蔽的渔村。本来按照贝恩从阿槿那里得到的地图来看，藏山城附近并没有海域，可能在绘制地图的短短几十年内，无神界的地形发生了巨变。

渔村并不如南宫林附近的村庄兴盛，这些木屋掩映在茂密的椰林和灌木丛中，要不是面具男子领路，恐怕就会与之擦肩而过。渔村里的人并不多，贝恩和莎若的手指头加起来就可以数得过来。

一位披着斗笠的老者提着一筐鱼晃晃悠悠地走向木屋，里奥和隐连忙跳下马帮老者抬鱼筐。老者看向两人时，瞳孔放大，贝恩据此推断他们应该早就认识，要是一般人看到里奥和隐身披斗篷的古怪样子，说不定早就被吓跑了。老者转身看到面具男子，立即走过来帮他牵马。

"老徐你慢点，你女儿呢？"

"我这把老骨头是不如你们年轻人，可是还不至于这点活都干不了。她还在忙着烧菜呢，她知道你们今天要回来，一大早就忙活开了。"

"真是辛苦了！"

"就这点事辛苦什么，要不是你们，这村里十几口人都活不到今天。你们晚上住的地方都准备好了，这次多待几天怎么样？"

"不了，我们今天不留宿，还有事情得去处理！"

"赶路要紧，等什么时候空闲了多来坐坐。"

"会的，对了，这些马还得您帮我照看着。"

老徐扶起头上的斗笠，看了一眼面具男子的身后。

"后面这位小伙和姑娘怎么看着面生呢？"

"他们是我的朋友，今天得麻烦您多准备两个人的饭菜了。"

"饭菜你不用担心，都有。"

渔村在夕阳下飘起袅袅炊烟，看到满桌丰盛的海鲜大餐，里奥和隐放开肚皮胡吃海塞了一通。一行人饱餐之后集结了渔村的所有人来到灌木丛中，贝恩费解地询问着面具男子。

"这是要干什么呢？"

"我们要出海。"

"出海？怎么出？"

"用这个。"

面具男子走到一棵椰树旁，把绕着树的麻绳解开，撩起一块隐藏在大片树叶底下的渔网，一艘木制舰船暴露在众人眼前。众人推动船下的木桩，将这艘跟飞艇差不多大小的舰船推到海边。贝恩一行人登船后，渔村全体老少合力把船推进了海里，就是颤抖着双手的老人和咿呀学语的孩子，也都搭了一把手。

寒莲拉着帆绳从高处跃下，船帆耸立仿佛要穿透云端，渔村的人们依依不舍地挥手道别，里奥骑在隐的肩上向岸上的人们用力挥手，咧出的洁白牙齿仿佛占去了大半个脸。

"那个，他们为什么对我们那么友好？"

莎若走到掌舵的面具男子身旁，吞吞吐吐地憋了半天才问出一句。

"这是隐曾经居住的渔村，那个时候渔村还不在这里，是在一次遭受到希尔特的袭击后才迁徙过来的。"

"可是相比大叔和我们这些外人，他们好像对隐并没有那么热情。"

"这都是陈年往事了，想必隐也不希望我提起，总而言之，渔村的人一直觉得我们有恩于他们，但是对我们来说，只是做了力所能及的事情。"

"大叔……"

"怎么了？看你吞吞吐吐的，有什么话不妨直说！"

莎若偷偷瞟了眼靠在甲板上休息的贝恩，放低说话的声音。

"希尔特在你们眼里真的那么坏吗？"

"是非对错本来就取决于你的立场，我相信希尔特所做的事情也有他们的道理，可是我们也有我们的道理。如果说我们有错，那就是错在已经太习惯所谓的人情世故了。"

"我懂了，谢谢你。"

"不必谢我，这些日子一直照顾你的人不是我。我只希望当你知道事情的真相后，会选择你认为正确的道路，那样也不愧对那个一直保护着你的人。"

面具男子说完后转头望着波涛汹涌的汪洋，继续掌舵。莎若转身盯着贝恩的背影，双瞳流淌着温柔的水波，不知在想些什么。贝恩就像后背长了眼睛一样，一个转头对上莎若的眼波。四目相对的一刹那，甲板晃动起来，两人条件反射般地躲避了对方的眼神。

接下来的几天时间，莎若一直默默地给贝恩打理房间、清洗衣物。莎若所做的不过是自己力所能及的事情，她从心里感激一直迁就照顾她的贝恩，同时也想尽自己所能偿还他的恩情。可是贝恩不仅没有因为莎若做的这些事而开心，反倒觉得不自在，甚至有些反感。原本有了些许沟通的二人，上船后再也没有说过半句话。

船在汪洋中行驶了大概四天，此时的大家对南宫家发生的一切都一无所知。就在第五天，贝恩躺在甲板上打盹，一片樱花瓣飘落在他的额头上。贝恩只觉得汪洋中莫名其妙地飘落一片樱花瓣有些特别。更奇怪的是，船走到这里自动停下，再也无法前进一步。就在贝恩仍琢磨着这些怪现象的时候，面具男子抛下船锚。

"我们到了，里奥，准备把东西扔下去吧。"

"好的。"

里奥从船舱里搬出一块石板，石板上刻着"七芒太阳"的图腾。里奥抱着石板摇摇晃晃地走到跳板上，闭上眼睛默念咒法。贝恩斜眼看着神神道道的里奥问道：

"这是要干吗？集体喂鲨鱼？"

"这里是去我们目的地的捷径。"

"你说水里？"

"对，在这海底有个几千年的古代遗迹。"

"海底？那我们该怎么做？"

第三十三章 海底玄关

"等会儿就知道了。"

里奥抱着石板纵身跳入海中，上前阻止的莎若被寒莲一把拉住。

"里奥他怎么抱着石头跳下去了？"

"莎若，别急。里奥他没事的，他是去把石板放回原位，接通能量枢纽。"

"这样下去不会被淹死吗？"莎若的话里已经带了哭腔。

"里奥他有晶盾护体，不会有事的。"

就在水面的涟漪刚刚平息时，里奥跳入的水域上方出现了一个巨大的旋涡，寒莲二话不说跳进了旋涡，隐随着寒莲一同跳入。面具男子走到甲板上，看来需要跟贝恩和莎若好好解释一番。

"跳下去后要放松身体，随着旋涡的方向，不要试图自己改变轨迹，如果害怕闭上眼就好了。"面具男子说完也跳了下去。

贝恩走到跳板前，回头看了一眼畏惧的莎若，向莎若伸出手。

"害怕的话就牵着我，你不是要去寻找真相吗？"

莎若看到贝恩如此勇敢，把手轻轻放在贝恩手中，也站上跳板。还没等莎若准备好，贝恩就抓紧莎若的手跳进了旋涡中。水花四溅，水面只有孤零零的舰船和海上的沙鸥做伴。

贝恩和莎若顺着旋涡旋转着向海底坠落。一缕缕阳光将海底的遗迹暴露在莎若和贝恩的视线之中，两人眼中的惊奇在阳光中熠熠生辉。一个个由灰色巨石堆积的类似祭坛塔的建筑被水藻和鱼群环绕着，旋涡底端是安放好石板的大祭坛，原来金色的光芒正是由这块石板发出的。贝恩牵着莎若被扭曲着吸入石板后，石板失去了金色光芒，旋涡也停止了旋转。船仍旧静静地躺在水面上，刚刚还在的一行人仿佛消失在这端的世界一般。

贝恩感到一股强大的失重感，这种感觉和他当年进入地狱之门相似。电光石火之间，贝恩已经牵着莎若闪现在一个金色阵法中央，其余的人笑着看着淋成落汤鸡的两人。一位皮肤黝黑，身穿白纱，手戴金饰的高大老者举着一根黑金法杖，向阵法中央的贝恩一行人微笑着。里奥抖了抖头上的海水，兴冲冲地扑向老者。

"左鲁，我好想你啊！"

左鲁单手抱起里奥，用慈善的语气说道：

"里奥，这次出去有没有给你大叔添麻烦啊？"

"才没有……"

"也是，有隐给你使唤着，你捣的蛋都是隐给你收拾的吧？"

面具男子走到左鲁身前，把贝恩和莎若介绍给他，左鲁和蔼地打量了他们一眼，把里奥放回地上。

"来者皆是客，先让寒莲带你们去休息吧！"

贝恩拧了下袖子的海水，毫无礼数地用拷问的口气打断了他的话。

"我们来这不是为了休息的，你就是SIN的老大？"

"在这里没有谁是老大，大家都是同病相怜的人。"

"那好，我有问题要问你。"

"贝恩，你别这么性急，左鲁会给你答复的。"

面具男子连忙拉住贝恩，左鲁平和地对着面具男子摇头示意，默许了贝恩的嚣张。

"你的心情我非常理解，如果有什么要问的现在就问吧。"

"你到底对希尔特了解多少？你成立这个组织到底想干什么？"

"这就是你想知道的？"

贝恩回答前看了一眼莎若，毅然决然地向左鲁表达了自己的决心。

"没错。"

"这些年我见证了希尔特的崛起，无论如何研发出新能源都是创世之举。可是在新能源供给的同时，世界被所谓的信仰分成了两半。"

"这些我都知道，能不能说点我不知道的？"

"在新能源供给之前，希尔特的研发过程是在战争中进行的。能源战争，短暂又深刻的创痛让整个世界都见识到人类面临危机时的自私和残暴。希尔特付出巨大的代价，才为人类提供了一个继续生存下去的选择——能源晶石。也许你已经见识过能源晶石的强大能量吸取和供给能力。既然是如此伟大的创举，为何希尔特要把有信仰的人分隔出这个世界，而让没有信仰的人去享用这份伟大的发明呢？"

"这是因为自从世界分为两界之后，希尔特表面上给没有信仰的人提供优质的生存环境，背地里却用他们所谓的正义清除异己，视他们为不该存在的污秽邪灵。其实我对希尔特并不了解，也不知道他们想做什么，但是我知道我们的朋友都因此惨遭迫害。最让我吃惊的一件事是，就连无神界的地球能源也被某些东西所抽取……"

"你是说能源晶石供给的是地球的生命能量？你怎么会知道地球的能量被抽取？"

"因为这里是金字塔。"

"什么？我们现在在埃及？"

"没错。"

"怎么可能，这么短的时间我们居然穿越了那么远？"

"你们使用的时空通道也是借助地球能源。"

"怎么会？这和地球能源有什么关系？"

"很久以前，人类建造金字塔和其他古代遗迹就是为了监控地球能源，只有能源足够强大，才能隔绝神的次元，用地球的力量把神驱逐出人界，这样人类在地球上才能得到自由。"

"这怎么可能，你怎么会知道这种几万年前的事情？"

"因为我见证了那个时代！"

## 第三十四章　魂灵珠

左鲁把胸前的白布掀开，在他那看上去健康年轻的肌肤中间，心口的裂洞处一颗暗红干枯的心脏缓缓跳动。

"我是半尸人，自从这座金字塔开始建造，我就已经被封印在里面。作为阿努比斯的仆人，休眠了这么多个世纪，居然在这个世纪被唤醒。"

"被谁唤醒？"

"死神阿努比斯，是他给了我第二次生命。"

炎炎烈日下的金字塔依旧耸立在沙漠中央，可是守护着金字塔的人面狮身像已经被海水包裹。金字塔内的传送殿堂中，莎若吃惊地看着这个半尸人左鲁，这似乎超出了她的想象范围。

"我的主人唤醒了我，却没有给我下达任何命令。我苏醒后，在金字塔里发现地球能源已经被抽取一部分，也许是这个原因，主人赐予我的法杖的能量也越发强大了。"

"你是说因为地球能源被抽取，导致你的魔力加强了？"

"是的。"

"既然如此，那为什么希尔特要这样做？"

"我也不知道缘由，为此探索研究了许多年。面具男子是这座金字塔的第一个拜访者，也是在他的帮助下，我们才能集合这么多天赋异禀的人、被希尔特迫害过的人，组织了SIN，为的就是阻止希尔特继续抽取地球能源。神或许会再次控制地球，让人类成为他们的奴隶。这就是你要的答案。"

听完左鲁的这番话后，莎若显得更加迷茫了。贝恩一时无话可说，静静地思考着左鲁所说的一切，左鲁举着法杖转身走向一条隧道。

"你们先好好休息，有什么事情再说。"

"左鲁，你等会儿。"

面具男子追上左鲁，在满布古代石雕的隧道中穿梭，在一处雕刻着月亮的石门前，左鲁拿起手中的法杖插入石门正中的一道缝隙。石门轻轻开启，正对着的祭坛上放着一个巨大的天平，天平的一端飘浮着一颗深蓝色宝珠，另一端则空无一物。

"左鲁，洛桑没能回来。"

"我知道，洛桑的气息已经从灵盘中消失了。"

"最后还是发生了。"

"真是事与愿违，缺少了洛桑的力量，恐怕难以平衡魂灵珠。"

"可是……"

"质秋，没关系的。你还可以继续找，说不定会有更合适的人。"

"可恶，再差一步就能够取得宝珠了。"

"这么多年了，你还是如此执着于这件事情。"

"我必须拿到魂灵珠，我不能这样延续我和茕儿的悲剧。"

"你要知道，即使是魂灵珠，也不一定能够解除你儿子的诅咒。"

"不管如何，我都要尝试！"

"那好吧，明天我们就行动。就算用我的法杖来换取邪珠，我也会做的。"

"失去了法杖，你还怎么继续感知阿努比斯的旨意？"

"没关系的，我答应过你，只要召集到这些人，我就会帮你。既然你遵守了当年的承诺，那我也会兑现当时的话。只不过你被侵蚀得越来越严重，黑暗力量已经蔓延到你的全身。"

左鲁走到质秋身前摘下他的面具，质秋的一半脸已经被黑暗所侵蚀，质秋摇了摇头，戴上面具。

"我没事，只要质野能够幸福地生活下去，不管多大的代价，我都在所不惜。"

贝恩想了好久还是没有想通，只好跟着里奥往休息的地方前行，完全没有心思听里奥解说金字塔内的机关和注意事项。莎若已经跟寒莲到了休息的地方，寒莲从石格中拿出一套埃及风格的裙子递给莎若。

"谢谢。"

"不客气。"

"那个……"

"怎么了？"

"希尔特是不是也对你做过过分的事情？"

寒莲没有回答莎若，只是脱掉外套换上新衣服。莎若连忙捂上嘴，她知道自己本不该多嘴。一种复仇和悲伤力透寒莲的背影，莎若刚才还纠结于希尔特的对错，所以说话没有过脑子，赶紧低声对寒莲说了句"对不起"。

贝恩和里奥走到一条隧道的拐角处，隧道深处传来一阵奇怪的声音。那种滑稽的语气和抱怨的腔调非常耳熟，贝恩停下脚步仔细辨识着。

"那里是地牢，我不记得以前关过什么？难道是鬼魂？"

里奥有些害怕，灰溜溜地躲到了隐的身后。

"别怕，里奥，估计是盗墓者吧，被左鲁逮住了。命真大呢，要是一般人早就死在入口的机关处了。"

"带我去看看。"

这是贝恩对里奥和隐提的第一个要求，里奥他们自然没有拒绝，立刻抢在前面带路。越走近一步，贝恩就越感觉声音熟悉，可就是想不起在哪里听过。就在里奥打开石门点亮地牢的火把后，地牢石柱后的那双绿色瞳孔瞬间点亮了贝恩的回忆。只要有人来，他就有出去的希望。卡诺鬼哭狼嚎地哀求着，贝恩看到他狼狈的样子不禁大笑。

"贝恩，你笑什么？"

"你认识这个人？"

看到贝恩如此癫狂，卡诺也莫名其妙地跟着笑起来。一旁的里奥和隐完全摸不着头脑，贝恩止住笑容，靠在墙上询问着牢笼里面的卡诺。

"我说大叔你真有趣，这么多年了还是这副德行。"

"你认识我？太好了，快放我出去。憋死我了，而且我好渴。"

"你那么爱说话，能不渴吗？你还真把这当作开往无神界的列车了，有免费的餐饮？"

"你到底是……"

"大叔，你不相信神吗？"

当贝恩说出这句话之后，卡诺一拍额头，立即回想起当年列车上的情形。

"是你？你是那个小兄弟？"

"真难得，还记得我。"

"小兄弟你怎么会在这儿？你也被他们抓住了？"

"我是这里的客人。"

"快叫他们把我放了吧，你知道的，我没有恶意。"

"里奥，隐，把他放出来吧，我认识他，他虽然不正经，但也算不上我们的敌人。"

里奥耸了下肩膀，看了一眼贝恩。

"我没有钥匙啊，再说了这机关本来就没钥匙，谁叫他乱走的。"

"那怎么办，我还不想死在这里啊！"

"唉，真麻烦。"

贝恩取下胸口的血石抽出"刑天"，一斧子把地牢的石柱击了个粉碎。卡诺看到贝恩的武器着实惊呆了。

"哇，小兄弟，你什么时候有了这种本事？"

"好了，你出来了。里奥，麻烦你再把他送出去吧。"

"哦，知道了。"

"等等，我还不想出去，我是来探险的，既然遇到小兄弟这就算我们的缘分，你们能不能告诉我你们在这里做什么？"

"这里是SIN组织的总部，不适合你这种崇拜神明的人多待。"

"SIN？难怪了，你们一个个的都这么厉害。"

里奥不耐烦地噘起嘴，不屑地对着卡诺吼道：

"喂，我说你走不走了？再不走就别出去了！"

"我不走，我也要加入SIN。"

"什么？"

听到卡诺这么一说，三人不约而同大笑起来。卡诺还一脸认真地比画着拳脚，好像自己真的很能打似的。

"你看我也很厉害的，有我的加入，你们肯定是如虎添翼。"

"我说大叔，够了，就你这花拳绣腿都不够看的。除非你真有什么价值，否则SIN是不会要你的。"

"我还知道个惊天大秘密，如果你们让我加入，我就告诉你们。"

"算了吧，你能知道什么。"

三人转头往地牢外走去，对卡诺的话置之不理。突然间，卡诺说出的一句话让三人一脸震惊地停住脚步回望。过了没多久，里奥在金字塔内的各处隧道穿梭着，把SIN成员包括莎若都召集到金字塔的灵堂中。

金字塔的灵堂中一尊巨大的法老石像巍峨耸立，墙壁上，木乃伊石棺一字排开。贝恩靠在墙壁旁，莎若、里奥和隐站在台阶下。质秋和左鲁正在赶来的路上，寒莲坐在高高的石台上，俯瞰着灵堂上准备演说的卡诺。

"把我们大家召集过来到底有什么事情？"

"对啊，里奥。你玩什么呢？"

"是谁把这个盗墓者给放出来了？"

"是我。"

贝恩走到左鲁身前，左鲁摇了摇头。

"他擅闯陵墓被机关逮住，我把他从食骨虫的巨坑中救出，原本想关他两天就放了他。既然你把他放了出来，就让他速速离开吧！"

"就算你要赶他走，也要让他把话说完！虽然这个人吊儿郎当的，可是他知道一件我们梦寐以求的事情，不管是真是假，这都是重要的情报。"

"哦？什么事情？"

"卡诺，你告诉大家，你都知道什么。"

## 第三十五章　赎罪隐情

卡诺表情严肃地走下灵堂的台阶，他轻咳了两声，说出了让在场所有人都震惊的话。

"虽然我没有你们的战斗能力，也不能帮你们解决任何实质的问题，但是我目睹了一个计划的实施，也参与了那个计划。至今我还不能原谅自己的所作所为，作为一个父亲，我居然亲手把自己的女儿奉献给了所谓的伟大计划。不管如何，我都要加入你们。我知道你们会需要我，因为实施这个计划的几千人中，唯一存活下来的人只有我。"

卡诺句句掷地有声，贝恩真怀疑卡诺是不是有双重人格。金字塔外的太阳已经升到正中央，烈日下平静的水面被发动机的声音所惊扰。一条水痕如指针般冲向金字塔，身后紫色浪花向两侧翻滚。墨镜遮掩着令人惊艳的深蓝色瞳孔，金发随着白色斗篷飘在身后，露出英气十足的剑眉。仰坐在银色水上摩托机车上的男子紧紧盯视着金字塔的方向，他的手中缚着两条长长的锁链，锁链一头牢牢绑着一块巨大的能源晶石。

男子刚刚行驶到与人面狮身像平行的位置，猛然掉转车头，同时松开手中的锁链，能源晶石被径直甩进了人面狮身像的额头中央，分毫不差。男子用手扶了一下墨镜，似乎对自己的杰作十分满意，转头往金字塔的方向轻蔑地一瞟。

正在灵堂中准备给大家叙述所谓的伟大计划的卡诺的头顶突然落下一块巨石，左鲁挥动着手中的法杖震击地面，一道巨大的屏障挡住了下落的巨石。里奥似乎感知到了什么。

"是能源晶石！"

"什么？"

"就在外面,而且能量很强。"

金字塔内天摇地动,贝恩两手护着莎若的头,跟着左鲁在隧道中奔跑。质秋把符咒分别递给寒莲、里奥之后拉着卡诺追上前面几人。贝恩安全地把莎若护送到祭坛处,质秋把卡诺扔进祭坛,自己也赶在石门关闭之前冲了进来。卡诺站起来拍拍身上的灰尘,惊叹地看着眼前的天平和魂灵珠。

"哇,这是什么东西?"

贝恩火冒三丈地冲向卡诺,拎着卡诺的衣领把他举了起来。

"是不是你的原因,他们怎么会找到这里来的?"

"什么他们,我怎么知道突然地震了?"

"少给我装蒜,要不是你,希尔特的人怎么会发现这里?"

"不,我没有,相信我。"

"鬼才相信你。"

贝恩狠狠地把卡诺甩到一旁的墙上,恨不得除之而后快。质秋看到了贝恩眼中的凶光,连忙阻拦。

"我刚在落石下救他好几回,如果他有报信的能力,我想他不会以身犯险的。"

左鲁把法杖高高举起,撑住了晃动着的石室的顶部。

"现在不是纠结这些事情的时候。这位陌生人,你是说你见证了第一颗能源晶石的制作过程?"

"是,我的确见证了,而且永生难忘。"

"不管如何,请你告诉我们。为了交换这个情报,任何条件我们都可以答应。"

"我什么都不需要,我要加入你们!"

"加入我们?为什么?"

"为了我的承诺。"

这时,里奥、隐、寒莲从金字塔的底部暗门冲出,他们难以置信地看着不远处的海平面,一座额头镶嵌着能源晶石,两眼冒出幽紫色光芒的人面狮身像仿佛变成了一个怪物,挣脱了原来的位置,踏着波浪往金字塔缓缓移步。

"有没有搞错?"

"这下糟了。"

寒莲抽出腰间妖刀冲向人面狮身像,隐抱起里奥跟在寒莲身后。人面狮身像似乎一下子拥有了视觉能力,用巨大的石爪掀起一道惊天巨浪,浪尖直冲毫无防备的三人。在巨浪即将淹没他们的时候,一道三角形金色盾牌把巨浪从中间生生切开,寒莲抽出妖刀刺入水面,水面立即结起冰层。

寒莲敏捷地躲过了狮身人面像的攻击,顺着冰道滑到人面狮身像跟前,在妖刀上涂抹上自己的鲜血,凌空跃起刺入人面狮身像身前的海水中。整个人面狮身像附近的水面即刻被厚厚的冰层所覆盖,人面狮身像气急败坏地扭动身体,冰面纹丝未动。隐跃到人面狮身像的额头,举起双拳狠狠地敲击镶嵌晶石的岩壁。

岩壁被击碎,而中间的能源晶石却并未随之脱落,反而迸发出一股能量,愈合了被击碎的创面。人面狮身像借着这股能量,暴烈地从冰层中脱身而出。隐赶快抱着里奥跃回地面,寒莲收回妖刀,撕下一块布包裹住手上的伤口。

"看来想直接拆除能源晶石是不行了。"

"冰刃也只能暂时封锁住它的行动。"

"这下不妙了。"

"看来只能用那一招了。"

"可是左鲁说过不让你……"

"顾不了那么多,在这家伙拆掉金字塔之前,我们必须阻止它!"

"那好吧,挨骂的话算上我一份!"

寒莲合掌把妖刀架在身前,心中默念咒语。里奥举起双手,朝天张开十指。一道巨大的金色屏障横亘在人面狮身像面前,拦住了它前进的方向,隐凌波大步冲向人面狮身像。人面狮身像狂躁地用身体撞击金色屏障,隐趁这个机会爬到它的额头继续尝试破坏晶石附近的岩壁。寒莲正对着人面狮身像,一动不动地默念咒语,一股青蓝色的寒流蔓延在寒莲的四周。

眼看屏障就快要支撑不住,隐一拳狠狠把人面狮身像的脖子击出一条裂缝,人面狮身像的身体和头部即将脱节,停止了狂暴的挣扎。空气好似凝固了一般,隐刚想乘胜追击,却发现裂开的裂缝再次愈合,宛若重生的裂缝增强攻势,一举击破了里奥的屏障,抬起石爪就往寒莲和里奥挥去。里奥来不及再次召唤出屏障,隐只有用自己的手掌撑起巨大的石爪争取时间。寒莲见大事不妙,将周身的寒气全部融入妖刀之中,伶俐的棕色双眸中,映出的蓝色寒光四射。

"帮我上去,里奥。"

"好!"

在寒莲跃起的那刻,里奥在她的脚下召唤出金色屏障,借着空中阶梯一般的屏障,寒莲手握妖刀直冲人面狮身像的头部。巨大石爪下的隐快要坚持不住了,所幸这次寒莲的妖刀终于狠狠刺入狮身像的额头,一道蓝色的寒气如风暴旋涡一样笼罩了整个人面狮身像,不到一分钟的时间,整个人面狮身像就由土黄转为深蓝。

寒莲两脚踏在刺入的位置抽出妖刀,整个人面狮身像如爆炸般碎裂,残骸急速下落,刚刚还不可一世的庞然大物终于安静下来,额头的能源晶石失去光华,坠落到深海之中。寒莲在空中利落地完成一个三百六十度翻身。隐一手搂着里奥,另一手接住寒莲落在松软的沙滩上。

里奥双腿大张着坐在地上,累瘫了一般,却仍然不忘调笑此刻如葱般扎在沙丘中的隐。寒莲撑着妖刀站在一旁,脸色苍白,看来刚刚那致命的一搏带来了很大的副作用。

"终于摆平了,累死我了。"

"寒莲你没事吧?"

"嗯,没事。"

"我们回去吧,你们两个都需要休息。"

里奥刚站起身,一阵摩托车引擎的声音从人面狮身像的碎片处传来。一辆银色的摩托车上白色斗篷高高扬起,越过人面狮身像的废墟,侧身滑落在众人身前的沙滩上。金发墨镜男子仔细打量了一会儿寒莲和里奥,走下了轮胎镶满能源晶石的摩托车。

人面狮身像被击毁的同时,金字塔也停止了晃动。质秋感觉到有些不妙,从一旁拿起了弓箭。

"你们继续谈,我有些不放心那些孩子,出去看看就回来!"

"你也小心点!"

"知道了。"

质秋走后,左鲁来到卡诺身前,用那见证过万年沧桑的眼睛与他对视,认可地点了下头。

"你可以加入,从你的眼神中,我可以看得出你有加入的理由,这一切可能都是注定的结果。"

"现在可以说了吧？"

贝恩看到质秋就这么跑了出去，不耐烦地催促着。

"贝恩小兄弟，你还记得我曾经跟你说过什么吗？我要探索无神界的各处遗迹，其实我的目的不仅限于此，我一直在寻找一件东西。"

"什么东西？"

"一件能够破坏能源晶石的东西，一件能够弥补我曾经过错的宝物。"

"会有那种东西吗？"

"古书上记载着许多神兵利刃，你胸前挂着的不就是一件吗？"

"那又怎么样？"

"这样就能救出我的女儿。"

# 第三十六章　惊天大计

在祭坛前，卡诺开始给大家详细讲述他这些年的经历，在场的所有人都把头侧向他，连贝恩都专注地听他讲述。

那是能源战争的年代，战争把妻子从卡诺的身边夺走，跟他相依为命的只有他刚满五岁的女儿。正因如此，卡诺痛恨战争，不管付出多大的代价，他都想要阻止战争。当时的银都还没有变成无神界的领地，在那里卡诺遇到了富商向陨豪。

向陨豪从街边把这对孤苦的父女接到家中，为他们提供食物和休息之所。当时向陨豪的儿子向光晔才六岁，跟卡诺的女儿爱玛相处得非常好，向光晔经常会带爱玛去琴房弹刚学会的曲子给她听，那段日子或许是爱玛在向家度过的唯一一段无忧无虑的时光。

可就在一个深夜，好奇心驱使着卡诺偷听到向陨豪的计划，从那之后向陨豪与他交涉多次，极力说服卡诺加入。卡诺以各种借口挡了回去，最后向陨豪搬出了一个卡诺无法拒绝的理由，他告知卡诺能源晶石的开发会是伟大的创举，这会把神再次带到这个星球，神会带给世人想要的和平和爱。对于崇拜神明的卡诺来说这就是神的旨意。于是被所谓的神圣洗脑后，卡诺做出了一个后悔终生的决定。

　　一个同样战火纷飞，充斥着爆炸声和尖叫声的下午，卡诺牵着女儿爱玛走到向家的花园，花园早已在战争中沦为枯草和荆棘的乐园，满目疮痍让他更加坚信自己的决定没有错。

　　"爸爸，我们到这里来做什么？光晔哥哥说，今天就可以把练习了好几个礼拜的曲子弹给我听了。"

　　"爱玛听爸爸说，爸爸答应你以后会让你过上听不到爆炸声和尖叫声的生活，好不好？"

　　"嗯，好啊。"

　　"那答应爸爸一件事好不好？"

　　"你说吧。"

　　"你一会儿去帮向叔叔一个忙，爸爸晚上就来接你好不好？"

　　"什么忙啊？"

　　"就是一个小小的仪式，放心吧，爸爸就在边上。"

　　"疼吗？"

　　"不疼的。"

　　"那好吧。"

　　"拉钩！"

　　"嗯，拉钩，骗人是小狗。"

　　爱玛的小手牢牢勾住卡诺粗糙的大手，卡诺怎么都没想到，在花园中的这一次父女约定竟把他和爱玛推入了万丈深渊。过了没多久，向陨豪和随行的几个研究人员把爱玛抱走了，还在琴房等待爱玛的向光晔准备好的鲜花花瓣开始飘落。

　　几十个小孩被关在实验室过道两侧的铁笼中，孩童的哭闹声充斥着整个实验室。实验室的中央画着一个巨大的圆形光辉阵印，阵印中央有两个小圈，一个小圈中飘浮着一块细小的白色晶石，一个小男孩正被推入另一个圈中。男孩一进入小圈，整个阵印散发出白色光芒。不久晶石似乎对男孩的身体产生了排斥，原本光芒四射的阵印黯然无光。圈中的男孩倏然倒地，被几个研究人员迅速抬出铁门。

向陨豪牵着爱玛走到圈前，爱玛回头看了一眼被关在铁门外的阳光，自己一步一顿地往阵印的圈中走去。她虽然有些害怕，但一想到和爸爸的承诺，心中就充满了力量。她一定要勇敢，不能让爸爸失望。爱玛郑重地站在小圈中央，瞬间就感觉到浑身的力量好像被抽走了一般。

眨眼之间爱玛已经身处云层之中，她睁开眼，一座巨型灰岩门浮在前方，门上雕刻着天使、太阳以及充满智慧的各式图腾。她再次想起了父亲与她的承诺，走到石门前用小手用力推开一道缝隙。一个温柔慈祥的声音从门后传出，那是父亲卡诺的声音。她不知道，人在这个圈中听到的都是自己最希望听到的声音。如果你想听的是男人的声音，它就会变成男人的声音，如果你想听的是女人的声音，它就会变成女人的声音。

"孩子，你愿意为人类的和平和幸福牺牲自己吗？"

"嗯，我愿意。"

"那为何我感到了一丝悲伤呢？"

"没什么，我答应光晔哥哥去听他练好的曲子，结果失约了……没关系啦，光晔哥哥一定会原谅我的！"

就在爱玛劝服自己之后，一道幽紫色的气体从石门的缝隙中飘出，直接进入了爱玛的身体。

转瞬之间，实验室中间的阵印发出的白色光芒被紫色所替代。紫光越来越强，整个实验室里的人都被震慑得捂住了眼睛。没多久，光芒渐渐减弱，阵印中间的两个小圈融汇成一个大圈，大圈中飘浮着一颗灿目的紫色晶石，晶石中间包裹着闭上双眼的爱玛，爱玛母亲送给她的珍珠项坠落在阵印的地上。此时，卡诺闯进实验室，正好看到向陨豪得意地站在紫色晶石前狂笑不止。这笑声让他毛骨悚然，卡诺一把抓住向陨豪的衣领，焦急地喝问道：

"爱玛呢？你到底做了什么？"

"冷静点，我们成功了，哈哈哈。"

"成功？"

卡诺转头看到紫色晶石，顿时惊呆了，他的瞳孔中映有爱玛在晶石中的影子，影子闪动不停，那是他眼中的恐惧。

"你对她做了什么？不是说好的，如果爱玛自愿就不会有事的吗？"

"对啊，这么多孩子里就只有你的女儿愿意献出自己。她没事，还活着。"

"你管这叫活着？"

卡诺吼叫着举起一旁的扳手，猛敲紫色晶石，想要救出女儿。可是紫色晶石几次将卡诺震飞到一旁，自身没有一点损伤。向陨豪怎么能眼看着刚刚完成的佳作被粗暴毁掉，他立刻示意身边的研究人员将卡诺按住。看着自己心爱的爱玛在紫色晶石中安详地闭着双眼，卡诺心如刀绞，他无助地抽泣着……

祭坛的石室中，众人屏住呼吸听卡诺讲完最后一句话，连一直侧目而视的贝恩都转身正对着卡诺。莎若揉了揉湿润的眼睛，这撕心裂肺的真相在她心中掀起了惊涛骇浪。看着此刻卡诺夺眶而出的辛酸泪水，左鲁气愤地敲着法杖。

"就是这样，我牺牲了我的女儿。"

"向家居然还放过了你？"

"向家看我是虔诚的信徒，就在世界分界后，把我跟其他信徒一起运送到神界。我尝试了很多次，想方设法乘坐跨洋列车回到无神界，就是想找到方法救出我的爱玛。我从一位卖花老者那里听说有关遗迹神器的传说，才来到这里。"

听到"卖花老者"这四个字，左鲁恍然大悟。

"卖花老者？难道是玉梅指引你来的？"

"玉梅是谁？"

"贝恩，我想起来了，是那个卖玫瑰花的老婆婆，进入洛桑的密室的暗语也是她告诉我们的。"

"她到底是什么人？"

左鲁从衣兜里拿出一块南宫家的徽记，递给莎若。

"这个你是不是认识？"

"是阿槿大哥他们家的徽记，怎么会在这儿？"

"这么说的话，你们和南宫家的后人还有渊源。也难怪了，拿着天机香把你们一个个的都凑在一起，原来是为了这个。"

"什么天机香？"

"天机香是南宫家祖传的一种灵花，相传那种花可以食用人的记忆，也就是说买花人的过去会被卖花人看得一清二楚。她是南宫家的祖母，也就是现在南宫家大少爷的奶奶。十多年前我曾经见过她一面，并且邀请她加入了SIN。"

"什么？"

"看来是玉梅一手安排的，想不到这么多年她到全世界卖花，就是为了这一天！"

卡诺抹掉眼角的泪痕站起来。

"左鲁，我要加入SIN，你们一定有办法救回爱玛的！"

"听你这么说，我终于明白了希尔特的用意，原来如此。"

莎若终于忍不住，轻柔地向左鲁问询。

"他们到底想做什么？"

## 第三十七章　隐之死

与此同时，金字塔外面的战斗依然进行着。

寒莲几人刚刚完成对人面狮身像的进攻，极为疲惫，突然出现的敌人让他们措手不及。戴着墨镜的金发男子优雅地走向金字塔，斗篷上的希尔特家徽流光溢彩。

隐本想从背后偷袭，可他的脚印暴露了行踪，金发男子丝毫没有把这种小把戏放在眼里，挥手扔出了一个同样标记着希尔特家徽的银制怀表。隐回跳了一步，躲开这一击。里奥和寒莲等待着隐发出的进攻信号，正在好奇为何隐没有动静的时候，怀表如蚌壳般张开，耀眼的金光中浮出一柄银色的长剑，表盘上十二个罗马数字飘浮起来组成护手，时针和分针重叠形成剑身，看起来锋利无比。剑缓缓飞向手中的同时，金发男子悠然地转过身来。

"被魔神诅咒的凡人，看来你是想让我亲手把痛楚赐予你，帮你解脱。"

"你真会说话！"

隐的脚印深深扎入沙中，猛地一跳，卷着飞沙冲向满身破绽的金发男子。

金发男子用修长的手指拨开挡住一只眼睛的刘海，不擅长玩心理战术的隐突然动作迟缓下来，金发男子立刻确定了隐的大致方向，一剑挥了下去。一旁心明眼亮的里奥连忙唤出屏障，为隐挡下一劫。金发男子这才注意到里奥有着不可低估的实力，不禁恨恨说道：

"居然用神赐予你的力量去保护魔神的仆人！"

"隐你没事吧？"

"看来得先剥夺你保护他们的力量才行。"

金发男子把手中的长剑抛向里奥，里奥立即伸出一只手格挡，在屏障的摩擦下，长剑上的十二个罗马数字纷纷散开，重新组合成表盘的环状，将里奥圈在中央。隐恢复真身，大声提醒着里奥。

"小心，这家伙会让时间停止！"

就在里奥敏捷地格挡着来自四面八方的攻击时，时针和分针突然变换了运行规律，忽左忽右地随意弹射，里奥紧张兮兮地观察着指针，一旦把握不好格挡时间，就会被击中。他感觉身体突然迟钝了一下，原本估计从身后飞来的分针居然提早了几秒钟，里奥来不及张开屏障，只好迅速蹲下。幸好里奥个头小，分针只划破了他的斗篷，没有伤到他的身体。他大口喘着粗气，继续用屏障阻挡着无限的攻击。

金发男子眼中的轻蔑流露得极其自然，觉得里奥就像是滚动轮上的小松鼠，他的生命完全就在自己的股掌之间。他拍拍袖子上的沙土，这些凡人或许也就只有逃命的本事吧！

他的得意出卖了他，寒莲眼眸一深，在他身后看准要害单刀直刺。没想到金发男子应变能力如此之快，侧身护住胸口，妖刀只划破了左肩，右脚翻身踹出，一个窝心脚就将还没有从刚才的战斗中复原的寒莲踢飞到沙中。

隐连忙扑过去抱住了寒莲，里奥格挡之余，还帮寒莲唤出屏障挡下一部分的攻击，寒莲才能死里逃生。

"这下废了他一只手，该是我们还击的时候了。"

"里奥你撑住，解决了他一定就能破解那个阵！"

"好的。"

金发男子摘下墨镜抛到一旁的沙地上，深蓝色双瞳中尽是不屑的神情。他心疼地看着自己被妖刀凝结成寒冰的左臂，虽然这种小问题并不足虑，可是因为这等凡人受伤，回去不知会遭到多少耻笑。

隐刚想乘机冲过去攻击，金发男子把另一只手放在被冰住的臂膀上。几道金色光圈环绕着他的臂膀，将他的臂膀完好如初地展现在三人面前，连划破的衣服都光洁如新。这种魔术般的手腕让隐顿时停下了攻击的脚步，原本在数字阵中专心格挡的里奥也连连回望，金发男子眼角低垂着将刚刚还被冰封的臂膀伸向寒莲。

"愚蠢的凡人，你以为会点妖术就能击败我吗？拥有控制时间能力的我，即使被你杀死，我也可以让时光倒流，改变当时的一切。你知道这意味着什么吗？我们的能力根本就不是一个级别的。"

金发男子带来如此巨大的压迫感，碾压着三人心中微弱的希望。里奥听到金发男子的话有些泄气，更被没完没了的攻击弄得身心俱疲。刚刚松懈了一会儿，原以为可以挡住攻击的护盾被击成碎片，分针疾飞，里奥连下蹲的时间都没有，瞬间鲜血四处飞溅，染满了整个阵局，攻击也随之停止。

金发男子的侧脸突然滑下了一颗眼泪，他用手接住泪珠放到眼前。

"原来怜悯的滋味如此苦涩，我还是不尝为好！"

数字阵中，里奥惶恐地张大瞳孔，他并没有死。代替他被锋利的分针和时针贯穿而牺牲的是隐，是隐在他性命攸关的时候挺身而出。要不是因为隐形，他绝对不会允许隐这样做，绝对不会！

"不！"

里奥悲泣的尖叫中，仿佛重现了他第一次见到隐时的情景。

里奥刚加入SIN，被安排和隐住在同一个石室中，天真活泼的里奥没有发现隐已经在床上躺着了。

"不知道新的伙伴是什么样子的，大叔也真是的，突然把我带到这种地方来，真是不适应呢！"

"那个……"

隐突然出声吓到了正在换衣服的里奥，他拖着裤腿没站稳，一个跟头栽倒在地上。

"吓到你了吗？不好意思呢，我还以为大叔跟你说了。"

"那个，你在房间里面？"

"对啊！"

"那你在哪里？你是隐形的？"

"嗯，你看不见我。"

"哇，好厉害！"

他们初次认识，就像老朋友一样聊了整整一晚。对于当时年纪还小的里奥来说，寒莲太冷酷，从来都不搭理自己；质秋和左鲁就像老师一般严厉，一点儿都不好玩；洛桑虽然和里奥关系还不错，但因为太过奇异的能力，很少有见面的机会。所以虽然SIN的成员非常团结，但里奥还是和隐最为亲近，把他当作最好的朋友，两人经常在一起训练战斗技巧，同吃同睡，形影不离。

里奥有时难免会感到孤独寂寞，有时还会偷偷掉眼泪。每当这时，平时不声不响的隐都会拿出自己那些秘而不宣的故事与里奥分享。

隐从小在渔村长大，天生健壮，性格却非常内向。在他们渔村中有一个美丽的女孩霞，同村许多男孩都喜欢她，争相跟她表白，隐也不例外，但他的追求只限于在心中默默地向往，从来不敢和她说一句话。

一次偶然的机会让原本无关的平行线相交。在一次打鱼的过程中，隐成为霞的救命恩人，两人由此相识并成为好朋友。"是你救了我，我要以身相许。"霞当时说出这样一句玩笑话，说完后就继续做其他事情了，并未将其放在心上，但她不知道，这句话被隐牢牢地记在心中，甚至成为他活着的动力和希望。

时光如梭，隐日复一日地努力捕鱼，希望不久的将来能迎娶霞，让她成为这个渔村最幸福的新娘。可就在他成为渔村最优秀的渔人时，霞和一个帅气的富户结亲的消息不胫而走。隐找到霞求证此事，霞沉默了许久，点点头对他说："我结婚后不希望再见到你，你的出现会让我有罪恶感，小时候的事情就当它是美丽的回忆吧！"

这件事给了隐不小的打击，虽然霞这么说有她的道理，但是隐怎么可能就这么释怀呢？对于隐来说，即使不能娶她，只要能远远看着她就足够了。隐在冲动之下用渔村传说中召唤魔神的方法，用自己的血在海崖旁的魔石前召请了魔神。魔神出现必定是天昏地暗、日月颠倒。魔神看隐痴心一片，于是赐予他永生的隐身能力和无穷的力量。就在隐昏迷三天三夜醒来后，发现自己得到了隐之躯体，连忙赶回村庄。

这时村庄正遭受着希尔特晶石犬的袭击，就连霞也在那次袭击中丧生。隐拼尽全力保护着渔村，直到质秋出现，赶走了所有的晶石犬。渔村恢复了往日的祥和，可是隐失去了霞，也就失去了得到永生隐身的意义。他因为召唤魔神，成为渔村人眼中的祸害，被驱逐出了渔村。帮助渔村转移的质秋收留了失魂落魄的隐，带他加入了SIN。

倒在血泊中的隐挣扎着把时针和分针抽出身体，倒向里奥。里奥抱住奄奄一息的隐，血还在汨汨地流着，不断被脚下的沙地吸干。

"隐，你没事吧？别吓我，我帮你治伤。"

"不用了，里奥。"

"不，一定要！"

"里奥，以前训练的时候老大就说过，每次作战都要抱着必死的决心去战斗，你肯定走神了吧？"

"隐，你别说了，我现在就救你。"

"不要费力气了，我先走一步也没什么不好。等你们消灭了希尔特，我也不知道该何去何从。现在有贝恩他们这么强大帮手的加入，我也没有用了。"

"不要这么说，你很厉害。谁也代替不了你！"

"你赶紧带着寒莲逃跑！"

"你跟我们一起！"

"我不行了，走不动了。你只要记住，你是个好人，即使父母不在，也能把自己照顾得那么好。里奥，我为你骄傲。"

"别说这些，我背你走。"

"下次你再睡不着，别再把我吵醒了。"

隐说完这句话，头重重地倒在里奥的腿上，里奥没想到他的遗言竟然是一句看似轻松的玩笑话，疯狂地摇晃着隐，喊着他的名字。

里奥这么多年一直把隐视若至亲，他们一起为了SIN战斗，一起经历生死，一起游历无神界，一起完成任务。二人犹如亲兄弟一般，在彼此心中留下了深深的羁绊，怎能说断就断呢？

寒莲看到动弹不得的隐，咬紧牙根用力捶了一下沙地。金发男子俯身看着匍匐在地上的两人，举起手臂，沾满鲜血的分针和时针就悬浮在他的手前。

"真是哀伤呢，可悲的凡人。我帮你们抹去这份痛苦，结束你们毫无意义的生命吧。"

金发男子两手各控制一支指针，分别往寒莲和里奥的方向投掷出去，只见两道寒光向体力和心力都透支的两人飞来，两人连最后挣扎的力气都没有了。危急关头的两人几近绝望，却不料身前突然扬起一阵土烟，时针和分针仿佛出现了偏差，分别刺在两人身前的沙地上。从金字塔出口处及时赶到的质秋手握符咒，一手抱着里奥一手扶住寒莲，里奥还在冲着隐尸体的方向疯狂喊叫。

"放开我，隐还在那儿呢！"

"别叫了，里奥，我们快走。"

"我要去救他，我要去救他！"

"他已经死了！"

质秋一掌击晕试图强行挣脱的里奥，带着两人匆匆往金字塔内跑去。金发男子收回击空的时间之刃，往刚刚里奥传来叫声的方向走了过去。

## 第三十八章　传送阵逆战

在雕刻着各式神像和文字的隧道末端，一扇刻画着建造金字塔过程的巨大石门轰的一声炸开，在石门的碎片灰尘中握着时间之刃的男子肆无忌惮地从正面破门而入。

祭坛的石室中，莎若正在给寒莲擦着伤口，里奥筋疲力尽地靠在石柱旁，一声不吭。贝恩看到拼死战斗后归来的两人，浑身热血沸腾地朝石室外走去。质秋一把拦住冲动的贝恩。此时，石室外爆破声接连响起。里奥听到声音立马起身，身体虚弱得连自己的体重都无法支撑，左鲁另一手扶住差点摔倒的里奥。

"都这样了你就别出去了。"

"贝恩，你也别去。现在我们最重要的是安全撤离，隐已经牺牲了，我们不能再失去任何人！"

"是啊，贝恩。现在我们有了卡诺的加入，得到了如此重要的情报，一切都得从长计议。"

贝恩气冲冲地转过身去，对着墙壁就是一拳。门外的金发男子被一个又一个的机关搅得心烦意乱之际，刚好听到贝恩的捶拳声。

"可恶，要是刚刚我也跟出去，说不定就不会弄成这样了！"

"现在不是说这个的时候。"

"没办法了，质秋，我们现在只能提早结阵，把魂灵珠取下来！"

贝恩听到"质秋"二字惊得转身盯着这位面具男子，质秋早就读懂了贝恩的眼神，早在藏山城的时候他就看出了这个不凡少年的猜测。

"你是质秋？是质野的爸爸？"

"贝恩，现在不是纠结这些的时候。如果现在不取下魂灵珠，一会儿恐怕就晚了。"

"这珠子到底是干什么的？"

左鲁走到天平前，将法杖放在空着的一端，可是另一边魂灵珠的位置仍然没有太大变化。只要天平还没有平衡，魂灵珠周围的结界就不会打开。

"这魂灵珠是用来抵消质野的诅咒的。"

"什么？"

"我想明师弟也跟你说过质野从他母亲那里得到的可怕诅咒吧？"

"我知道，可是跟这珠子有什么关系？"

"这是当年阿努比斯盔甲上的护身珠，相传得到此珠会得到永生的庇护。如果传言是真的，那这个几千年的咒语足以消除'镜花水月'的诅咒。"

"那还不去拿？"

"不行，这件宝物在天平上被结界保护着，如果天平没有平衡，结界就不能破解。"

"怎么能让天平获得平衡？"

"必须找到与魂灵珠有同等力量的东西才可以，刚才左鲁试图用阿努比斯的法杖来平衡，没想到就连阿努比斯的法杖都没有魂灵珠的法力强大。"

"那是否可以用我的'刑天'？"

贝恩想要扯下胸口挂着的血石，质秋立即抓住他的手。

"不行,你已经与'刑天'化为一体。如果以'刑天'作为平衡物件,你也会被永远封印在天平上。你是我们最强的战斗力,我们不能失去你。更何况,你还有想要保护的人。"

"那现在怎么办,他都要杀过来了。"

"可恶,连法杖都没办法平衡。原本洛桑想献出她的晶化之力来平衡,可是她也不在……"

就在这慌乱的时刻,贝恩想起了衣兜里的小木盒,把它掏出来递给质秋。

"这个行不行?"

"这是?"

质秋打开木盒,"镜花水月"从木盒中飘浮而出。质秋的眼神中流露出喜忧参半的复杂神情,不是因为这个,荧儿不会死,可是没有这个,也就没有质野。他一把抓住"镜花水月",整理好自己的心情。

"有这个就差不多了,贝恩你真是聪明!"

"等等……"

左鲁收回法杖的一瞬间,质秋握着戒指跃上天平。左鲁和贝恩都没来得及阻止,质秋已经跟"镜花水月"一起悬浮在天平上。

"质秋,你怎么这么傻。"

"你快下来,一个父亲的意义对质野来说比任何东西都重要。"

质秋和"镜花水月"所在的这半边天平慢慢落下,天平平衡之后,魂灵珠上的红色封印渐渐消散。

"已经太晚了,贝恩,快把魂灵珠取下来!帮我把它交给质野,不要告诉他我是谁。其实见到他的那一刻,我就认出了他,可是这么多年我都没有尽到做父亲的责任,我再也没有资格以父亲的身份出现在他的生命里。无论如何,帮我好好照顾质野……"

"质秋,你这样太冲动了。这样做值得吗?"

"左鲁你知道的,单靠'镜花水月'根本无法平衡魂灵珠。依靠着'镜花水月'作为媒介,再加上我体内的灵力干扰天平的平衡,才能有机会解开结界。这些年来我一直没有来得及跟你说一句谢谢,谢谢你帮我完成心愿!"

"不要这么说,我很感激你所做的一切。"

"贝恩,趁我现在还能控制天平的平衡,快把魂灵珠拿下来。不要犹豫了，要不然我的牺牲就太不值了！"

贝恩双手捧起魂灵珠，一道刺眼的红光环绕着质秋，他很快就化成了粉末。质秋的面具落在地上，天平上只剩下"镜花水月"。

莎若听完卡诺的故事就一直魂不守舍，此刻亲眼看着质秋死去更是泣不成声。贝恩把魂灵珠放入衣兜，用训斥的口气说道：

"不要哭了，现在不是哭的时候。我们得赶紧离开这里，希尔特的人要杀过来了！你们现在这种状况根本没办法应战，难道准备就这么坐着等死吗？"

左鲁把法杖插在一旁的石像上，另一侧石壁上又出现一处暗门。

"贝恩说得没错，我们现在得赶紧撤离。通过这道暗门可以到达传送阵，里奥，你现在还有力气感知位置吗？"

里奥扶着墙站起来点点头，莎若赶紧扶住他。

"我们不能让大叔白白牺牲。"

贝恩走到寒莲身边将她抱起，滑入暗门的密道中，等把寒莲放在传送阵中间，又回过头去接莎若和里奥。莎若扶着里奥刚从暗道中钻出来，隧道远处的天花板便整个崩落如雨。金发男子已然发现他们的行踪，手中时间之刃上的罗马数字快速旋转着，等待着再次布阵。贝恩抢在莎若身前，拿下胸口血石，抽出"刑天"迎面冲了上去。

"你们快走，里奥就交给你了！"

"小心啊。"

贝恩在急速奔跑中旋转着手中的锁链，算好与金发男子的距离提前投出斧子。狭窄的隧道中，"刑天"直冲冲地飞向金发男子。金发男子依旧是一副扬扬得意的神情，只是用手中的剑挡住了对方猛烈的攻击。贝恩在半空中跃起，接住被挡回的利斧，顺着力道又朝金发男子劈去。金发男子哪里见过这么凌厉的攻势，这简直是不要命的打法！身体不由自主地后退两步，把时间之刃插在了地上，刺入地缝中的剑突然散开，再次形成罗马数字阵。

空间决定了布阵的大小，此时贝恩在地形上占据了优势，狭窄的隧道让时间之刃根本无法施展作用。贝恩可不像里奥会被十二个锋利的罗马数字封死，不管指针怎么弹射，贝恩只需要以快速旋转的"刑天"护住身体就可以轻而易举地破解数字阵。罗马数字被击飞，牢牢地插进金发男子身前的地面上。

金发男子眼中的散漫被警觉所替代，估计这么难缠的对手他还是第一次遇见。他从上衣兜中取出一双银白色半指拳套,拳套的手背处各镶嵌着一颗能源晶石。与此同时,时间之刃又浮出地面,罗马数字组成的圆形阵浮在金发男子身后,指针围绕着圆形阵,像扇子般展开分裂成成百上千片刀刃,在金发男子背上组成一对钢铁巨翼。贝恩被眼前的一片银光晃得晕晕乎乎,金发男子就势扇动时间之翼加速冲了过来。

几声巨响在隧道中炸开,传送阵隔壁石室的墙壁也被一股强大的能量击垮。贝恩双手握住"刑天",用斧面全力抵挡着镶着能源晶石的拳套,四周的飞沙走石迷得贝恩连眼睛都睁不开,金发男子背上时间之翼的刀刃突然从不同方向刺向贝恩。贝恩迅速横斧一挥,扫清前方障碍,侧身跳到一旁,躲过了拳套的纠缠。被甩出的金发男子翅膀呼扇着浮在半空中。

"为什么要阻止我们伟大的计划,愚昧自私的凡人?"

"少废话,先吃我一斧!"

"简直就是不可理喻!被邪魔力量侵蚀的凡人啊,不要再做无谓的抵抗了,也许现在诚心忏悔,还会得到赦免。"

"杀了我们一个同伴,还在这儿装腔作势。我也可以给你个机会跪下道歉,不过还是算了,就算你现在诚心道歉,也改变不了我要宰了你的事实。"

"可恶的凡人!"

这时莎若正把里奥扶到传送阵前,卡诺费劲地把一旁刻着咒印的石碑搬过来,叽里咕噜地说个没完。左鲁把法杖插在传送阵的中心,传送阵的图案发出金光。

"里奥,你还有力气接通能量隧道吗?"

"嗯。"

里奥把双手放在咒印石碑上,石碑只有青色的微光,看来他需要更多的时间才能恢复神力。听到隔壁石室中的打斗声,屋里的人都知道敌人可能随时突袭。卡诺在一旁干着急,看到一旁陈旧的架子上有一柄长矛,扑扑上面的灰就举在胸前,器宇轩昂地守护在传送阵的石室门口。寒莲靠在墙边依然面色苍白,她支撑着握起妖刀守在门的另一边,看着表情搞笑的卡诺,连一丝安慰的笑意也挤不出来。

贝恩和金发男子的战斗还在继续,戾气让整个石室充斥着高度紧张的气氛,贝恩不断跳跃闪躲着时间之翼的飞刀。现在这狭小的石室对于有着密集型武器的敌手来说，是再好不过的战场，对贝恩却非常不利。他躲避的轨迹早已被对方看穿，刚刚找到对方的破绽又被巨翼逼退，处境非常艰难。里奥接通能量隧道还需要一段时间，莎若听到隔壁石屋中利刃撞击的声音，提心吊胆地望着门口。

　　金发男子刻意把贝恩逼到墙边，在贝恩落下的一瞬间，千百片刀刃大面积地扫荡。一顿狂风般的乱击之后，屋内扬沙飞石渐渐散去，满屋都插着刀刃，简直没有落脚之处。

　　角落里，举着"刑天"的贝恩肩膀、大腿、脸上到处都是血印。命大的贝恩就在刀刃飞向他的一刻躲进了墙角，旋转着手中的锁链，才护住自己的要害部位。

# 第三十九章　仇人认亲

　　金字塔外海面上的石块废墟隐约还能看出人面狮身像的形状，金字塔外一片祥和，完全看不出里面正在发生着怎样的恶战。石室中的贝恩在刀刃满屋的墙角里喘息着，金发男子突然跃起展开臂膀向贝恩冲去。贝恩举起"刑天"忙着格挡，金发男子出拳的一瞬间，贝恩感觉自己的时间仿佛被放慢了一样，手中的"刑天"就是无法迅速击向对手，而对方却有如神助，没来得及格挡的贝恩迎面吃了重重一击。

　　贝恩背后的石壁完全碎裂，整个身体仿佛被钉到碎石中，金发男子看着满是鲜血的拳套，转身离去，整个房间里的刀刃全数回到他的身后，还原成翅膀的样子。就在金发男子走到石室门口的时候，飞抛过来的"刑天"被拥有生命一般的时间之翼格挡了下来。

　　"这就想逃了？"

　　贝恩半张脸都被鲜血覆满，摇摇晃晃地站起来，愤怒地把"刑天"拉回手上。金发男子转过身来，冷漠的双目半阖着摇了摇头。

"既然还没有死，何必这么努力地来送死呢？"

贝恩像是发狂一般挥起"刑天"急速猛冲，金发男子睁大眼睛，眼神咄咄逼人。时间之翼发出一道光芒之后，贝恩的俯冲动作又慢了下来。金发男子的脚旁迅捷地扬起沙尘，一眨眼的工夫就快步游走到贝恩的侧上方，一拳猛击贝恩，贝恩穿过石壁，倒在了传送阵石室中央的地上。莎若看到浑身是血的贝恩，急忙奔跑过去，捧着他的头不停摇晃。

碎墙扬起的烟雾中，金发男子挥动着羽翼漫步走来。里奥和左鲁正在开启传送门的紧急关头，寒莲早就失去作战能力。几片寒光飞向贝恩和莎若，卡诺握着长矛急忙挡在两人身前。钢翼就在即将贯穿手无缚鸡之力的卡诺的瞬间忽地停住。

卡诺被吓得双腿僵在那里动弹不得。他还以为自己死定了，偷偷睁开一只眼睛，金发男子走过来。一股极强的气场让卡诺浑身哆嗦，他立起手中的长矛，与其说是威胁，还不如说是自我安慰。

"你，你，你别过来了，再过来我就不客气了。"

金发男子扇动背后巨大的时间之翼，卡诺吓得连长矛都掉在了地上，心想这样可真的是死到临头了。金发男子突然单膝跪在地上。

"你，你干吗？"

"父亲大人，是我啊，泰姆。"

"啊？你胡说什么啊？我哪来你这样的儿子？"

"父亲大人，是您让爱玛姐姐赐予我们力量的啊！您不记得了吗？"

当时爱玛在晶石中的样子再次浮现在了卡诺眼前，卡诺叹息了一声，泰姆赶紧把背上的钢翼手收了起来，变成时间之刃。

"父亲大人，您为何要保护这帮邪恶的凡人？难道您忘了我们的计划，忘了您当时的决心了吗？"

"就是因为那个计划，我失去了爱玛，那不过是我一时糊涂做出的决定。"

"您当时的决定赐予了姐姐和我们力量啊，父亲大人。"

"住嘴，我不许你这么说！"

"父亲大人，您应该跟我们站在真理这边。我们伟大的计划，是神的旨意。难道您忘了吗？"

此时左鲁的法杖前方出现了一个椭圆形的黑洞，法杖慢慢浮起，回到左鲁手中。里奥终于唤醒了石碑上的咒印，抱着石碑摇摇晃晃地走进了黑洞。里奥进去后，黑洞中冒出一丝丝青色的光波，左鲁扶起一旁的寒莲送进传送门。

"莎若，你快把贝恩扶过来！"

莎若扶起贝恩，迟疑地看了眼正在和泰姆交谈的卡诺，有些担心，卡诺回头看了眼传送门，焦急地催促着莎若。

"莎若你快带贝恩走！"

"那你呢？"

"我帮你们拦住这家伙！"

莎若使尽全身的力气扶起贝恩，往传送门的方向一步一摇地走去，听到卡诺这么说，泰姆十分不解。

"父亲大人，您为何要帮着您的敌人？"

"他们不是我的敌人，你才是！"

"父亲大人！"

卡诺完全没有理会泰姆，转身追上莎若。就在莎若扶着贝恩走进传送门之后，泰姆手握时间之刃冲了过来。左鲁举起手中的法杖，默念咒语，无数灰蓝色半透明小球从石壁的缝隙飘出。左鲁把法杖指向泰姆，所有的小球都向他飞去，将他紧紧裹在中间。被灰蓝色小球掩埋的泰姆只好眼睁睁看着卡诺和左鲁走进传送门，传送门瞬间缩小，消失在了传送阵中央。

陆续从金字塔内隧道中飘来的灰蓝色半透明小球不停地涌入石室，雷鸣般的声音响彻云霄，金字塔的巨大岩壁被戳开一个小洞，泰姆挥舞着时间之翼，随着碎岩飞了出来。

从来没见过传送门的卡诺只感到一阵失重，眼前一片青光，瞬间全身湿冷，从海水中钻了出来。其他人早在来时的船上守候，原来这片海域受地下能量吸引，常年无风无浪，船自然还在原处停泊。

卡诺和左鲁爬上甲板，跑到莎若身边，莎若正在用手帕帮贝恩清理身体各处的伤口。

"小兄弟没死吧？"

"我不知道。"

莎若的语气有些颤抖，泪水已经在眼眶中打转了很久。

第三十九章 仇人认亲

左鲁蹲在贝恩身旁，把手放在贝恩的额头上方感测了一会儿。

"他受了很重的伤，不过应该没有生命危险。"

"太好了。"

"小兄弟命真大，那么厚的墙都被打穿了还能活着。"

左鲁站起来看了眼躺在甲板上的寒莲和里奥，摇摇头叹了口气。

"目前敌人应该还没有办法追踪到我们的下落，我们赶紧找个安全的地方休养休养！"

"现在还能去哪儿？金字塔都被拆了。"莎若给贝恩清理完伤口站了起来。

"去南宫林！阿槿、质野和洛桑都在，那里一定还安全！"毫不知情的莎若一脸兴奋。

"洛桑已经过世了。"

"怎么会？"莎若眼睛颤动。

"你们来的那一天，我就感知不到洛桑的生命灵气了。不过我们现在除了南宫林，也没有更好的选择，走海路的话应该只需要十天的时间。"

听到洛桑过世的消息，莎若怅然若失。原本想要寻找真相的她，得到的答案居然如此残酷。看到刚刚相识的朋友一个个被自己喜欢的人指使杀害，她不知如何去面对这样的现实。

卡诺笨拙地拉起船帆，左鲁掌舵，开往南宫林的方向。船在海上航行的四天里，贝恩一直昏迷不醒，莎若就坐在贝恩床边守着他，几乎粒米未进。就在第四天晚上，贝恩睁开了双眼，看到星光中莎若坐在床边，头侧枕在胳膊上酣睡着。

看到依稀可辨的水盆、毛巾，闻到满屋的药味，心想照顾他的莎若一定累坏了。即使是睡着了，莎若的表情依然非常忧愁，她是在做噩梦吗？贝恩伸手想去抹平她眉间的丘壑。睡梦中的莎若感到眉间一阵凉意，眉头皱得更深，猛地睁开双眼，对上贝恩试探的目光，竟然有一种难得的顽皮。贝恩看到莎若醒来，连忙收回手指和眼中的一丝温情，莎若捋着发丝，一脸羞赧地起身。

"你终于醒了，我去给你弄吃的！"

莎若慌慌张张地把一碗粥放在床边，用小勺轻轻吹凉，一点点喂着贝恩。贝恩一脸不情愿地吃着，两眼直盯天花板。他还是无法适应此类温柔的照顾，不懂拒绝更不懂怎样感谢。粥还没吃上几勺，贝恩就对莎若充满怜悯的眼神略感不爽，嘴里的粥都咽不下去。

"你干吗这样看着我？"

"我……"

"你说啊。"

"你以后别这么乱来了，如果打不过就不要硬拼。"

没想到莎若这么一句关心的话倒是把贝恩惹了个猴急，好胜心强的贝恩听到莎若这么说，自然不会有什么好脸色。贝恩坐起来把粥碗从莎若手中抢来。

"烦死了，不要你喂了，我自己吃！"

听到贝恩嫌弃的话，莎若的泪水不断在眼眶中翻腾，在贝恩的床前抽泣起来。

"喂！你，你哭什么啊？"

贝恩不知所措地看着面前痛哭流涕的女孩，就跟当年在火车上一样。如果贝恩现在可以下床的话，估计早就逃之夭夭了。贝恩把粥一口气喝完，放回床边的柜子上，戳了戳蒙头大哭的莎若。

"你，别哭了。有什么好哭的？我没生你的气。我是气自己没用，居然打不过他，没办法保护你们，没办法帮里奥给隐报仇。如果我可以再强些就好了，如果我再强些，说不定他们就不会死了……"

贝恩说着说着，莎若突然扑过来抱住贝恩。莎若被泪水清洗过的眼睛明澈如水，默默地抱着贝恩，贝恩一时间语塞，什么也说不出来。

"你不要怪自己了。"

莎若轻声在贝恩的耳边说了这么一句，贝恩迟疑了一会儿，默默地点点头。贝恩也缓缓抬起缠满绷带的手轻轻拍着莎若的背，深深地呼了一口气。

船行到第六天，贝恩的伤已经基本痊愈。同样受伤的寒莲和里奥就没那么幸运了，他们虽然有卡诺的悉心照顾，但是依然待在各自的船舱中休养，很少出来走动。贝恩靠在甲板上吹着海风，这时左鲁撑着法杖走了过来。

"你好些了吗？"

"嗯，我好些了。他们呢？"

"里奥还行，就是精神特别差，估计是隐的关系，他一时还无法振作。至于寒莲，她居然用了那招。唉。"

"那招是什么？"

"灵寒一击，雪妖在逼不得已的情况下会使出的自杀性攻击。"

"雪妖？"

"寒莲这孩子，唉，其实也不怪她，她一定是想拼死保护身边的朋友，才做出这样的极端之举。"

"她一直冷冰冰的，居然还能做出这么热血的事情？"

"你别看她这样，其实她很可怜的。"

"我像她那么大的时候也那样。"

"寒莲是玉梅从阴雪峰上抱回来的，我记得很清楚。那是十年前的一个下午，玉梅牵着一个背着妖刀的小女孩在烈日炎炎下走进了金字塔。"

甲板上，左鲁开始给贝恩讲述寒莲的过去：

那是一个天寒地冻的季节，寒莲父母的车在阴雪峰上迷了路，误打误撞地开入了雪妖的领域。阴雪峰天寒地冻，车内的暖气根本撑不了多久，寒莲的父母为了让不到一岁的女儿能够活命，拼命用自己的身体包裹着给她取暖，双双冻死在大雪中。

幸亏山中雪妖们在寒莲父母的尸体间发现了一丝气息，收留了孤苦伶仃的寒莲。为了让小寒莲活下去，雪妖们冒着生命危险，在雪峰之间的温泉中轮流哺育着小寒莲，她渐渐把雪妖们当作了自己的亲人。可是雪妖终究被人类视为邪灵之物，希尔特以所谓清剿邪灵的名义攻击了雪妖的村庄。儿时的奥勒姆森带领着一批晶石犬在雪妖村中肆意虐杀，雪妖们把妖刀和寒莲藏在山中巨大的雪莲中，陆续用灵寒一击保卫着自己的家园。可惜奥勒姆森当时的圣火之力已经非常熟练，再多的雪妖也难敌对方的强大侵袭，最后无一幸免。

巧合的是玉梅感应到寒莲的气息，不远万里来到阴雪峰带走了寒莲。寒莲亲眼看着救她养育她的雪妖们一个接着一个地被奥勒姆森杀害，她立誓要为雪妖报仇，用雪妖留给她的妖刀，亲手杀死奥勒姆森。

## 第四十章　伤逝

莎若在一旁无意听到了寒莲的身世，她仰头看着天空中的云，好像向大哥那身穿白色西服的侧影。

"可恶的奥勒姆森！他们的能力怎么会那么强？"

"能源晶石给他们提供的不仅仅是地球的能量，可能还有神力。"

"这么说我们根本没有胜算吗？可恶！"

"不一定，一切都并非那么绝对。质秋还在的时候跟我说起过，他们的能力看似完美，其实也是存在瑕疵的。"

"他具体说了什么？"

"似乎说了一个可以凭空召唤能源晶石的女人……"

"瑟贝丝？"

"好像是这个名字，据他所说她看似能够开启空间门来运送晶石，但是每次在召唤晶石大概一千米以外的地方总会发现晶石的运输车，这就说明她的空间传送能力是有范围的。"

"质秋大叔真够细心的，要是他不那么冲动跳上天平就好了。"

"如果他不这样你怎么可能顺利拿到魂灵珠，当时那也是唯一的办法了。"

"这珠子真那么厉害？"

"阿努比斯的护身铠甲能源全部来自魂灵珠，而使用邪珠的人会被阿努比斯庇护。"

贝恩从衣兜里掏出泛着深蓝色微光的邪珠，回想起质秋临死前的那句"无论如何，帮我好好照顾质野"，不禁自言自语道：

"不知道呆瓜现在怎么样了？"

海鸥滑行在船头的波浪前，莎若的红色长发被海风扬起，蔚蓝色的眼中浮现着过往几天的画面。她突然想起了桑德镇，她的家乡。虽然没有优异的生活条件和能源供给，但是对于莎若来说，每天在家门前石桥的小溪边，听着灵动的溪流声，她就已经很满足了。自始至终莎若都没有想要多么富裕精彩的人生，她始终坚信，向大哥那么温柔的人做出这些事情，一定有他的理由，也一定有他的苦衷。

在海上行驶的第九天，船到达了距离南宫家最近的港口——虹云港。虹云港的建筑极具古典风格，海崖岩壁上用木桩高高架起的房屋是这南方水城多年的特色。港口停泊的都是由希尔特公司改装的晶石渔船，SIN的舰船停靠在银色的钢制渔船间，就像一个陈旧的古董。

下船后，众人在虹云港的一家小餐馆吃了一顿饱餐，购买了足够的粮食和马匹，刚喘过气就往南宫林赶去。

经过几个小时的长途跋涉，一行人终于到了南宫林的大门前。可是自从进入南宫林之后，他们发现这里的仆人们都苦着脸，树木和花草都仿佛无精打采地混着日子，当初贝恩第一次来时感受到的生机荡然无存，取而代之的是令人窒息的压抑。贝恩一行人穿过森林和田园，进入一片满地樱花的树林中央时拉住了缰绳。

阿槿靠在一块墓碑上失魂落魄地喝着酒，墓碑上刻着一行字"爱妻洛桑之墓"。一阵风扬起了地上的樱花，阿槿垂头侧望，瞳孔在樱花的映衬下更显灰暗。瞳孔中除了死一般的静寂，再也寻不出任何东西。贝恩跃下马，扶着莎若走到阿槿的身旁。

"洛桑姐姐……"

"阿槿，质野呢？"

"他可能在陪着阿香。莎若，你找到你要的答案了吗？"

莎若点点头。

"你们先过去吧，我想再陪陪洛桑。"

贝恩拉着莎若回到马前，里奥和左鲁跃下马走到墓碑前。里奥哭着趴在墓碑前，左鲁在一旁摇头叹息，眼中仿佛有着父亲才有的隐忍和坚强。

"洛桑姐姐，隐和大叔都被杀害了，连你都……为什么会变成这样？"

里奥眼前模糊的一片突然变得清晰，洛桑的魂魄弯下腰来，微微笑着用纤细的指尖摸了摸里奥的头。里奥惊讶地揉了揉眼睛，再抬头洛桑就已经不见了。这不会是自己的幻觉吧？看到一旁阿槿失魂落魄的样子，里奥忍住没说。寒莲没有过来，在一旁的马上远远看着，三人在墓碑前错落有致地以自己的方式守候着洛桑的墓。

贝恩和莎若顺着树藤轨道来到宫殿，宫殿外面到处都是巨大藤蔓的破坏痕迹。正在收拾婚礼残局和被晶封的能源晶石的东管家看到两人连忙询问道：

"贝恩、莎若小姐你们可回来了，你们有没有看到少爷？"

莎若点点头，眉心一紧。

"看来少爷还在樱花林中陪着少夫人，半个月以来，少爷每天都魂不守舍地守在樱花林，南宫家的事务一概不管，这样下去，千百年的基业怕是要毁于一旦了。"

"阿槿大哥现在还处于低落的状态，说不定过一阵子就好了。"

"希望如此吧。"东管家一脸的阴云散开一角。

贝恩走到被晶封的能源晶石前，把手放上去感应了一下。

"这是洛桑做的？"

"是啊，少夫人她最后冒死拯救了整个南宫家。"

"是什么时候的事情？"

"他们回来后的第四天吧，那天正在办婚礼。少夫人突然冲出去，结果被希尔特的人袭击了。"

"第四天……难怪。"贝恩想起船上飘过樱花瓣的事情，这一声叹息来得太晚。

"怎么了，贝恩？"

"没什么，质野他们呢？"

"质野在大小姐那里。"

"那好，我去找他。莎若你先回去休息，好吗？"

"嗯……那个……赶了一天的路，你也早点休息。"

贝恩完全没有听到莎若最后这句关心的话，就急匆匆地往阿香的房间跑去。穿过藤蔓满布的走廊来到阿香的房间外，贝恩刚一敲门，质野和一堆气球便一起涌出房间。贝恩还没来得及说话，质野就把食指竖在嘴前，做出不要出声的姿势。贝恩往里探了探头，阿香抱着一个粉色的气球，睡得正酣。质野示意贝恩换个地方说话，带着贝恩来到不远处的花圃中。还没等贝恩说什么，质野就紧紧抱住了贝恩。

"呆瓜，你这是干吗呢？"

"贝恩，我好想你。这几天超级闷的，阿香她担心她哥哥每天都休息不好，今天好不容易把她哄睡着了。阿槿也不管她。"

"呆瓜居然学会照顾别人了。"

"嘿嘿，还好啦。"

"又没有夸你。"

"哦。"

"放手，勒死了！"

质野松开贝恩，贝恩从衣兜里掏出魂灵珠和质秋的面具递给质野。质野捧在手心，鼓捣了好一阵，才不知所以然地看着贝恩。

"这是？"

"这是面具大叔牺牲性命为你取得的，反正是好东西。这个面具也给你，好好保存着。"

"啊？他死了？"

"嗯。"

"怎么死的？还没见到他的样子呢！"

"不用知道啦，反正记住他这个人就好了。"

"哦。"

"那这个蛋怎么吃啊？"

"这个不是吃的，呆瓜！"

贝恩忍不住狠狠敲了质野一下，又找回了之前的手感。贝恩本来期待着看质野抱着头龇牙咧嘴的样子，可是事与愿违，质野朗声大笑，似乎很开心。

"呆瓜，你笑什么？被我敲出毛病了？"

"好久没有被贝恩敲了，好怀念呢。"

贝恩听到质野这么说再次举起手，质野连忙躲开。

"那我多给你几下！"

"不要！"

"呆瓜，你收好了。"

"哦。"

"我先去看看莎若，一会儿再去你那儿找你。"

"她还没走？"

质野听到莎若的名字神情中有些不悦，贝恩避开质野的眼神，看着一旁无关紧要的景色。

"那个，还没有……"

"我跟你一起吧，阿香休息了，我也没什么可干的，里奥他们也来了？"

"嗯，他们也在。"

午后的阳光穿过巨树的缝隙，映红整个宫殿，左鲁一行人随着阿槿走进大殿中。贝恩和质野边说边闹也跟着到了大殿，看到莎若坐在大殿的椅子上发呆，贝恩走了过去。

"你没回房间休息吗？"

"嗯，还不累。"

"那好吧。"

质野挠着头绕到左鲁一行人面前，仔细研究观察了一下左鲁。

"你怎么那么黑啊？"

听到质野这么说，里奥连忙跑到左鲁身前俏皮地回问着。

"光屁股的家伙，你怎么那么圆啊？"

"我哪圆了！"

"头圆！"

"才没有！"

就在里奥瞎闹的时候，寒莲默默走过来拎住里奥的衣领，把他带到一旁。左鲁仔细打量质野的长相，看到质野手中的魂灵珠和面具，心头一震。

"你就是质野吧？我叫左鲁，是面具大叔的好朋友，也是大家的朋友。"

"哦，你还没回答我为什么那么黑呢！"

"这个，也许是因为我们那儿太阳太晒了吧！"

"哦。"

质野欣然接受了左鲁的答案，左鲁微笑着摇了摇头。

"你把面具先放下，把魂灵珠放在胸口。"

单纯的质野没有问缘由就一五一十地按着左鲁说的做了。左鲁当即抽起手中的法杖指向魂灵珠，邪珠和法杖一起冒出星状的黑色光芒，在法杖推进下，邪珠如隐形般融入质野的心口。

众人都把目光聚焦到质野身上，质野睁开眼睛的一刻，两个瞳孔中分别出现了一个月牙形状的光晕。左鲁收回法杖，把手放在质野的头上。过了没多久，左鲁收回手，忧心忡忡地摇了摇头。

"怎么了？"

"没事，现在你已经拥有阿努比斯的庇护，只不过……"

"什么？"

"没事。"

一辆白色的加长轿车仿佛算好了时间似的驶入南宫林，车头上印着希尔特的家徽。轿车停在宫殿外，向光晔仍旧是一身白色西服从车中迈出，仿佛点亮了这里灰暗的一切。然而，这一次匆匆的步伐让他看起来并不那么优雅。

向光晔急匆匆推开宫殿正门，他出现的那一刻莎若震惊了。作为希尔特的继承人，又对南宫家做出如此过分的事情，他居然还敢只身出现？要知道满屋子可都是跟希尔特结下深仇大恨的人！

"莎若，我终于找到你了。"

一句话，就让莎若之前的所有决绝溃不成军，那个在她最无助时帮她擦去眼泪的人一定不是杀人恶魔，一定有什么地方搞错了。

刚被希尔特夺去新婚妻子性命的阿槿看到向光晔，怒火中烧，双手狂拍地面召唤出三条巨藤飞速刺向向光晔。

"受死吧！"

"向大哥，小心！"

向光晔毫无防备地站在那里，莎若的心一阵抽搐，自动忽略身边所有的障碍，近乎本能地往向光晔的方向跑去。众人都看出她想要阻止阿槿的攻击，但是阿槿的情绪已经到了崩溃的边缘，根本无法顾及奋不顾身的莎若。

# 第四十一章　莎若的抉择

夕阳下的南宫家被血色红光照耀着，原本生机勃勃的宫殿失陷在沉痛中，仿佛由人间天堂坠入地狱。眼看着莎若就要被疯长的巨藤刺穿，贝恩一跃而出，用"刑天"从中间劈开巨藤。

对向光晔心存杀意的不仅仅是阿槿一人，寒莲突然在向光晔的侧面抽出妖刀。贝恩还没完全解决难缠的藤蔓，莎若又伸手去帮向光晔格挡寒莲的攻击。寒莲的妖刀即将触碰到莎若的时候，一道屏障把寒莲的刀挡了下来。

一瞬间整个大殿内已被破坏得七零八落，扬起的灰尘散去，寒莲再次跃了回来。寒莲用愤怒的眼神看着一旁施展屏障的里奥，气愤地拎起里奥的衣领。

"你干什么！"

"寒莲，你别这样。莎若是自己人啊，你连自己人也要一起杀吗？"

另一边想再次使出藤蔓攻击的阿槿被质野扑倒在地，质野死死按住阿槿劝说着：

"阿槿，你想连贝恩和莎若一起杀了吗？你到底在干什么？"

"放开我！我要为洛桑报仇！"

"杀死洛桑姐的不是那个男的，是瑟贝丝啊！"

"他们都是一伙的！"

"那你要杀贝恩，顺便连我一起杀了吧！"

"质野，你……"

贝恩放下"刑天"，回头便看到被屏障震开的莎若倒在向光晔怀中。

"莎若你没事吧？"

"没，没事。"

贝恩不爽地转过身来，再次举起"刑天"。

"你先带莎若出去，这里容不下你。"

向光晔此刻看向莎若的眼神满是心疼，扶起莎若走出大殿。寒莲怎能善罢甘休，看着向光晔就这样走了，正想追出去，一旁的左鲁叫住了寒莲。

"寒莲，你冷静点。你的报仇对象不是这孩子，是奥勒姆森！"

寒莲不情愿地收回妖刀，长辈总有更加长远的思考，报仇心切也不能忤逆长辈，这是寒莲的原则，她转身离开大殿。贝恩紧绷的神经松弛下来，收回手中的"刑天"，阿槿也推开制伏他的质野，颓然而坐。

扶着莎若走出大殿的向光晔把莎若安置在一旁阶梯上坐下，莎若却不知该如何面对他，眼前是她朝思暮想的人，可为什么见到他的时候，心情却这样沉重呢？

"你没事吧，莎若？"

"我还好，你怎么自己一个人跑过来了？"

"我担心你啊，自从你失踪后，我就派人到处找你。幸亏我在附近布置了眼线，他们第一时间把你的行踪告诉我，我就赶过来了。"

"你太傻了，你难道不知道在这里不会受欢迎吗？"

"我才不管呢，我是来找你的。现在找到了就好了，我们回去吧。"

听到向光晔孩子气的口吻，原本应该高兴的莎若表情却突然凝住。

"怎么了？"

"我……"

"这段时间你到底去哪儿了？他们到底给你说了什么？"

"我不知道，我现在真的很乱……"

莎若轻轻推开向光晔紧握的手，向光晔一脸的错愕大于难过。

"他们都是坏人，你不要听信他们的话！你怎么了？难道你不相信我了吗？"

"我相信你。可是，他们并没有你所说的那么坏。为什么你要派人去杀害他们？"

"我没有派人杀害他们，你不要听他们胡说，不要被他们蒙蔽了！"

"向大哥，这些日子我已经看够了。暴力、战斗、死亡，一切都太残酷了。你们能不能停手，能不能不要这么斗下去？"

"停手？你觉得里面的人会听你的劝告吗？他们是不会罢手的。"

"我相信如果我好好跟他们说，只要你不再叫人来打扰他们，他们一定会放手的。"

"不可能的，莎若，你太天真了！"

"我求求你好不好？向大哥，阻止这场悲剧吧，不要让仇恨和杀戮再延续下去了。"

"莎若，他们是坏人，作为希尔特的继承人，消除坏人是我的职责。我们才是正义，才是为爱而战的一方。"

"不，不是这样的。"

"你说什么，莎若，他们到底对你做了什么，把你催眠了？给你施了什么魔法？"

"他们也是为爱而战，为了生存而战。我不能让你继续这样掠杀他们，我做不到。"

"莎若，你要站在他们那边？你打算留下向大哥一个人吗？"

"我……"

"向大哥才是最疼你的人，你不记得了吗？难道这么多年的感情，就被这么一两个月的时间改变了吗？"

"向大哥……"

"跟我回去吧，莎若。回到原本属于你的世界。你在他们身边待了太长的时间，我们这就回去。"

向光晔站起身来向莎若伸出手，笑容和当年在列车上的一模一样。往日的记忆伴着柔情一点点侵蚀着她，向光晔的期盼目光更让她无处躲藏，莎若最后的坚强眼看就要被攻陷，她靠在向光晔的肩上，泪珠大颗地滚落在他后肩上。莎若抹去脸上的泪水，在向光晔耳边说了什么，向光晔的五官好似在一瞬间变得尖锐起来，面色阴沉。

黄昏就在这样的混乱中滑去，整个南宫林都陷入了昏暗。各处的萤火灯接连亮起，整个南宫宫殿在绿枝的掩映中发出微微的青色光芒。听到车子发动机的声音，贝恩匆忙推开正门冲了出来，她不会就这样跟他们走了吧？贝恩彷徨地紧盯涂有银色屏障的车窗，忽然心里好似被人用刀挖下一大块。

贝恩眼中的光芒暗淡下来，他蹲下来用拳头捶打着地板，险些将地面砸裂。

忽然耳边传来一阵抽噎声，可以听得出哭声中有努力压抑的痕迹。贝恩慢慢地转身，看到莎若把头埋在膝盖中蹲坐在台阶上，裙摆如扇叶般铺展开来。

贝恩一时有些窘迫。

"你……没跟他……回去吗?"

"嗯……"莎若赶紧擦干脸上的泪痕。

"他欺负你了?"

莎若摇摇头。

"那你哭什么?"

莎若再次摇摇头。

"这样啊,那你现在准备怎么办?"

"我不知道。"

"刚刚他们在讨论要去银都的事情呢,如果你后悔了,我还是可以送你回去的。"

"不了,我不回银都了。"

"那……"

"我想回家。"

"啊?"

"回桑德镇,我想回家了。"

"也是,你在这儿也麻烦。省得我总要保护你,拳脚都施展不开。"

"对不起。"

"干吗又跟我说对不起?"

"我给你们添麻烦了……"

"不会,你也帮了忙了。我受伤的时候,不是你照顾的嘛。"

提到这里,莎若和贝恩都有些微微脸红。

"不过你要回神界也好,至少安全。"

"你不回去吗?"

"我啊,那边什么都没有,回去干吗?"

"家也没有?"

"我在一个修道院长大的,那哪算得上家啊?"

"父母呢?"

"我没有。"

"对不起。"

"又对不起了，不要这么说，我都不在意的。"

"你就打算这么一直跟他们斗下去？"

"那当然，明叔和大家的仇还得报。"

"可是他们那么厉害，上次你都……"

"不要提上次！"

"对不起。"

"我一定会加倍奉还的！一定会！"

"嗯。"

萤火灯光闪烁，二人坐在宫殿前的阶梯上聊着天。莎若看着贝恩如此心急莽撞，担心哪一天他也会成为复仇的牺牲品。贝恩脸上的坚定仿佛回绝着一切哪怕是善意的提醒，莎若最后还是把自己的担忧咽了下去。

对于贝恩而言，莎若的决定于他是很大的安慰。虽然多年前她选择了向光晔，可是到头来，她还是选择了留在他的身边。虽然和她重逢的时间是那么短暂，虽然很快就要把她送回家乡，但这对贝恩来说已经是生命最慷慨的馈赠了。

贝恩和莎若回到殿堂中，左鲁正在和大家商讨着反击希尔特的事情。

"我知道大家都非常难过，情绪也不稳定。但是我们如果要继续战斗，就必须先把思绪理清，如果再像这样莽撞地作战，我们全无胜算。"

"那我们就坐以待毙吗？"

"我们这些剩下的人，各自有各自的能力，但是目前只有寒莲和里奥两个人有过配合作战的经历。现在我们所要做的就是熟知各自的能力，培养彼此的默契，还有分析对方的实力和弱点，最后逐个击破。"

左鲁冷静地为众人分析现状，阿槿站了起来。

"那你的意思是？"

"从明天开始我们还是要多练习配合作战，等我们准备好了再一起去银都反击。"

"为什么？"

"这个让卡诺给你们解释。"

卡诺走到左鲁身边，深吸一口气。

"从现在来看，我们知道敌人的能源都来自能源晶石。除非我们可以切断能源晶石带给他们的源源不断的能量，否则我们再厉害也没有赢的可能。我的意思是破坏最重要的那一颗，也就是母石！"

"这些都是你的猜测吗？你怎么会知道这些？"

"因为母石是用我的爱玛的生命制造的，是我让我的女儿牺牲了自己。"

"原来是这样。"

"卡诺说得有道理，等过几天我们做好作战准备，卡诺会引领我们去存放母石的地方。到时候卡诺可以想办法说服他的女儿，希尔特也就不攻自破了。"

"那好，就这样。"

贝恩突然站在众人面前，回头看了眼莎若。

"大概需要几天的时间？莎若跟希尔特彻底脱离了关系，我准备送她去越洋铁轨，让她回家，回到神界。"

里奥跑到莎若身边拉着莎若的袖子，一脸的不情愿，用无辜而充满期盼的大眼睛看着莎若。

"你既然跟希尔特无关了，为什么不留下来跟我们在一起？"

"我……"

贝恩假装毫不在意地打断了莎若的话。

"她又没有战斗力，带着她怎么打希尔特？我们要保护这个奇怪大叔已经够费劲的了，没有余力去管她。"

贝恩这句实话不仅让莎若有些委屈，还得罪了一旁义愤填膺的卡诺。

"我怎么需要保护了？我可以保护自己的。"

"你能保护自己才怪。"

"你说什么臭小子，当年我在火车上照顾你的时候你才多大？你别以为现在有本事就看不起大叔我了，如果我认真起来……"

卡诺大叔吹嘘自己的时候，贝恩一脸无视的表情，却用余光关注着莎若的一颦一笑，真不知道这一战自己是生是死，是否还能再次见到她。其实他很想把她留在身边，可是战斗就在眼前，即使希尔特的人不会有意伤害她，也难免有误伤的情况。把她亲手推入危险之中，这样的事，贝恩做不到。那一丝不舍仿佛蜜糖一样黏在莎若身上，莎若的脸颊慢慢晕出晚霞的颜色。

# 第四十二章　浩劫

梦幻世界洁净云雾中透着点点繁星，卡诺耳边环绕着的正是那朝思暮想的声音。

"爸爸……"

"爱玛？"

卡诺睁开期盼的双眼，穿着白色长裙的爱玛灵巧地跳到他的面前。

"真的是你吗，爱玛？"

"爸爸我好想你，这里好安静，太安静了，安静到我只能听到自己的声音。"

"不要害怕，爸爸马上就去救你！"

"爸爸，听到力量涌动的声音了吗？它又来了……"

"什么涌动声？谁来了？"

"对不起，爸爸。"

爱玛的表情看起来很难受，巨大能量在她小小的身体里呼之欲出。卡诺一看情况不对，立即冲上去，想把她紧紧抱在怀里。就在卡诺的手即将触碰到爱玛的时候，一道能源晶石门把他们生生隔绝开来，卡诺的身体绵软无力，眼睁睁地看着爱玛忍受煎熬。

卡诺猛地坐起来，揉了揉眼睛，气喘吁吁地摸着滚圆的肚子，原来这只是个噩梦，可这个梦又好像显得意味深长。

南宫家的木窗外，各式蔷薇竞相开放，远处的薄雾已经在阳光中渐渐散开，风景秀丽迷人。屋外的一声爆炸声尖利刺耳，破坏了他欣赏晨景的心情。

这两天每天天一亮，左鲁就领着大家在大殿外的平台上练习战斗配合。卡诺晃晃悠悠地洗漱完后，换上衣服走到大殿的桌前拿了个苹果，悠闲地嚼着苹果走到莎若身边，和她一起观看实战训练。

"卡诺，早。"

"早啊，莎若。"

除了教练左鲁，其他四人被分为两组进行对抗作战练习。贝恩和寒莲被分到了一组，阿槿和里奥则在另一组。阿槿因为了解贝恩的近战能力，便用树藤拉开和贝恩的距离，可是总被行动敏捷穿过树藤的寒莲阻拦，拥有强大护盾能力的里奥左右开弓，以便在近战的时候可以进行全方位的保护。

"光头小子去哪儿了？"

"质野吗？他好像在陪阿香吧。"

"光头小子谈恋爱了？"

"不知道。"

听到卡诺这么直白的说法，莎若不禁脸色微微泛红。

"贝恩这小子人也不错，就是冲动野蛮了些。"

"贝恩他……还是很温柔的。"

"什么？你说他温柔？真佩服你，你估计是这个世界上唯一一个觉得他温柔的人了。"

实战练习还在进行中，左鲁看着巨树，神色焦虑，似乎感应到了什么。

"停，阿槿，你能感觉到吗？"

所有人随着左鲁的一声令下收回武器。阿槿闭上双眼，用手感知树的表面。

"怎么会这样？"

左鲁和阿槿同时跑到殿外眺望，贝恩和寒莲也跟了过去。原本在一旁观战的莎若和卡诺看到大家观望远方的震惊神情，也赶紧跑了过去。殿外可以俯瞰到整个南宫林的景色，可这一次的壮观景色或许会让在场的所有人铭记终生。

枯萎如同气流一样由外至里波及南宫林，森林也好，田园也罢，一股不可抗拒的死亡力量迎面扑来，让众人难以喘息。阿槿连忙往巨树前的樱花林跑去，众人紧随其后。就在阿槿跑到洛桑墓碑前的时候，枯萎如电光石火一样掠过众人的视线，一瞬间的工夫整个南宫林的树木花草全部萎谢，四周干枯的花瓣和树叶随风化成灰烬。阿槿气愤地跪趴在洛桑的墓碑前，眼看着枯萎已经蔓延过樱花林穿过花圃包围了巨树，巨树上翠绿的叶子全都变成了红色，巨树像是被火点燃了一般，即将失去生机。

"不是已经把能源晶石给移除了吗?为什么会变成这样,我怎么对得起列祖列宗?怎么对得起为我牺牲的洛桑?"

里奥感应到一股强大的能源晶石的力量,与此同时,左鲁也感应到地球的能源。

"阿槿,这不是你和洛桑的问题。遍布无神界的能源晶石好像被什么激活了一样,正在以比平时快好几倍的速度抽取着地球能源。"

"我也感觉到了,好强大的力量!"

"看来他们还是比我们快了一步,我们得立马行动了。明天一早我们就去银都,阻止这场悲剧的蔓延。"

卡诺回过神来,想起今早梦境中爱玛说的那些话和她的状态。

"我今早梦到爱玛的时候,她跟我说什么力量涌动,什么谁来了?难道是指这个?"

阿槿抛下自言自语的卡诺,拔腿就往巨树的方向跑去。阿槿悲痛地用手抱着奄奄一息的巨树,脸颊贴在大树上。他似乎感受到巨树的呼吸越来越微弱,一个声音在召唤着他。那是巨树的声音,是树界妖灵的声音。一股绿色的光环包裹着阿槿,让他悬浮在巨树正中央的半空中。

"南宫家的子孙,地球的能源已经不能维持我的生命了。南宫家几千年来一直守护着我,作为回报,我把我最后的一点力量赐予你,希望能够帮到你!"阿槿身前的巨树树皮突然张开,一颗种子从巨树中浮起。与此同时,巨树中的一股绿色能量也随着种子一起飘进阿槿的手中,涌入他体内。就在巨树把能量都给了阿槿之后,巨树的红色叶子如羽毛般全部脱落,阿槿伴着落叶缓缓落回地面。众人看着在落叶纷飞中视死如归的巨树,目光中有着勇士般毫不退缩的决绝。

第二天清晨,天还没亮,贝恩就已经坐在南宫林外的巨岩上默默等待日出。看他眼中的血丝,应该一夜都没有入眠。昨天南宫家发生的巨变,莎若要离开的事实,即将开始的殊死战斗都让他焦躁不安。抬头看见一轮红日冲破滞重的云层,光芒万丈,贝恩胸中豁然开朗,麻利地跳回地面,扫了一眼岩缝,一株小白花在朝阳中灿然绽放。

阿香和东管家为阿槿收拾着行装,卡诺靠在马车上打盹,呼噜声丝毫没有影响到在一旁沉思的莎若。

"少爷，你一定要安全回来啊，这里我会想办法打理的。"

"知道了，阿东。这里就拜托你了。"

"哥哥，我也要去。"

"不行，阿香。这次不同于上次，这一战生死攸关，南宫家如果少了我，还有你。"

"哥哥，你别这么说，这么说我好害怕。"

"没事的，我一定会为洛桑报仇，然后消灭希尔特，答应我，好好听阿东的话。"

"知道了。"

"我和阿东先交代些重要的事情，你去和质野说声再见。"

"哦。"

阿香不情愿地噘嘴走到蹲在马车前的阶梯上发呆的质野身旁。

"那个，你保重，要照顾好我哥哥，别让他受伤了。还有照顾好贝恩大哥，还有莎若姐姐。"

"我会的啦！"

"还有……照顾好你自己。"

最后一句阿香说得含糊不清，质野根本没有听清楚。

"你说什么啊？什么梨子鸡？我们有准备那种吃的吗？"

"气死我了你！"

阿香听到质野这么说，气冲冲地转身走开了。

"我怎么了？"

贝恩从岩石上跃了下来，狠狠敲了一下质野，质野抱头一脸委屈。

"呆瓜，进去，要出发了！"

"哦。"

贝恩、阿槿和寒莲三人骑着马在前方领路，其余人都坐在马车里。南宫林距离银都大约两天的行程，就在这两天里，左鲁针对大家的能力不停地预演战术，像一个絮叨的老婆婆。第二天，马车穿过山林，银都已经出现在众人的视线之中。

进入银都的地界后，贝恩独自骑马带着莎若往银都车站赶去，其他人则继续往卡诺所说的银都双塔前行。

银都的入口是一个巨大的银色城门，城门和墙壁上都镶着一排能源晶石。银都还是那般繁华，房屋上的能源晶石似乎比贝恩当初见到的时候更加耀眼，街道各处都是晶石汽车和公交车。人们看着希尔特公司制作的书籍、吃着希尔特餐厅的食物，每个人都在享受希尔特为他们带来的安逸人生，好像对地球能源濒临枯竭毫不知情。骑着马的贝恩和莎若被市民视作异类，唯恐避之而不及。而多年来没有融入现代社会的贝恩也觉得他们这些人不可理喻。

一行人来到向陨豪雕像前的钟楼边，看到一帮穿着红色工服一脸懵懂的人。大家就像当年贝恩第一次来到无神界时一样，听着那个已经垂垂老矣的滑稽老头灌输着精神麻药。莎若悄悄回头想说些什么，可是一看到贝恩的眼神中即将喷发的怒火，又悄悄地把头转了过去。

他们来到有些陈旧的银色车站，此时入站的人数还不及出站的百分之一。比起整天寻思着如何节省能源的神界，这里繁华的生活环境简直如同天堂。与其期待着来世进入天堂，还不如现世就享受个够，因而选择留在这里的人越来越多。

贝恩跃下马，把莎若搀扶下来，把马拴在车站旁的停车场里。这车站虽然有些年头了，但保持得非常整洁。前往神界购票和等车的地方到处是神像和经文，莎若买完票后跟贝恩来到站台前等候。贝恩在一旁假装悠闲地双手抱头哼着歌，莎若紧紧地捏着车票，站在那儿一言不发。

这时银都双塔上，瑟贝丝一脸不快地走出来，向光晔恼羞成怒地站在门口等候着。

"这是怎么了，我们的大少爷？什么事情惹着你了？"

"废话少说，刚刚从车站传来的消息，莎若买了回神界的票，你给我把她带过来！"

"她要回家就回呗，不挺好的嘛。"

"她必须留下来，哪儿都别想去！"

"我说大少爷，你就是被人抢了女朋友也不能这样啊！虽然我们跟他们是对立的关系，但恋爱可是要公平竞争的！"

"少废话，你不去是不是？"

"去，谁叫你是大少爷呢？"

"无论如何都得把人给我带过来，要不然父亲责怪下来有你好看的！"

向光晔急匆匆地走进银都双塔，瑟贝丝不耐烦地踹了旁边的垃圾桶一脚。

"被这种人喜欢上，真是烦呢！"

奥勒姆森抛玩着能源晶石戒指从门里走出来，看到瑟贝丝马卜敬了个礼。

"瑟贝丝姐姐，你在这干吗呢？大少爷又怎么了？"

"没什么，他叫我帮他个忙罢了。你拿着新的戒指干吗去？"

"这戒指是刚刚补充过能量的，父亲大人感应到银都里有老鼠，叫我去清理一下罢了，刚好可以试试这新戒指的力量。"

"你小心点，战斗的时候别不用心。"

"知道了。听说泰姆大哥要回来了？"

"是啊。"

"你一定很开心吧。"

"才没有。"

"都一起这么多年了，还以为可以瞒得住我吗？泰姆大哥那么喜欢你。"

"你再乱说话，小心一会儿给老鼠咬死。"

"好了，我不说了。"

奥勒姆森兴冲冲地往银都的贸易区跑去，瑟贝丝摇了摇头，往车站的方向看了过去。与此同时，贝恩和莎若等候的列车驶入了车站，列车依然冒着白白的蒸汽。莎若看了贝恩一眼，见贝恩没有任何反应，就默默地走进了火车。莎若进入车厢，特意找了一个能看到贝恩的靠窗位置坐了下来，贝恩在外面靠着石柱，低头踢着地上的石子，等待着列车的离开。

# 第四十三章　分道扬镳

　　银都的贸易区依然保留着双塔一样的现代建筑风格，大楼与大楼之间的距离近得让人喘不过气来。马车在两座公寓的缝隙之间停下，卡诺领着众人在楼与楼之间的缝隙中穿梭不停。

　　列车的轨道开始缓缓升起，贝恩侧过头来，莎若立即躲开贝恩对视的眼神。列车还没有开动，贝恩取下脖子上挂着的血石，唤出"刑天"在车站内疯狂破坏。

　　车站里的工作人员和乘客仓皇逃出车站，贝恩把车站拆得差不多了，接着就来到海崖边支撑车站的几根柱子前，几根大钢柱被"刑天"像切豆腐一样拦腰斩断，整个车站倾斜过来，连同几辆列车一起垮入了海崖。站在车站的一片废墟中，贝恩抬头看着即将离去的列车，心中默念着莎若的名字，他这么做无非就是想让莎若远离任何可能的伤害。

　　列车内的喇叭发出滴滴的警报声，列车长发话："各位乘客注意了，因为无神界车站遭到破坏，为保护列车上各位的生命安全，列车立即就要启动。"

　　莎若趴在窗口看了看车站坠落海崖后的残骸，坐回座位。莎若突然回想起当时贝恩从车头走过来的情景。她一度以为是向光晔的精心照顾和温柔陪伴才让她从离家的伤痛中痊愈，现在才知道，真正安抚自己内心的人并不是向光晔，而是贝恩。她回忆起那时自己伤心哭泣的情景，不善言辞的贝恩什么都没说，却静静地坐在那里，用自己的方式陪伴着她。那时的自己那么期望回去，而贝恩短短一段时间的陪伴，就让她鼓足了勇气。

　　正当莎若陷入沉思的时候，一个空间门出现在头等车厢里，瑟贝丝迈出空间门在一个个车厢内仔细寻觅着莎若。就在瑟贝丝即将进入莎若所在车厢的一刻，列车轻晃了一下，眼看就要启动，莎若突然站起身来往车外跑去。

瑟贝丝完全不懂莎若到底想干吗，只好跟着追了出去。贝恩在车站残骸边看到车头冒出白色的蒸汽，释然地舒了一口气，准备转头离开。突然他的眼睛被一个鲜红的身影勾住，她用力拍打着车门，招呼着车门另一边心不在焉的少年。

贝恩突然见到原以为这辈子再也见不到的人，又是欢喜又是困惑，用已经习惯的训斥口气，朝着莎若喊：

"你在干吗？这样很危险知道吗？"

莎若看到贝恩，想说的话却怎么都说不出来，她知道如果这次不说出来，怕是没有机会再说了，一时不知道该如何是好的莎若闭上眼睛，直接从车尾跃了下去。眼看着莎若就要坠入海崖，贝恩也从车站的废墟中一跃而起。贝恩在半空中抱住不断下坠的莎若，转身投出"刑天"缠住碎柱的残骸。就在接住莎若的瞬间，贝恩猛地把自己和莎若一起拉回残骸的边缘。快要坠地时贝恩调整姿势，他的背狠狠地砸在了地上，没让莎若受一点伤。安全落下后贝恩松开了手，莎若连忙扶起贝恩。

"你没事吧，对不起……对不起……我……"

莎若一时间手忙脚乱，不知道自己做了什么。她明知道贝恩一定会发脾气骂她，所以在确定贝恩背上的伤不是特别严重之后就安静地站在一边。默默不语的贝恩让莎若感到非常害怕，贝恩却只是站起身来拍拍屁股上的灰，从衣兜里掏出一株白色的小花，仰着头蹭了蹭鼻子，装作毫不在意的样子，将花举到莎若面前。

"这是？"

莎若更加不知所措了，她做了自己觉得如此过分的事情，贝恩居然没有骂她，而且还送花给她。贝恩目光中拼命压抑着的体贴，瞬间击碎了莎若的戒备。她伸手接过花，抽咽着坐在地上。

列车开始缓缓移动，站在车尾门前的瑟贝丝咬着嘴唇静静看着刚才发生的一切。列车就这样在二人的视线中越来越远，贝恩蹲下身来，戳了一下莎若的脑袋。

"你到底想干吗？"

"我……我想……留下来。"

"不回去了？"

"嗯。"

"那好吧，这下又多了个需要保护的人。"

莎若慢慢停止了抽泣，刚才跳下车的勇气瞬间全无，不自信的扭捏表情又回到了她的脸上。

"对不起。"

"也没什么嘛。反正我这么厉害，保护几个人都一样。"

贝恩故作轻松的口气还是让莎若感到有些自责。

银都的警卫和晶石犬围住了车站废墟，被包围的贝恩挤着一边的眼睛，叹了口气。

"早知道你不走，就不弄这么大动静了。"

"对不起。"

警卫长拿着喇叭高声吼叫着，贝恩扶起莎若转过头一看，一个熟悉的面孔让他汗毛耸立。质野不是说过，已经把差点取他性命的警卫长解决了吗？那么这个人……贝恩看到警卫长胸前微微透出的紫色光芒，答案已在心中。

当时警卫长虽然在质野的狂暴攻击下身首异处，却被正在银都附近巡查的瑟贝丝发现，瑟贝丝将一小块能源晶石植入了他的心脏，给了他第二次生命，让他继续为银都卖命。

贝恩这种性格自然非常记仇，在警卫长回头指挥的工夫，贝恩向他投出"刑天"，用锁链把他的脖子绕住，猛一扯就把警卫长像套牛一样拉到自己身前。贝恩把斧刃架在警卫长的脖子上，警卫长被吓得跪地求饶。

"求求你别杀我，求求你，我没做过坏事，我还有老婆孩子呢。我们无冤无仇的，饶了我吧！"

贝恩眯着眼睛盯着警卫长，清了清嗓子，学着他当时的口气说了一句：

"把这小鬼抬到城外废墟处理掉就好了，注意别让人发觉。"

听到贝恩这么说，警卫长战战兢兢地抬头看了贝恩一眼，立即认出眼前的人正是那个桀骜不驯的小鬼，哭喊得更加厉害。

"您大人不计小人过，求求你饶了我。我该死，我该死，可是我不想再死一回啊。"

看着警卫长自己又是扇巴掌，又是磕头，贝恩倒是杀意全无，反正他现在已然是一个傀儡了。贝恩拎起警卫长抛在空中，转身一脚像是踢皮球一般将他踢出，打散了包围的人群和晶石犬。趁着一片慌乱，贝恩抱起莎若冲了出去，挥舞的"刑天"把扑过来的晶石犬切成了两半。看到晶石犬的下场后，警卫们吓得不敢再追。

经过向陨豪的金属雕像时，贝恩回头甩了一下"刑天"。被众人扶起的警卫长看到贝恩走了，又开始作威作福地训斥手下，突然雕像上向陨豪的头整个飞了下来，落在警卫长身前，把他吓得昏了过去。

破坏完车站又破坏雕像，贝恩的第二动机就是报复。此时贝恩骑着马正往跟大家约好见面的银都双塔飞驰，可没想到的是，在贸易区的伙伴们早就被敌人察觉了。

想要到达银都双塔，肯定无法全在楼与楼之间隐秘穿梭，迫于形势众人不得不经过一个大的十字路口。除了卡诺和里奥以外，其他人完全无法隐藏在人群中。寒莲背上的妖刀、左鲁的法杖、阿槿的身高和质野的光头早就在过斑马线的时候暴露无遗。突然街头的广播中发出警笛声，所有市民都抛下手中的事情逃离现场。一行人觉察到危险的味道，也故作自然地跟着人群撤离，质野和里奥却呆呆地站在马路上。没有发现任何异常。

"他们都去哪儿了？"

"不知道。"

奥勒姆森出现在马路的另一头。看到质野和里奥被发现，其他人只好又跑了回来。寒莲叹了口气，口气平淡地默默低语：

"两个笨蛋！"

阿槿拦在质野的前面。

"反正都是要打的，只是早晚的问题。"

左鲁拎起里奥放在卡诺的身边。

"里奥，你负责保护他！"

"哦，知道了。"

奥勒姆森一边朝众人走来，一边慢悠悠地戴上戒指。

"人还真不少，不过正好省得我再去一个个找！"

还没等奥勒姆森走近，众人就已经摆出战斗的架势。阿槿单手拍地，水泥地面钻出几十条藤蔓向奥勒姆森飞去，奥勒姆森用戴着戒指的那只手，在身前挥出一个优美的弧度，打了个响指。一个椭圆形的银色火盾就出现在身前，冲向奥勒姆森的藤蔓都被银火烧成了黑炭。

奥勒姆森挥手把银色火盾抛向一旁的消火栓，消火栓被熔解后，大量的地下水喷涌而出。奥勒姆森两掌相击，四处漫溢的水很快变成一道高压水柱往阿槿喷去。阿槿再次双手拍地召唤出一条巨大的藤蔓格挡水柱，可是水压迅速增强把藤蔓断成两截。里奥赶紧助阵，用屏障挡住水柱，不过屏障就算再坚硬，也无法阻挡这么长时间的持续攻击，里奥累得气喘吁吁。奥勒姆森翻手看了一下戒指，满意地笑了起来。

"真是好用，哈哈！"

"少得意了。"

寒莲已经绕到消火栓的附近，抽出妖刀刺入水中。妖刀的寒气没一会儿就把消火栓堵了起来。看到寒莲如此碍事，奥勒姆森又打了下响指向寒莲抛出一团银火。及时躲过银火攻击的寒莲被逼到了死角，奥勒姆森用力跺了一脚，刚被寒莲冰封的消火栓上的冰突然变成了冰锥射向寒莲。

这时质野冲了上来，在奔跑中撕破衣服变成兽形。质野胸前多了一颗发出黑色光芒的邪珠，肩膀、胸口、护腕、膝盖都附上了一层黑金铠甲。质野背部的黑金铠甲挡住了冰锥的凌厉进攻，抓起寒莲就向奥勒姆森狠狠抛过去。

奥勒姆森一跺脚，刚刚溢出的地下水变成突刺射向半空中的寒莲，幸亏寒莲在空中的速度很快才轻易地躲过。就在奥勒姆森再次打出响指之前，寒莲妖刀上的寒气已经逼近了他。

可在寒莲俯冲落地之后，奥勒姆森还是毫发无损，只有他手中的戒指被冻结成冰块。

"本来想连同手一起废了的，可恶！"

"好险，看来你们有进步嘛。"

奥勒姆森用另一只手打了个响指，被冰封的戒指马上复原。寒莲吃惊地看着奥勒姆森，紧紧握住妖刀。

"怎么可能？明明已经废了他的戒指的。"

就在寒莲迟疑的时候，地面突然再次凸起冰锥。寒莲没来得及反应，跃起的高度不够，幸亏阿槿的一条藤蔓横飞而来接住寒莲，寒莲踏着藤蔓躲开冰锥，翻身一跳，回到众人身边，众人不解地看着奥勒姆森。

第四十三章　分道扬镳

"刚刚他好像没有做任何动作。"

在一旁一直仔细观察奥勒姆森的左鲁也出言确认：

"他刚才的确没有任何动作。"

"那冰锥是怎么回事？"

"看来他现在才真正认真起来，不要放松警惕！"

奥勒姆森伸了个懒腰，扭头看着众人。

"不愧是新能力，只要想就可以了，这样才好玩嘛！"

# 第四十四章　石破

　　银都的街道上，市民惊恐地逃窜着，享受太久安逸生活的人们已经忘记战火的味道，看样子他们压根不想回忆起来。

　　在警报鸣笛的街道尽头，爆炸声此起彼伏。在车辆间骑马穿梭的贝恩和莎若并没有察觉到伙伴的危机，还以为是他们制造的恐慌，一鼓作气地往银都双塔的方向奔去。

　　此时十字路口处，奥勒姆森身边已然飘浮起上百根长矛般大小的冰锥，阿槿连忙唤出巨藤以螺旋状蜿蜒前进的方式阻止攻击。一部分冰锥被巨藤挡住，另一部分飞向众人的冰刺被里奥用屏障挡下。寒莲搂住质野的脖子，质野带着她攀上巨藤，用利爪固定住身体飞速地奔向奥勒姆森。就在奥勒姆森唤出银火时，质野一口空气弹冲散了火焰。

　　寒莲紧接着踏着质野肩膀跃起，穿过被空气弹破坏的火墙，一刀刺向奥勒姆森。哪知地面上的一层冰锥像是长了眼睛，及时挡住了寒莲的刀，刀穿透冰锥，只差一公分就将刺入奥勒姆森的脑袋。寒莲双脚踏在冰锥上抽出妖刀，同时质野飞扑上前，把整层冰锥全部击碎。奥勒姆森只顾着翻身躲开质野的攻击，却被身后突然出现的藤蔓缠住。

寒莲和质野趁着奥勒姆森不能动弹之际火速进攻，奥勒姆森见状大声狂吼，身体瞬间就被银火给包裹了起来。看到藤蔓的束缚瞬间被解开，质野和寒莲被迫退回众人所在的区域。阿槿气愤地唤出另一条藤蔓再度缠绕，奥勒姆森不闪不躲，藤蔓刚触及包裹他的银色火焰就已经化成灰烬。

"可恶，这没完没了的火焰和冰墙，完全没有死角！"

左鲁举起法杖默念咒语，地上裂开一道缝隙，沙子像是涌泉一般从缝隙中溢出，几乎覆盖了整个街道。

"这样打下去就没完没了了，卡诺你先去双塔。贝恩应该已经在路上了，一会儿趁乱让质野把你带过去。"

"好，你们小心啊。"

"即使我们这边没有办法取胜，但也能争取不少时间。你们如果能够阻止能量源，我们也就不战而胜了。"

"知道了。"

阿槿操纵着藤蔓一举突向奥勒姆森的面部，就在藤蔓挡住奥勒姆森视线的一刻，质野带着卡诺往双塔的方向奔去。奥勒姆森察觉到质野的逃跑轨迹，在质野身前唤出了一层火墙挡住他的去路。质野喷出一颗空气弹在火墙上砸出一个缺口，把卡诺扔了过去，在火墙恢复的一瞬间，卡诺已经站在火墙的另一边了。被扔过去的卡诺连滚带爬地往双塔的方向跑去，看到卡诺逃走，火墙突然弯曲过来，把质野团团围住。寒莲再次把妖刀架在掌前，看来又要使出"灵寒一击"。左鲁看出了端倪，连忙劝阻道：

"寒莲，不要用那招。你刚恢复的身体已经不能再承受一次寒气了。"

"顾不了那么多了，何况这招就是为他准备的。"

里奥朝被困火墙中的质野吼着，唤出屏障。

"小光头，你快出来！"

质野踏在凌空的屏障上连跳两下，跳出火墙。阿槿双手捶地，一棵巨树从奥勒姆森的脚下破土而出。因为他的脚下还没有被火焰包裹，奥勒姆森一时间被巨树所摆布。

"质野，趁现在！"

质野向树的顶端喷出几发空气弹，空气弹撞击在奥勒姆森的火墙上。火焰被冲散的同时，奥勒姆森也受到冲击坠下。可就在奥勒姆森下坠的瞬间，他的

第四十四章 石破

脚下却多出一团银火。奥勒姆森缩身进入银火，众人环顾左右也没有发现他的身影。

狡猾的奥勒姆森见众人不觉，在毫无防备的众人身后唤出水针，眼尖的寒莲转过身来冲向奥勒姆森，全身都冒起青蓝色寒气。

飞向寒莲的水针都被寒莲周围的寒气化成了冰晶，寒莲电光石火般冲向奥勒姆森，杀得他措手不及，即刻唤出火墙来阻止寒莲的攻击。寒莲的妖刀刺入火墙的瞬间，整个火墙都被冻了起来。旋涡般的寒气直冲冲地喷向奥勒姆森，奥勒姆森被寒莲这样大胆的攻击吓傻了，一个迟疑整个人都陷入寒冰旋涡中。

寒莲脸色苍白地用刀撑住身体跪倒在地上，看到眼前的仇人已经变成一尊冰雕，寒莲嘴角微微扬起倒了下去。

"寒莲！"

左鲁冲上去扶住瘫倒的寒莲。

"左鲁，我报仇了。"

左鲁看着脸色苍白昏倒的寒莲摇了摇头，抱起寒莲向众人走去。就在众人认为万事大吉的时候，冰雕中一道紫色光波发出的一股强大力量把冰雕炸开，戒指已经碎裂的奥勒姆森趴倒在地上。

"什么！"

"中了那么狠的一击居然没有死？"

奥勒姆森的生命力让众人惊叹不已，趁奥勒姆森没有还击之力，阿槿唤出的巨藤急速包围奥勒姆森，以奥勒姆森为中心形成一个巨大的银色火圈，巨藤很快被火圈烧成灰烬。幸亏里奥用屏障挡住了一小节火圈，大家才没有被这突如其来的攻击击中。里奥盯着浮在半空中的奥勒姆森，张大嘴巴。

"这家伙到底是怎么回事？"

"大家小心了。"

此时贝恩和莎若已经赶到银都双塔，就在贝恩和莎若一同下马后，一旁躲在楼缝的卡诺缩着背跑了出来。

"贝恩，等等我。"

贝恩看到狼狈的卡诺，探头望了一下卡诺的身后，没有发现其他人的踪影。

"怎么就你一个，他们呢？"

"他们在贸易区遭到喷火小子的伏击了。"

"又是那家伙。"

贝恩捏紧手中的"刑天"，卡诺连忙催促着：

"现在我们得尽快找到爱玛，他们还在苦战！"

"走。"

贝恩和莎若在卡诺的带领下，闯进银都双塔的前塔大门。大堂中的人看到三人闯入毫不在意，只有那个刚才还用滑稽语气训导新市民的家伙，不客气地叉着腰走了过来。

"你们干什么，知道这是哪里吗？你们有邀请函吗？没有的话快滚出去！咦，莎若小姐怎么会跟他们在一起，难道你被挟持了吗？你们快放了莎若小姐，要不然圣犬可是不会客气的！"

就在贝恩一斧把大堂两侧跃过来的两只晶石犬切成两段之后，整个大堂里的服务人员和客人已经乱作一团。刚刚还振振有词的家伙腿一软倒在地上，贝恩用斧子指着他的鼻子，莎若连忙跑到前面拦住贝恩。

"贝恩，不要……"

"莎若小姐，救救我。"

卡诺蹲下身来拎起滑稽老头的衣领，用恫吓的口气威胁道：

"快说，母石放在哪里了？"

"我，我不知道你说的是什么。饶了我吧！"

"浑蛋，你不说他这一斧子下去，估计你再也撑不起来了。"

卡诺说完把老头往旁边一推，贝恩配合地做出甩斧的动作，滑稽的家伙被吓得直叫唤。

"我说，我说。求求你别杀我，母石在里塔的中央。"

滑稽的男人声嘶力竭地喊了半天，睁开紧闭的双眼时，贝恩一行人已经在赶往里塔的路上了。卡诺领着贝恩穿过外塔的大堂，从两塔之间的长廊经过，长廊两侧晶石犬垂涎地等待着不速之客的闯入，贝恩护着卡诺和莎若，靠蛮力拼过了长廊。长廊尽头有一扇十米高的银色大门，大门上一把镶着紫色晶石的巨锁熠熠闪光。大门两侧各有一排小洞，从洞里流出的银色金属液体直接汇入长廊附近的管道。贝恩一斧头轻易地劈开了巨锁，一并解决了外面的十几只晶石犬，卡诺拉开大门。

里塔的中央大殿两旁用作支撑的岩柱巍峨耸立，一块包裹着爱玛的晶石飘浮在大殿正中央，两边站着两尊手持能源晶石剑的巨大的金属骑士。爱玛的晶石四周飘浮着上万颗小晶石，还有更多的晶石如树叶一般从爱玛所在的晶石中生长出来，悬浮的晶石底部不停地涌出银色金属液体，左右摆动地迎面奔流，原来里塔外面银色金属河的源头在这里。

　　"现在怎么办？"

　　贝恩看了卡诺一眼，卡诺从口袋里拿出爱玛母亲送给她的珍珠项坠。

　　"这是爱玛最喜欢的项链，是她母亲临死前送给她的。贝恩，你把晶石破坏后，我把项坠扔进去，就一定能唤起爱玛的记忆！"

　　"好，莎若你在这边等我们。"

　　莎若点了点头，贝恩和卡诺刚想往前走，一股紫色的晶石能量冲击波将他们震了回来。金属骑士的眼睛随即变得炯炯有神，挥动着手中巨大的晶石剑，大步跑向三人，沉重的脚步在大殿中不断产生回声，一时间有如千军万马奔过。贝恩迎面冲了上去，对卡诺喊着：

　　"你们先去中央，它们交给我了。"

　　"好，你小心啊！"

## 第四十五章　天惊

　　贝恩在银色金属液体徘徊的管道间曲折前进，一个巨大金属骑士紧跟其后，晶石剑的利刃被贝恩躲过，劈到管道上溅起层层银光。另一个金属骑士灵活地跃在半空，挥剑击下，这重重一击把贝恩直接拍到了天花板上。贝恩连忙用"刑天"挡住攻击，双脚踏住天花板，飞身朝对面的金属骑士头部劈去。

　　原本抱着左侧石柱的卡诺被眼前的阵势吓呆了，生怕后面的金属骑士会把手无寸铁的自己当作攻击目标,心想贝恩有那么厉害的武器,自己帮不上什么忙,还是逃命要紧,呼哧带喘地领着莎若跑到中央大殿的另一根石柱处躲避。

金属骑士哪里能躲过贝恩疾风一般的利刃,登时倒地。贝恩连忙举起"刑天"朝它的同伴劈去,谁知刚刚被击倒的金属骑士双脚浸在银色液体中,好像在吸取着什么能量,迅速站起身来朝贝恩冲过来,出其不意地一剑劈下,贝恩倒在地上,背上已经出现了鲜红的印迹。

看到贝恩如此狼狈,莎若从右侧的石柱跑向贝恩坠落的地方,飞沙走石徐徐散去,贝恩单膝蹲在地上,用手臂费力地抹掉嘴角的鲜红。贝恩看到金属骑士向这边进攻,连忙叫住跑过来的莎若。

"你快跑,不用管我!"

贝恩再次正面迎击金属骑士,另一尊金属骑士却大步往卡诺的方向追去。贝恩躲开晶石剑的寒光,以它握剑的手为跳板,一斧劈向它的肩膀。贝恩一鼓作气,回身一斧把金属骑士劈成了两半。变成两半的金属骑士倒在金属液体中,没过多久又再次复活,这让贝恩焦躁不已。

大殿里的石柱完全挡不住卡诺肥硕的身体,早就暴露在金属骑士的扫描之中。卡诺在追击下绕着几根石柱狂奔,眼看就要被金属骑士追上。金属骑士一剑刺向卡诺,把卡诺逼退到银色液体旁。看来这次不得不认栽了,卡诺紧张地闭着眼睛等待着悬在头上的剑。可是头上的剑并没有如期而至,"刑天"的黑铁锁链卷住卡诺,把他拉到贝恩身前,一剑落空的金属骑士愤怒地咆哮不停。

"好险啊。"

"你快去母石那边,我拦住他们!"

卡诺转身随着莎若的脚步往爱玛的晶石狂奔而去。两个金属骑士同时向贝恩挥剑,贝恩向天花板投出"刑天"把自己吊了上去躲开攻击。随着跃起的力道,贝恩旋转着身体抽回"刑天",在下落的瞬间螺旋一样的"刑天"将两侧的金属骑士切得四分五裂。

这种长时间的消耗战让贝恩有些疲倦,瘫成一团的金属骑士吸收了金属液体,再次恢复原状。

"真是没完没了!"

这时莎若跑在前面,卡诺跟在后面。在他们离目标只有三十来米的时候,后方一声怒吼振聋发聩。

"快躲开!"

卡诺和莎若听到贝恩的提醒连忙转过身来,两个金属骑士身体还没有完全复原,但其中一个金属骑士仍然做出了抛投的动作。卡诺根本来不及躲开,晶石剑的凛冽寒气已经扑面而来。

危险就在眼前,卡诺迅速从衣兜里掏出爱玛母亲留下的珍珠项坠抛向莎若,珍珠项坠落在莎若手上的时候,目光所及之处,石柱和地面已是一片残败。卡诺的鲜血溅射到莎若的脸颊上,还带着余温。巨剑扬起,灰尘消散,贝恩立即奔跑过来。在碎岩下看到莎若手握项坠面目惊恐地跪在那里,晶石剑刺入地面的前方有一摊鲜红。贝恩连忙扶起莎若,仔细检查着她的伤况。

"卡诺大叔……他……"

"振作一点,快起来,那些家伙随时都会恢复的!"

贝恩帮莎若抹掉脸上的鲜红,扶起莎若就往爱玛的晶石跑去。

"刑天"狠狠地劈斩在爱玛的晶石上,一股强大的能量冲击把贝恩狠狠地砸在一旁的石柱上,莎若连忙跑过去扶起贝恩。

"可恶,这该死的晶石,居然连个缝隙都没有!"

扶起贝恩的莎若看了看手中的项坠,此刻她的眼中没有鲜血,也没有对未知的恐惧,只有直觉牵引着她往晶石跑去。

"莎若,你干吗!危险!"

"卡诺大叔都已经牺牲了,我们不能这么放弃!"

"你别冲动啊!"

莎若双手捧住项坠冲向爱玛的晶石时,复苏的金属骑士以更快的速度向莎若冲来。就在金属骑士的晶石剑即将碰到莎若的时候,莎若手中的项坠触碰到爱玛的晶石。一道紫色的强光突然从晶石中释放出来,穿过金属骑士的身体,它们瞬间就化成了银色金属液体。刺眼的紫色光芒仿佛让时间瞬间停止,贝恩的手还护在眼前,莎若也停留在把珍珠项坠抛向晶石的动作上。瞬息之间强光夺目,莎若似乎听到有人在轻轻地叫着自己的名字。再睁开眼睛的时候,自己已经身处洁净云雾里透着繁星点点的幻境之中。

幽紫色的微光下，一颗颗碎落的银色星点在幻境中划出一丝丝银色的轨迹，如同流星般耀眼。

"大姐姐……"

那女孩的声音温柔清脆。

"大姐姐，你怎么会有我的项坠？"

莎若看着手中捧着的珍珠项坠，突然回想起刚刚发生的一切。

"你是爱玛？"

"嗯，我就是！"

"这个是卡诺大叔带给你的，他……"

"爸爸……"

莎若把手中的珍珠项坠递给爱玛，爱玛用洁白的小手接了过来。拿到项坠之后爱玛的表情变得很难看，好像得知了什么可怕的消息。莎若想起此行的目的，还是鼓起勇气说出了自己难以启齿的请求。

"爱玛，请你停止这一切吧！"

爱玛听完莎若的话，眼中的光彩暗淡下来，无能为力地摇了摇头。

"怎么可能？！只要你愿意停止，你是母石，如果你停止，一切就都结束了。"

"大姐姐，已经太晚了。"

"你是说即使你不再提供能量，也不会影响其他晶石？"

爱玛点了点头，莎若叹息着跪坐在地上，在爱玛身前颤抖着流下了无助的泪水。莎若的眼泪滴落在幻境的地面上，泪花变成几个红色的气泡，如蒲公英一般浮起，飘到爱玛眼前突然消失。

"原来是这样……"

"什么？"

"大姐姐，不要伤心。你一定要坚信自己的选择，你的选择决定了世界的未来！"

说完这句话，爱玛抬起头来仰望天空中越来越亮的紫色光芒，莎若没有明白爱玛话里的意思。

"我的选择？"

"大姐姐，我要走了。谢谢你把珍珠项坠带给我，谢谢你陪伴了光晔哥哥那么多年。我终于可以回到爸爸身边，终于……"

一道紫色夺目的光芒再次闪落，莎若再睁开眼时，眼前巨大的能源晶石已经黯然失色，爱玛在晶石中也失去了气息，紧紧闭着眼睛，手中握着刚刚还在莎若手中的珍珠项坠。贝恩收回血石走到莎若身边，看着莎若默默冥想的样子摇了摇头。

"他们终于不用被分离所折磨了。"

"嗯。"

"可是能源晶石没有像预期一般停止。"

"没关系，还有我呢！"

莎若转过头偷偷看了一眼身边豪言万丈的少年，他已经不再是那个见到女孩子哭转身就跑的家伙了，他竟然也懂得如何去安慰别人，他的肩膀仍然瘦弱，但是语气中那份难得的担当顿时为他增添了几分帅气。

"既然这里结束了，我们快去那边看看质野他们。"

"嗯。"

贝恩和莎若朝里塔外跑去，安置在中央的能源晶石失去光芒之后，飘浮在周围的能源晶石纷纷坠落，银色金属液体也停止了流动，遗留在晶石中的爱玛如同被封在一具水晶棺材里，嘴角一瞬间的笑意被永远定格。

## 第四十六章　死前回放

银都的贸易区中最大的十字路口经过几场激烈的战斗已经是一片荒芜，悬浮在半空中的奥勒姆森胸口突然冒出紫光，随之衣衫爆开，一颗能源晶石植入他心口的地方。奥勒姆森突然从飘浮中惊醒，转眼落在地面。

阿槿气喘吁吁地召唤着藤蔓朝奥勒姆森突击，藤蔓还没碰到奥勒姆森就已经被周围的气墙给切成了几节，原本想扑过去的质野也停住了脚步。

"愚蠢的凡人,居然愚蠢到跟神作战!"

奥勒姆森的周围突然出现一圈强大的气流,一时天昏地暗,气流越来越快,就是左鲁召唤出来的沙子也被卷了进去。左鲁感觉情况有些不妙,抱起倒在地上的寒莲。

"现在这个情况不宜强撑,我们该撤了。"

阿槿在一旁置若罔闻,仍然召唤着藤蔓,可是攻向奥勒姆森的藤蔓都被气流轻易化解。奥勒姆森连同气流向众人缓慢逼近,气流掠过的地方,所有的东西都被切成碎渣。质野抱起阿槿和里奥,随着左鲁开始撤离。可眼下要撤离,为时已晚,一群晶石犬早就堵住了他们后退的路。

里奥用屏障挡在抱着寒莲没办法防御的左鲁面前,可是几只晶石犬从高楼上跃下,直接冲向毫无防备的质野。

一条黑色锁链及时地把几只晶石犬在空中切成了两半,带着莎若骑马赶来的贝恩跃下马背,清理着挡路的晶石犬,阿槿和质野也纷纷进入战斗状态。

"你们怎么搞这么久?"

左鲁抱着寒莲放上莎若的马背,询问着卡诺的事情。

"那边怎么样?"

"我们已经破坏了母石,但还是不行。"

"看来能源晶石不需要母石也能独立吸取能量了。"

"那怎么办?"

"现在先突围要紧!"

"几只小狗,不用担心的。"

"不是,后面还有一个呢!"

贝恩在对付眼前的晶石犬时,转头看见不远处被强大气流环绕的奥勒姆森胸口发出强劲的紫色光芒。气流已经在不经意间改变了天空中云的模样,如龙卷风一样抽吸着周围的一切。

"你们搞定晶石犬,我来搞定他。"

"你小心点,别靠近他周围的气流。"

贝恩跑向奥勒姆森,向气流投出"刑天",却被弹了回来,贝恩不得不与奥勒姆森保持着一定的距离。

"是时候让你们见识一下我的力量了。"

奥勒姆森向天空伸出手，附近汽车里的能源晶石和屋檐上用于照明的能源晶石全部聚集到气流中间。气流足足扩大了一倍，与天上的云层汇合形成了一条巨大的龙卷风。远处双塔顶峰王座上的向陨豪，远远观望着贸易区中间闪着紫色光芒的龙卷风。

左鲁用法杖抵挡着三只凶神恶煞的晶石犬，似乎有些力不从心。阿槿用藤蔓缠住了两只，质野一爪击飞了一只。贝恩跑过去，看众人已经把晶石犬清理得差不多了，连忙催促道：

"你们先带莎若和寒莲走，这里我来应付！"

"贝恩，你别冲动。这太危险了。"

左鲁和阿槿不约而同地劝说着，质野看着贝恩发出呜呜的叫声，脸上一副苦相。

"贝恩……呜……"

贝恩从寒莲的腰间抽出妖刀，看了一眼坐在马背上的莎若。

"呆瓜你保护好他们，莎若你先和大家撤离，等寒莲醒来，再叫她好好感谢我帮她报仇。"

"贝恩，你要小心啊。"

"放心吧。"

众人随着骑马的莎若往马车停靠的方向撤离，贝恩站在道路中央，一手握着"刑天"，一手握着妖刀，设法拦住飞速绕转的龙卷风。莎若恋恋不舍地回头看着贝恩的背影。

越发庞大的龙卷风移动速度越来越快，气流周围能够被摧毁的东西所剩无几。

"回来送死吗？"

奥勒姆森看着只身一人留在那里的贝恩，不禁出言嘲讽。贝恩冷笑着摆出迎战的姿态，貌似根本没有把奥勒姆森这毁天灭地的攻击架势放在眼里。

"一招就了结了你！"

奥勒姆森显然对贝恩的反应非常不满。

"那我倒要看看了。"

龙卷风突然加快速度朝贝恩的方向突进，贝恩不顾一切地与之迎面相击。奥勒姆森沾沾自喜，眼神流露出轻视，发力控制气流加速旋转。

"可悲的……"

眼看强大的气流即将吞噬贝恩,贝恩一个纵身跃起,把手中旋转的"刑天"投向了脚下的影子,白驹过隙的工夫,"刑天"就从奥勒姆森的脚下蹿出,穿过奥勒姆森身体,击碎了他胸口的晶石。

奥勒姆森胸口的晶石被击碎后,气流速度大减,贝恩才没有被搅成碎片。

贝恩大喘一口气,把手中的妖刀抛了过去。奥勒姆森的眼神中出现惶恐的同时,妖刀已贯穿他的肩膀。被奥勒姆森吸引过来的各种能源晶石失去了光芒,接连坠落在奥勒姆森身边。奥勒姆森瞪大双眼错愕道:

"怎么,可能……"

"可悲的人是你……"

贝恩从刚才的失重状态中恢复过来,也随着奥勒姆森一起坠落,渐渐失去了意识,手中的"刑天"自动变回血石挂在他的胸前。就在贝恩即将重重击向地面的时候,一扇空间门出现在他的身前,他的身体仿佛不受控制似的落入空间门,消失在这片早已成为废墟的战场上。

贝恩遁入空间门的一刻,正在与众人撤退的莎若仿佛突然感觉到了什么,紧紧拉住缰绳。随着马儿长嘶一声,众人也随着莎若止住脚步,阿槿觉得不妙,连忙询问跳下马背的莎若。

"莎若,怎么了?"

"我不能留贝恩一个人,我要回去!"

"可是……"

里奥走过去拉住缰绳,寒莲依然昏迷着躺在马鞍上。

"你舍不得把贝恩一人留下,我来照顾寒莲好了。"

"可是你一个人回去,遇到希尔特的人怎么办?"

阿槿劝阻着莎若,质野走到莎若的马前,憨憨地向莎若伸出巨大的狼爪。

"我陪你回去!"

"质野?"

阿槿看着质野还是有些不放心,但也没有再继续劝阻。

"我也不放心贝恩,你们先回马车,莎若我会保护好的,我也想回去看看贝恩。"

阿槿点了点头,莎若和质野往渐渐恢复平静的云层方向奔去。他们赶到之时，奥勒姆森已经拔出肩膀上的妖刀扔到一旁，翻身倒了下去。莎若和质野四处寻觅很久也没有看到贝恩的踪影。他们喊着贝恩的名字，在一片狼藉的街道废墟中翻来翻去却一无所获，最后只好回到已经一动不动的奥勒姆森身前，贝恩的失踪让莎若有些焦急。

"莎若，你看到贝恩了吗？"

"没有。"

"怎么会这样，贝恩已经把这家伙杀死了，可是他人呢？该不会……"

"贝恩他一定是往别的方向走了，或者已经从别的路去马车那儿了。"

"不管怎么样我们先回去，这里太危险了。"

"嗯。"

莎若走到奥勒姆森的身前捡起妖刀，衣兜里的白色花朵滑落出来，在废墟上尤其扎眼。已经变身的质野把莎若放在肩膀上，往马车的方向奔去。

失去光芒的能源晶石旁，奥勒姆森趴在地上，鲜红血液慢慢扩散，血液也被刚刚妖刀的寒气冻结起来。奥勒姆森努力地睁开眼睛，却只看到眼前的一朵小白花，咬牙承受着刺骨寒气的侵袭。眼前碎裂的地面上，两个穿着棕色靴子的人迎面走来，奥勒姆森看到靴子后，痛苦的表情让他沾着血渍的脸越发扭曲。

"父亲，母亲……"

## 第四十七章　失陷的迷途

"站在真理这边的我，为什么还会输？为什么……"

战争年代，四起的狼烟不仅污染了环境，也熏黑了人们的心灵，不少人为了自己的利益和生存，不惜去破坏别人的家园。

苍茫的大海边，一座小木屋上立着木制的十字架，一个金发碧眼的五岁小男孩正在沙滩上玩耍，他用沙子塑成的城堡就要完工了。

正在他自鸣得意的时候，两个黑发男子跌跌撞撞地闯入沙滩，倒在小男孩的杰作上面。小男孩捂上眼睛大哭，却从指缝间看到两人胸口和腿上汩汩流出的鲜血，男孩连忙往木屋跑去。闻讯赶来的男孩父母救起了两个负伤的男子，小男孩畏惧地躲在门后看着这两个仿佛从天而降的陌生人，更让他感到惊奇的是父母款待他们的晚餐。

家里原本就不富裕，省吃俭用的父母把有营养的食材一股脑地拿出来给两个伤者食用。两名伤者动情地诉说一路上的逃亡故事，小男孩才收回那望向食物的亮晶晶的目光，全神贯注地听着。男孩的父母在他们口中听到外界如此残忍的现实，内心非常不忍。

"神会保佑你们的。"

当时在饭桌上母亲是这么跟那两个男子说的，父亲还拿出一些自己平时都舍不得吃的干粮，让两个男子明日起程的时候带上。

当晚男孩入睡之前，母亲和父亲还是跟往常一样给男孩阅读着《圣经》中的故事，陪着男孩一起祷告。这是虔诚的父母每天必做的功课，他们一起祈求神明拯救世人，男孩就在祈祷声中安详入睡。

深夜，男孩被房间外面的动静吵醒。他迷迷糊糊地爬下床打开房门，那是他一生中做过最可怕的噩梦。男孩的父亲被刀钉在墙上，两名男子发了狂般一刀刺入男孩母亲的腹中，拎起他们在家中搜到的食物和可能用到的资源转身跑出去，他们太过慌张，甚至没有看到身后瑟瑟发抖的男孩。

男孩的母亲捂着染红洁白睡衣的伤口，刚刚挣扎到男孩身前时就垂下了头。男孩哭着站在那里不敢动弹，他一直提醒着自己，这是噩梦，只是噩梦。可这不是噩梦，而是男孩的人生中不可磨灭的真实印记。荒谬的是，神的确像母亲说的那样，保佑了那两个男子。但是神那天晚上不知道怎么了，忘记去保佑这个虔诚的家庭。

男孩一夜之间失去了父母，失去了贫穷却温暖的家。这个失去一切的男孩觉得自己唯一拥有的，只有神。他一边哭一边背诵祷告词，期望神能赶快出现，把他从水深火热中拯救出来。可是破门而入的不是神，而是希尔特的研究人员。

几个研究人员把男孩抱出那个恐怖的房屋之后，用一把火将沙滩边的木屋连同男孩的父母一起烧毁了。男孩在研究人员的肩上看着被烧毁的家，眼泪不住地流着，看着被火焰吞噬的十字架，嘴里还一直默念着祷告词。

男孩被带到希尔特的研究所已经有足足一年的时间。每天男孩都会按时做祷告，祈求神的庇护。神似乎真的听到了他的祈祷，他从被带回来的第一天起胸口就被植入能源晶石，和另外两个植入能源晶石的孩子生活在一起。

男孩在黑暗的牢室中渐渐学会了打响指，而他每一次打响指时，一小团银色的火焰就会凭空出现。男孩一直默默蹲在墙角，在打响指和银火中回想着当初家被火焰吞噬的景象。

终于有一天，牢室的门被打开，一位背后好像闪着圣光一般的男子出现在他的眼前。

"简直太神奇了，这个孩子，是神选择的孩子。"

那是他看到男孩说的第一句话。

之后男孩被带到银都双塔的里塔中央，爱玛的晶石旁。向陨豪对三个移植晶石成功活下来的孩子说：

"你们是被神选择的孩子，你们就跟你们的姐姐一样，为了神的伟大计划而存在。"

"神真的会保佑我们吗？"

男孩不敢抬头看向陨豪，低头嗫嚅着。向陨豪走到男孩身前，身上的那种庄严让男孩畏惧得浑身颤抖。但是向陨豪并没有因为男孩的问题发怒，他半蹲半跪在男孩身前，摸着男孩的头，用温柔的口吻为男孩忏悔着：

"请不要责怪这个孩子。"

男孩微微抬头看着向陨豪，在向陨豪的棕色瞳孔中，他似乎看到了圣神的光芒。

"我们是站在真理这边的，只有真理才能让我们得到庇护。从现在开始，你们都是我的孩子。我们都是神最信赖的人类，站在真理这边的人。"

就在那一天，男孩找到了继续活下去的理由，也就是在那天，他得到了一个新的名字：奥勒姆森。就像向陨豪所说的，神赐予了他控制银火的能力。接下来的几年，按照神的旨意，奥勒姆森和其余两个孩子跟随着向陨豪不断战斗，奥勒姆森的能力也在这样的锻炼中日渐强大起来。

可是这个孩子现在躺在冰血中，连抬起头看父母的力气都没有了。奥勒姆森默默念着祷告词，一颗悲伤的眼泪划过他的侧脸。

"真理的世界，为何还会如此寒冷？原来到头来，庇护我的只有自己而已。"

瞬息之间，奥勒姆森的身体碎成银色冰晶随着风飘向空中，旋转着不断上升。银都双塔顶端坐在晶石王座上的向陨豪伸出苍老的手，看着从贸易区飘来的银色冰晶在他的掌心慢慢融化。

此时抱着质野脖子往马车方向奔去的莎若仍然悬着一颗心，跟众人在马车旁刚刚会合，莎若连忙问阿槿：

"阿槿大哥，他回来了吗？"

阿槿愣了一下，看着莎若和质野摇了摇头。

"你们不是去找他了吗？"

"我们去的时候，那个人已经被贝恩杀死了。可是贝恩也不见了，他没有回来？到底去哪了？"

"你不要担心，贝恩既然打赢了，肯定就没事的。"

"可是……"

"现在我们得撤离这里了，我们身上的伤都非常严重，已经没办法继续战斗了。"

"那贝恩……"

"相信我，贝恩不会有事的。就像以前商量的那样，我们先到城外的小镇里安顿下来。我们到那里的时候，说不定贝恩已经过去了呢！"

莎若心中燃起了一丝希望，点头默许。阿槿把斗篷递给变回人形的质野，众人回到马车上，立即往城外的小镇赶去。

此时已经是黄昏，夕阳暖暖地照着安详地躺在屋顶露台上的贝恩。一旁靠坐在屋顶护栏上的瑟贝丝看着他，眼中充满焦虑。贝恩慢慢从昏睡中苏醒过来，看着瑟贝丝的眼光竟然充满陌生。头痛一阵发作，贝恩扶着额头坐了起来。

"这是哪里？你是谁？"

瑟贝丝突然变得有些生气，踏着高跟鞋走到贝恩身前。

"喂，你不是吧？居然不记得我是谁了？"

贝恩眼神中完全失去了那种尖锐的光芒，眼前的这个女人为什么问我这样的问题？我真的认识她吗？

"我是谁？"

瑟贝丝蹲下身来看着这个从来都是凶狠模样的男子，现在他的眼神中只有迷茫。

"难道是因为在龙卷风中受到撞击失去了记忆？"瑟贝丝试探地问着。

"龙卷风？你说什么啊？我怎么在高楼上，你可以告诉我我叫什么吗？"

"那个……我也不知道你叫什么。"

"那你怎么会在我这里？"

"是我把你救了。"

"救我？"

"你自己去看看。"

瑟贝丝指着护栏的方向，贝恩站起身来走到护栏旁，街道一片狼藉，什么都没有回想起来的他一脸震惊地看着瑟贝丝。

"发生了什么？怎么会搞成这样？"

瑟贝丝刚想发作，扶了扶眼镜，转了转眼珠。

"是龙卷风。"

"龙卷风？在城市里？"

"是啊，最近天气特别反常。"

"那我怎么会在这里？我是干什么的？"

"你是希尔特的员工。"

"你不是说你不知道我是谁吗？"

"我刚想起来了嘛。"

"那我叫什么？我怎么什么都想不起来了。"

"你一定是在龙卷风中失去记忆了，没关系，我带你回去。"

"那好，麻烦你了。"

"没关系。"

原本还想使用空间门的瑟贝丝突然收回手，领着贝恩从屋顶的出口走出去。没过多久瑟贝丝就带着贝恩穿过两条街，来到了希尔特公司在银都的处理工厂。贝恩惊叹地看着这庞大的工厂，四处的建筑都装着能源晶石。

随着瑟贝丝走进大门，贝恩被瑟贝丝安排到大堂的座椅上等待。瑟贝丝走到大堂的管理人员处,管理人员正百无聊赖地互相开着玩笑,看到瑟贝丝惶恐地站起来敬礼。

"欢迎瑟贝丝小姐大驾光临。"

"好了,小声点儿。"

"好的,瑟贝丝小姐。今天怎么有空来我们这儿巡视?"

"我不是来巡视的,你帮我安排个工作给那边那个男的。"

"那个男的是?"

"管那么多干吗?总之他是银都的无辜市民,刚刚在恐怖组织的袭击中失忆。他的家人是我的好朋友,这次我把他安顿在这里,你帮我好好照顾他。"

"没问题,瑟贝丝小姐的朋友我一定会照顾周全!"

"让他做这里最平常的工作就好了。"

"知道。瑟贝丝小姐,他叫什么啊?"

瑟贝丝摸了摸下巴,急中生智给他临时想了一个名字。

"以诺。"

"真是圣洁的名字,放心吧,瑟贝丝小姐,我会好好照顾他的。"

"对了,先拿套他可以穿的衣服给我。"

"好嘞!"

管理人员转身走进库房,拿出一套红色工服和帽子递给瑟贝丝,又递给她一把钥匙。

"这个是现在空出来的工人宿舍的钥匙,目前最大的就这一间了。"

"很好,谢谢啦。"

"能为瑟贝丝小姐服务是我的荣幸!"

瑟贝丝转身走向盯着工厂内各式巨大银色天使雕像惊叹不已的贝恩。

"这是衣服还有钥匙,一会儿他会带你去你的房间。"

瑟贝丝把手中的衣服和钥匙递给贝恩,贝恩接过来微笑看着她。

"谢谢了。"

看到贝恩的微笑,瑟贝丝有些不习惯,但还是附和着从嘴角挤出一丝微笑。

"你还是不笑比较好看。"

"啊?"

"没什么，我先走了。你在这里照顾好自己，有什么事情你跟那个男的说。"

"等等……"

瑟贝丝叮叮咚咚的高跟鞋声已经变小，贝恩突然叫住了她。

"还不知道你叫什么呢？"

"我叫瑟贝丝。"

瑟贝丝摇着头转身走出工厂，贝恩彷徨地站在那里。

## 第四十八章　失忆者

一间狭窄的小单居安置着三四件家具，门对面是一张残破的上铺，床下就是书桌。明确地说是我的餐桌，电视挂在床铺对面的墙壁上。衣柜在门口的右手边，左手边是一个小架子，空空荡荡的什么都没有。

贝恩静静地转过头看着银都被袭击的电视新闻，关掉电视，随手拿起床头的一本书，翻了几页后扔到一边，自言自语起来。

"我真的叫以诺吗？为什么别人叫我的时候我没有一点儿熟悉的感觉呢？"

贝恩从衣兜里掏出从醒来时就一直握着的血石，把血石放在眼前研究了一会儿又放回口袋，扑面而来的睡意将贝恩席卷到梦境之中。梦境里很多不同面孔的人都在呼喊他，可是他听不清楚他们到底在叫什么。

此时在木质旅馆的客房里，莎若靠在窗边远远望着远处银都闪亮的灯火。

"贝恩，你一定要平安！"

银都双塔顶端，瑟贝丝再次跃过天际桥来到晶石王座旁，向光晔正站在红毯前跟向陨豪研讨着什么。

"父亲，你一定要好好收拾他们。居然敢闯入银都来捣乱，连车站都被毁掉了。"

"住嘴！"

"父亲……"

"车站和银都不算什么，我们失去了一名神选中的孩子。瑟贝丝，你去哪儿了？"

瑟贝丝跪在王座前，看着向光晔回答说：

"父亲大人，大少爷命令我去车站寻找莎若，小奥战死都是我的疏忽所致！"

"混账！"

向陨豪大发雷霆，一拳击在晶石王座上，晶石能量波掠过瑟贝丝和向光晔的头发，如同一记狠狠的巴掌。

"光晔，你居然敢擅自命令瑟贝丝，还给银都带来这么严重的损失！"

向光晔捂着脸连忙解释道：

"父亲，您不是答应过我叫瑟贝丝去找回莎若吗？"

"光晔，你太不懂事了。我命令奥勒姆森去贸易区料理入侵者，让瑟贝丝留在双塔，就是为了防止他们声东击西。你擅自把瑟贝丝转移到车站，导致母石被毁。幸亏现在晶石已经不需要母石孵育，否则我们的计划肯定会功亏一篑！"

"我知错了。"

向陨豪叹了口气，语气缓和下来。

"瑟贝丝，我们建造冕世王冠的计划看来要提前了，你去准备吧！"

"好的，父亲大人。"

瑟贝丝转身走回天际桥，向光晔不屑地转头看了扬扬得意的告密者一眼。

"光晔，过几天冕世王冠建成之后，希尔特就交给你了。我们的大计划将正式开启，这段时间做任何决定都得通过我的同意，绝对不能有意外。"

"是的，父亲。"

坐在晶石王座上的向陨豪庄严肃穆，他转头看向海岸线边的钢筋架构，月光透过云层照亮银都，依然是一片繁华光景。

贝恩再次睁开双眼的时候，阳光已经充满整个宿舍。他跃下床，穿上红色连体工服，戴上帽子，看着镜子中陌生的自己。

工厂的顶端悬浮着一片巨大的能源晶石，银色金属液体不断通过管道流入加工池中，在加工池的模板中凝固后，形成了建造银都需要的坚固钢板。贝恩的工作就是把那些钢板搬运到卡车里，只需要工作一上午的贝恩下班后会走出工厂，到附近的公园或商场闲逛。

贝恩身上的钱不是特别多，可也足够把自动饮料机器里的所有饮料都尝上一遍。无聊的时候，贝恩也会在书店中找寻几本刺激的小说看看。

或许贝恩骨子里就不适合这样安逸的生活，他觉得自己应该生活在小说那样激荡人心的情节中。贝恩坐在公园的长椅上喝饮料看小说的时候，瑟贝丝总会在远远的地方偷窥他的一举一动，贝恩身上好像有一种特别的气质吸引着她。

在银都城外的木质旅馆前，质野和里奥正坐在屋檐上打闹着，屁股扭来扭去，在木质房脊上发出咯吱咯吱的声音。莎若心不在焉地看着远处银都的景色，左鲁一直都在寒莲的房间里照顾着她。两天的休息让寒莲元气得以恢复，终于醒了过来。

"你醒了，寒莲。"

"我的刀呢？"

寒莲紧张地坐起身来，左鲁扶着寒莲，把床边的妖刀递给了她。寒莲双手紧紧抱住妖刀，顿时安下心来，左鲁用坚毅的眼神看着寒莲。

"贝恩帮你报仇了，用你的妖刀杀了奥勒姆森！"

寒莲冷酷的表情像是被击碎了一般，她抬起头深深吸了一口气，眼角的泪水滑落下来。

"贝恩呢？我要去谢谢他。"

寒莲的视线在四周扫着，寻觅着贝恩的踪影，却发现左鲁的神情突然变得有些失落。

"怎么了？贝恩不会……"

"没有，可是我们已经两天没有他的音讯了。"

"怎么会？"

"贝恩的脾气大家都很清楚，如果他再过几天没回来就一定是出了什么事。"

"不可能的，贝恩那么强！"

"我也希望是，现在地球的能源已经被抽取得太厉害了，如果不尽快想办法阻止希尔特，那整个世界恐怕就真的会葬送在他们手中了。"

"我去找贝恩，他一定有办法。"

寒莲刚想撑着刀爬起床，可是浑身的刺痛让她全身抽搐起来。左鲁立即阻止寒莲的动作，喝令她躺下。

"你这样的身体，哪也不能去！你先休养一阵子，我和阿槿这两天都在到处打探贝恩的下落。放心吧，我相信他。所以你也要相信他。"

"嗯。"

这时旅馆外飞奔而来一匹白马，阿槿听到马蹄声还以为是贝恩，立即冲出旅馆。可让他吃惊的是，马背上居然是阿香。

"阿香，你怎么来了！阿东呢？"阿槿用严厉的口气训斥着。

"他还在家里，我是担心你们所以过来看看。"

"阿香你快回去，这里太危险了。"

"怎么会，有哥哥和贝恩在。"

提起贝恩，阿槿的表情突然沉了下来，阿香似乎察觉到有什么不对劲。

"哥哥，发生什么了？"

"贝恩他……"

"贝恩他怎么了，快说啊？"

"他失踪了。"

"怎么会？"

"我们在银都遭到伏击，贝恩为了保护我们，让我们先走，自己一个人留下应战。莎若和质野再回去找他的时候，敌人已经被他杀死，可他不知去向。"

"那他一定没事！"

"到现在都两天了，原本约好完成任务后如果走散就来这个地方会合，可是我们一直都没等到贝恩的消息……"

"我相信贝恩一定没事的。"

这时质野看到阿香，立刻抛开拿他取笑个没完没了的里奥，从屋檐上跳了下来，乐呵呵地走到阿香面前。

"阿香，你来了啊？"

"笨蛋质野，给你买的衣服怎么又破成这样了？"

"对不起嘛。"

阿香从马上跳了下来，从行囊中掏出一套新的衣服扔给质野。质野接住后，笑得比阳光还灿烂，可是想起贝恩还没有回来，又收回了脸上的阳光，像小孩子认错一样揪着衣角。

"我把贝恩弄丢了。"

"我知道啦，他那么厉害一定会没事的。换成是你，估计这辈子都见不到你了呢。"

"才不会呢！"

"哼，肯定的，连回来的路都找不到。"

"怎么找不到了？我可以闻着你们的味道去找你们的！"

"你就不能用点人类的方法吗？"

"有什么不好的，这样也可以啊。"

"不想理你了。"

"你别不理我啊。"

## 第四十九章　冕世之冠

　　阿香和质野如从前那般打闹起来，阿槿看着他俩，不知该欣喜还是担忧。莎若在房间的窗户处望着质野和莎若打闹，又想起了车站的那一幕。那时贝恩说的话回响在她的耳边，那一幕幕触人心弦的情景仿佛就在眼前。

　　与贝恩经历的一切不断地重现在莎若的眼前，也堵得她心口难受。此时只要贝恩安全回来就够了，她却不知道，贝恩已经失去记忆，在希尔特工厂里做一名庸庸碌碌的小员工，而更可怕的是希尔特的大计划即将铺展开来。

　　贝恩还是跟往常一样很早就醒来，床下的书桌上摆满用餐后的垃圾，空架子里多了几本书和喝饮料中奖送的礼品。挂在床铺对面墙壁上的电视突然被激活了，似乎放着什么重要的新闻。贝恩伸手从枕头下拿出闹钟，看了看时间，正好早上七点三十分。电视上正在播放希尔特公司在海上建造巨大晶石建筑物的报道。电视上新闻发布会场地精致奢华，背后是高大宏伟的建筑，发言人西装革履，这个时代标准的高富帅大概就是这样了吧。接受采访的是希尔特公司的新任董事，金发碧眼，看上去只有二十来岁，却穿着一套价值几百万的西服，众多报纸杂志记者拼命地伸出话筒，抢着提问。

一位记者道："向光晔先生，从今天起您就继承了您父亲向陨豪的公司，接下来您想对深受您父亲恩泽的广大人民说些什么。"

向光晔轻轻拍了拍肩膀上的灰尘，胸前双手交叉，胸有成竹地说："我会继承父亲的意愿，将晶石能源技术的研发提升到更高的层次，不管要付出多少代价，我都会尽我所能地造福人类。"

他似乎意在强调他的家族对人类的贡献不仅仅是进步，而是进化。其他记者又接二连三地问了一些缺乏建设性的问题，贝恩看着天花板，心中有着几分嫉妒，心里不爽地念叨："顶着光环出生的家伙，真是幸运！"

贝恩挠了挠又该修剪的头发，从床上跃起跳到地毯上，站起后脱下睡衣，镜子中折射出还算健硕的臂膀，用手摸了下腰上被内裤半遮半掩的奇怪胎记，触感很特别，有点像是用手去抚摸烧完后的灰纱一般。

贝恩还是跟往常一样从宿舍来到工厂，路上经过平时常去的公园。当他来到平时常坐的那把长椅前的时候，瑟贝丝已经拿着书坐在了那里。

贝恩走过去用好奇的眼光打量了一会儿瑟贝丝，然后打了个招呼。

"瑟贝丝，你怎么会在这儿？"

"这种书有什么好看的？"

"这本书不是我的吗？"

"我借来看看不可以吗？"

"可以，你是我的救命恩人。一本书没事的。"

"为什么买这些书？"

"不知道。"

"你不相信神吗？"

贝恩考虑了会儿，摇了摇头。

"为什么？"

"不知道，反正我觉得如果人都按照神所说的那样去活，那人就已经不再是人了。"

"这就是为什么你看这些冒险小说？"

"我觉得很有意思啊，每个人都有自己的喜怒哀乐。如果像神所说的那样活着，那该多没劲啊。"

瑟贝丝听完贝恩的话，摇了摇头默默低语着：

"就算失去了记忆，本质上你还是那个贝恩。"

"你说什么？"

"没什么……"

瑟贝丝从衣兜中掏出一张卡片递给贝恩，上面是莎若他们藏身的旅馆信息。

"这是什么？"

"去这个地方吧，那才是你的归属。"

"为什么？我不是这里的员工吗？"

瑟贝丝摇了摇头，然后往公园的出口走去。

"以诺这个名字果然不适合你。"

贝恩彷徨地坐在长椅上，看着瑟贝丝就这样离开。贝恩看了一眼卡片上写的地址，把卡片放进了裤兜。瑟贝丝看着贝恩走进工厂，转身遁入空间门，出现在向光晔的发布会现场。向光晔对瑟贝丝使了个眼色，瑟贝丝用尽全力双手合十，一个巨大的阵法出现在建筑架构底部。阵法在瑟贝丝的发力下形成一个旋涡般的巨大空间门，空间门里无数能源晶石悬浮而起。银都街道上疾驶的车辆都停在了半路，房屋也都失去了电源，所有的能源晶石都被时空裂缝吞噬，聚集到建筑架构前的阵法上。

好奇的群众纷纷来到建筑架构旁围观，瑟贝丝手上的晶石戒指破碎，左边手臂的衣服被巨大的能量波冲开，露出了移植在她身上的能源晶石。

贝恩回到工厂，看到整个工厂里用来生产银色金属液体的晶石全部被一个个时空裂缝吞噬，感到十分惊奇，赶紧跑回自己的宿舍收拾衣物。电视里的新闻播报着沿海建筑工地的奇特景象，几名反对希尔特的人被晶石犬当场咬死。恐慌爆发的时候，向光晔从记者手中夺来话筒，对着镜头说道：

"这是希尔特的伟大时刻，当冕世王冠完成后，从银都到整个无神界，所有的人都将再度被洗礼，世界将再次受到约束。想要违背希尔特意愿的人你们听着，收起你们的武器投降的话，我们会考虑赦免你们的罪，让你们重获新生。要不然的话……"

一旁几只晶石犬正在疯狂地攻击恐慌的群众，向光晔指向被残忍杀害的无辜市民——

"这就是你们的下场。"

# 第五十章　最后的信仰

贝恩收拾好东西连忙往外跑去，整个城市里的人都慌张地东躲西藏，银都的大门被牢牢封死，凡是想要逃出去的人，都被晶石犬和警卫残忍杀害。大部分人选择躲在家中听天由命。

街上到处游荡着晶石犬，贝恩背着行囊躲在公园的树丛中，几只晶石犬正在街上肆意撕咬着一个强壮的男人。

贝恩趁晶石犬没有注意，拔腿就往贸易区奔去。已经残破不堪的贸易区荒无一人，贝恩独自在贸易区的破楼之间徘徊，忽然一只晶石犬从废墟中跃了出来，贝恩没来得及闪躲，直接被利爪穿透了肩膀。

这时正在旅馆中的莎若看到了电视中的情景，立即跑出房间。没想到其余的人已经集合在楼下，全副武装地准备前往银都。莎若看着众人，目光充满幽怨，看样子众人并没有打算带上她。

"你们已经知道了？为什么不告诉我？"

里奥狠狠地责备着质野："不是说了要你把电视信号线拔掉吗？"

质野委屈地说着："我拔掉了啊！"

"那莎若是怎么知道的？你拔掉的是红的还是蓝的？"

"红是什么啊？"

"唉，我怎么忘记你这个怪兽脑袋是看不见颜色的。"

阿香哭着跑过来扑到阿槿的怀里，阿槿摇了摇头。

"阿香，你也不能去。这一战事关生死，你们两个好好地待在这里等贝恩回来！"

"可是……"

"没有可是，阿香，如果我们都死了，你和莎若一定要找到贝恩，你们是我们唯一的退路和希望！"

"哥哥……"

质野挠着头走了过来，用坚决的眼神看着阿香。

"阿香放心，我就算是死了，也会保护好你哥哥的。"

"笨蛋质野……"

左鲁举着法杖走到莎若身前。

"莎若，你在这里等着贝恩！原本我是不希望质野去的，质秋好不容易为质野取得魂灵珠。可是现在情况紧急，如果不尽快阻止，将来地球能源耗尽，谁都无法幸免。如果贝恩回来，告诉他我们去阻止冕世之冠！"

莎若想说的话还没说出口，左鲁的法杖发出一道光波，莎若倒了下去，里奥把莎若扶到旅馆的床上安顿好。

左鲁走到阿香面前，阿香立马躲到阿槿的身后。

"我不要被你弄晕，我不走就是了。"

左鲁对阿香点点头，质野、里奥和寒莲都跟着他上了马车，质野有些恋恋不舍，时不时回头看一眼阿香。上马车的刹那，质野听到了阿香第一次关心他的话。

"质野笨蛋，你一定不要死啊！"

"知道了，我死不了的。"质野拍着胸脯保证。

坐在前面驾驶马车的阿槿向质野使了个眼色，质野快速跳上马车，脸上的红晕和马车上的气氛有些不搭。阿槿赶着马车飞速往银都赶去，远处银都的天空都被晶石的光芒映成了紫色。马车上的一行人眼神中都充满坚定的意志，有人为了家人，有人为了爱，有人为了使命，有人为了复仇，有人为了报恩，还有人为了世界，但这归根结底都是对自由的向往，他们希望不再受到命运无情的摆布，而是凭借自己的独立意志扎根在脚下的土地上。哪怕前方是死路一条，哪怕不被人认可，那也是支撑他们走到今天的力量。不管结果如何，他们都要向银都的冕世之冠飞奔而去。马儿好像也受到他们的情绪感染，跑得更快了。

此时此刻，贝恩的大脑一片空白，然而肩膀上灼烧的伤口提醒着他刚才发生了什么。鲜血在他的衬衫上如花般蔓延绽放，顺着胳膊一滴滴落在模糊地写着"禁止入内"的碎石上。

这里应该是安全的吧，即使不安全贝恩也已经没有力气继续走下去了。他扶着墙悄无声息地走进残破的黑暗中。那些凶犬在碎石前嗅了嗅，并没有随着他走入黑暗。

贝恩似乎听到那些可恶的傀儡在光亮处徘徊的动静，可能这些晶石犬并不拥有平常狗的嗅觉，所以自己没有被发现，或者它们觉得他马上就要死了，根本没必要费劲。贝恩失血过多的身体已经无力支撑，或许现在躲进这深不见底的破损银行保险库是最明智的选择。

恐怕他已经没有战力逃脱，更无法指望有什么人能来救他，十五分钟前人类已经被宣判灭绝。

伤口已经完全撕裂，若不是衣服都染得鲜红，应该可以看到花白的锁骨。被那种晶石犬跃起扑在地上的感觉并不好，它们那坚韧的利爪能够轻而易举地穿透钢板，更别说人的肩膀了。

贝恩咬着外套的衣角，忍着剧痛用地上残破的灰布包扎着伤口，虽然这种脏布会让伤口感染，但也总比现在失血过多昏死过去强。与其漂漂亮亮地死在这伸手不见五指的保险库中，还不如脏兮兮地活下去。每次贴近伤口都能感受到撕心裂肺的疼痛，贝恩浑身发抖，衣角似乎全被冷汗打湿，就在这一瞬间，他体会到人类拥有着多么顽强的生命力。

折腾了半天，贝恩再次把自己从地狱的悬崖边拉扯回来，无力地靠在保险库的钱堆上看着外面的光亮一点点暗淡下去。即将天黑的那一刻贝恩真的觉得自己死定了，希望的光芒越来越昏暗，贝恩的视线也变得模糊不清。

"躺在钞票中离开这个世界是多么奢侈的死法啊，就让我这么静静地死去好了。"

贝恩竟然开始遗憾没有人在一旁观看他的死亡，死之前也不知道该想些什么，怀念什么，失忆好似掏空了他的心。他费力回忆，也只能回想起来前几天的事情。就在他为什么都想不起来而头疼的时候，突然一股很香的味道撞进他的鼻腔，是花的味道。

第五十章 最后的信仰

贝恩睁开眼睛，在外面的阳光还没有完全消失之前，影影绰绰中一株凋谢得差不多的白色花朵在风中摇曳。

"这味道，好熟悉。"

贝恩静静地躺在那儿，不知道是花朵的香味，还是失血过多导致的幻觉。他好像再次听到了那些呼喊声，而这次声音却出乎意料地清晰入耳，一个又一个声音在黑暗中将他紧紧环绕，好像身上没有那么冷了。

"贝恩，不要被力量迷失自我，质野现在很需要你。"

这是明叔的声音。

"贝恩，不要因为别人改变你觉得是正确的事情，我这个不称职的父亲也没有什么资格去说教了，可是质野就托付给你了，谢谢你，贝恩。"

这是质秋大叔的声音。

"贝恩，谢谢你帮我报仇，可我们现在还需要你。"

那是寒莲的声音。

"贝恩，你快回来吧，要不然隐和大叔的死就太不值得了。"

这是里奥的声音。

"贝恩，我这个不好好穿衣服的女人真爱的男人正面临危险，求求你快去救他。"

这是洛桑的声音。

"贝恩，里奥他很顽皮，有些话你不要太认真。有你加入就好了，我就放心了。"

这是隐的声音。

"贝恩，你去哪了？哥哥和质野他们有危险，快回来啊。"

这是阿香的声音。

"贝恩，我们谢谢你为我们家所做的一切，我们是战友也是朋友对吧。战斗要开始了，快回来。"

这是阿槿的声音。

"贝恩，你到底去哪儿了？我以后答应你睡觉不抢你被子还不行吗？快回来吧。"

这是质野的声音。

"贝恩，对不起。"

贝恩听到莎若的声音时，血石突然闪出亮光，身体后面的胎记在他的背后急速扩张。一阵剧烈的疼痛仿佛要把他整个头炸开，贝恩咬牙忍住痛，往事如洪流般席卷而来，如同翅膀一样在他的身边起舞，在黑暗中跟他融为一体，记忆在他的体内重生。

贝恩拿出血石，召唤出"刑天"，肩膀上的伤口瞬间被地狱黑铁缝合得完好如初。贝恩背对着阳光站了起来，回头看了一眼身后亮晶晶的紫色圆点。微弱的阳光隐约照着他背后的胎记，他踏着坚定的步子，走进了无边的黑暗之中。